JN059761

リボルバー

LE REVOLVER

Maha Harada

原田マハ

幻冬舎

リボルバー

装画

フィンセント・ファン・ゴッホ〈ひまわり〉1888年
ロンドン・ナショナル・ギャラリー蔵（表1）

フィンセント・ファン・ゴッホ〈ひまわり〉1888年
SOMPO美術館蔵（表4）

表紙画

ポール・ゴーギャン〈肘掛け椅子のひまわり〉1901年
エルミタージュ美術館蔵

装丁

重実生哉

目次

0　プロローグ　いちまいの絵

その絵は、確かに花を描いた絵だった。それでいて、描かれているのは花ではなかった。ひまわりの絵である。高遠冴の自室に、それは長らく飾られていた。

いったい、いつから飾られていたのだろう。物心がついたときには、すでにひまわりの絵は部屋の中にあった。ベッドの正面の壁に掛かっていて、横たわるとたちまちその絵は冴の視界の主人公になるのだった。

少女の冴は、毎晩、絵の中のひまわりをみつめながらうとうととして、眠りに落ちた。目が覚めて、真っ先にみつけるのもひまわりだった。黄色い背景、黄色いテーブル、黄色い壺。その中で、てんで勝手に好きなほうへ顔を向けている黄色い花々。まどろみの中で黄金色に輝く花々をみつめていると、話しかけてくるような、笑いかけてくるような気がした。

いつしか冴の目に、絵の中のひまわりは人格をもった花として——つまり花のような人として映っていた。その絵の作者がフィンセント・ファン・ゴッホという画家だとようやく知ったのは、中学生になってからのことだ。

中学二年生の初夏、修学旅行先の沖縄からすっかり日灼けして帰ってきた冴は、自室の壁からひまわりの絵が消えているのに気がついた。その代わりに、別の複製画が掛かっていた。褐色の肌をしたふたりの少女が砂浜に座っている。ひとりはピンク色の長袖のワンピースに身を包み、黒髪に赤い花を飾って、おぼつかないまなざしをしている。もうひとりは白いノースリーブのブラウスに赤い布を腰に巻き、黒髪を束ね、耳の上に白い花を挿して、背中をこちらに向けている。話をするでもなく、笑い合うでもなく、それでもふたりのあいだには清涼な空気が流れ、豊かな時間が少女たちを包み込んでいる。あたりに響き渡るのは、ただ波音ばかりだ。

冴はしばらく黙ってその絵をみつめていたが、台所で夕飯の支度をしている母のもとへ行くと、「あの絵どうしたの?」と訊いた。母は振り向いてにこっとすると、「気がついた? なかなかいいでしょ?」と訊き返した。

「違うよ。ひまわり、ゴッホの絵。どこやっちゃったの?」

冴が訊き直すと、母は、「ああ、そっちの絵のことね」と笑って、

「あの〈ひまわり〉はね、冴の誕生月の花だから、冴が生まれたとき、お祝い代わりにおばあちゃんに買ってもらったのよ。それっきり十三年間、あそこに飾りっぱなしだったでしょ。昨日、お母さん、お友だちと展覧会に行ったんだけど、ミュージアムショップであの複製画、

みつけて。あらゴーギャンだ、今度は冴の部屋にこれ飾ってあげようって、急に思いついちゃって」

〈ひまわり〉がなぜ自分の部屋の壁にずっと掛かっていたのか、そのとき冴は初めて知った。同時に、「ゴーギャン」という画家の名前も初めて耳にした。

アートが好きで美術館に行くのを何より楽しみにしていた母は、ゴッホとゴーギャンにまつわるエピソードを聞かせてくれた。

ゴッホはオランダ人、ゴーギャンはフランス人。ふたりとも、十九世紀末のパリで、それまでになかった個性的な絵を描こうと意欲を燃やした後期印象派の画家だ。けれど、ふたりの絵は先を行き過ぎていて世の中が追いつかなかった。ゴッホは、画商をしていた弟のテオに支えられながらも心身を病み、ピストル自殺してしまう。ゴーギャンは、いっときゴッホと南仏・アルルで共同制作を試みたが、意見の食い違いから訣別し、最後は遠く離れた南洋の島・タヒチへたったひとりで赴き、孤独な生涯を閉じる。母はふたりの画家の複雑な関係と時代背景を、十三歳の娘にもわかるように嚙み砕いて教えてくれた。

「どうしてゴッホとゴーギャンはけんかしちゃったの？」

冴の質問に、母は、うーん、と首を傾げて、

「ゴッホのほうが一生懸命過ぎて、ゴーギャンはちょっと引いてたんじゃないかな？　有名な話なんだけど、ゴーギャンが出ていくのをなんとかくい止めようとして、ゴッホは自分の

耳を切り落としたんだって」

冴は、ええっ、と声を上げた。ぞくりと背筋に寒気が走った。「やだあ怖い、寝られなくなっちゃうよ」と冴が身を縮めると、ごめんごめん、と母は苦笑した。

「でもねえ。そこまで一生懸命になれる何かがあるって、なんかすごいことよね。ゴッホは結局自殺するほど思い詰めちゃったんだろうけど……ゴーギャンだって、ゴッホが死んだあと、ひとりぼっちでずっと遠くの南の島まで行っちゃうなんて……」

結局、ふたりのあいだに何があったのかはわからないけど、ふたりには、絵を描くことへの情熱みたいなものがあったんじゃないのかな。——と、母は語った。

「でも、絵を見るってそういうことかもね。目には見えない、画家が絵筆に込めた情熱……みたいなものを、絵を通して受け取る、っていうか。お母さんは、絵を見ていると、いつもそういうの、感じるのよね。冴も、画家から何か受け取るつもりで、絵に向き合ってみたらいいよ。あれは複製画だけど……いつか一緒に、パリに本物見にいこうね」

母は美術の専門家などではなく、ただ単にアートが好きなだけだったが、その講釈は冴の胸に不思議なくらいよく響いたのだった。

その夜、冴は日灼けした体にパステルピンクのパジャマを着て、ゴーギャンの少女たちの前に横たわった。その絵のとなりには、元通り、ゴッホの〈ひまわり〉も掛けられていた。

いつの日か、会いにいこう。

パリへ。——ゴッホとゴーギャンに会いに。きっと……。

眠りに落ちるまえのほんの一瞬、冴のまぶたの裏に見知らぬ少女の姿が浮かんだ。

つややかな黒髪に飾った白い花冠。日に灼けた肌を白いパレオに包み、はにかんだように微笑(ほほえ)んでいた。

幸せそうなタヒチの少女。未来で冴を待っている、いちまいの絵——。

I　ふたつのリボルバー

1

地球。

ゴミ、主に紙屑と糸屑。

配偶者の死亡通知書。

惚れ薬。願い事を書くとかなう鉛筆。ドーナッではなくドーナツの穴のほう。賢人の爪。

さっきまで十万三千円が入っていた空の封筒。

昨日別れた恋人と付き合い始めた頃、彼が送ってきたメールをプリントアウトしたもの、ただしメールアドレスはマジックで消されている。が、日付は入っている。

決して開けてはいけない箱、中に何が入っているかは永遠にわからない。

これらはすべて、インターネットのオークションサイトでみつけた、実際に出品されたものたちである。

地下鉄(メトロ)の待ち時間、ひとり暮らしの部屋に帰ってひと息ついたとき、スマートフォンでオークションサイトを漫然と眺める。それが高遠冴の日課になっていた。

冴はパリ八区にあるオークション会社「キャビネ・ド・キュリオジテ」、通称ＣＤＣ（セーデーセー）に勤務している。ごく小規模ではあるものの、ギャラリーでも美術商でもアンティークショップでもなく、れっきとしたオークションハウスである。ギャラリーのように展示スペースがあるわけではなく、アンティークショップのように誰でも入れる店舗を構えているわけでもない。が、美術工芸品、骨董品、ときにはそのどちらとも呼べないようなものも取り扱い、オークションにかけて売買の仲介をするのが会社の業務である。

外国人が正規雇用されることが極めて難しいフランスで、冴が自分の専門性を活かした美術関係の仕事に就くのは至難の業だった。たとえパリ大学で美術史の修士号を与えられても、フランス語で普通にフランス人と会話することができても、どんなにアートが好きでも、純然たる日本国籍の冴には、望む職場で働くことは困難であることに変わりなかった。

それでも冴は、この国にどうにかして残りたかった。十九世紀フランス絵画史をさらに研究し、〈後期印象主義における芸術的交流：ファン・ゴッホとゴーギャンを中心に〉というテーマで、いずれ博士論文に挑戦するつもりだった。そのためにもどんな仕事でもいいからパリで働いて生計を立て、とにかく居座り続ける道を探りたかった。

日本の旅行代理店や貿易関係のオフィスにパートタイムで勤務しながら、できれば自分の専門性を活かせる美術関係の仕事に転職する機会を狙い続け、五年まえ、三十二歳のときに、知人のつてでＣＤＣにようやくたどり着いた。パリには大小いくつものオークション会社が存在し、二百年以上も続く由緒ある老舗から、つい最近設立されたものまでさまざまにあるのだが、CDCは設立十年という若い会社で、社長のエドゥワール・ギローは五十代で自身もコレクターということで、ユニークな考え方の持ち主だった。冴を採用したのも「自分のコレクションの中に日本人アーティストの作品がある」というのが主たる理由だった。冴が優秀だからとか、人柄がよさそうだとか、やる気があるからとか、そういうことではない。が、この国では、なんであれ、相手がどうとかいうよりも自分中心に物事を決めることは往往にしてある。だから、とにかく社長のコレクションに日本人の作品があったことに冴は感謝した。

いまの会社に就職が決まったとき、実家の両親には、「アートに対する熱意が認められてフランス有数のオークションハウスに晴れて就職した」と多少話を盛って説明した。フランスに留学して美術史の修士号を与えられた秀才の娘が、帰国せずにそのままパリで勤務している先が著名な美術館やギャラリーやオークションハウスでないことを、口にこそ出しはしなかったが、それまでは両親は何となく残念に思っているようだった。アート好きの母は、娘がオルセー美術館でインターンを務めたことをそれはそれは喜んでいた。だから、オルセー美術館やポンピドゥー・センターでないにせよ、せめてマイヨール美術館とかブールデル美術館とか、自分の知っている美術館に冴が就職してくれればと一途に期待していた。よほどの幸運か縁故がない限り、フランス人だってそれは難しいのだと理解してもらうのにずいぶん時間がかかった。

勤務二年目にして十年間有効の滞在許可証を得たときに、冴は目の前にとうとう道が拓けたことを悟った。おそらく自分は、美術の世界の本道を行くことはかなわない。が、本道と並走する小径を歩き続けるのだっていいではないか。ここパリでは、渋滞と排ガスと観光客で溢れかえる大通りよりも、一本裏手の小径のほうが魅力的なのだから。

そんな思いを胸に抱きながら、朝夕、メトロを乗り継いで、十八区の小さなアパルトマンから八区の勤務先に通う日々である。

パリは街そのものが美術館だ。パリに住み始めた頃は、一歩踏み出すたびにどの街角にも新しい発見があるようで、一瞬たりとも目を離すまいと、通学時にはバスに乗り車窓側の席に陣取った。バスに乗らないときはせっせと歩いたものだ。パリという街を、その果てしない美を、目で、全身で吸収しようと意気込んでいた。

それが十年も住むと、すっかり慣れてしまった。どんな美男子でもかたときも離れずに一緒にいれば三日で慣れてくる——ということらしいが、それに近いのかもしれない。通勤にはメトロを使い、うつむいてスマホをスクロールする。いま、世界でどんなものが売られ、買われているのか。移動中に冴が眺めるのはもはやパリの風景ではなく、決まってオークションサイトだった。

「……地球？」

その日の朝、通勤のメトロの中でいつものようにオークションサイトをチェックしていたとき、冴はとてつもない出品をみつけた。「地球」である。

その発見を、友人の小坂莉子とランチをしながら話した。莉子はくしゃみの直前のようななんとも言えない奇妙な表情を作って、「何それ？」と言った。

「出品者は誰？　なんの権利があって地球を出品するわけ？」

冴は莉子とパリ大学時代に知り合った。彼女も美術史を学ぶために留学し、フランス十九世紀ロマン主義の絵画を研究していた。同い年で同じ大学に留学しどちらも十九世紀のフランス美術史を学んでいたものの、冴と莉子はまったく違っていた。莉子は生まれたときからアートの大通りを自動運転してきたのである。

莉子の父は著名なアートディーラーで、ニューヨークを拠点に世界中に顧客を持っていた。母はフランス人でニューヨーク大学の美術史の教授である。ニューヨーク生まれの莉子は子供の頃から日英仏三ヶ国語に親しみ、アートに囲まれて成長した。コロンビア大学に進学し、その後パリ大学に留学して冴と知り合った。修士号を取得したあとは、ロンドンのサザビーズ・インスティチュート・オブ・アートでオークションについて学び、その後、ニューヨークへ戻って世界最大手のオークション会社「サザビーズ」に就職を果たした。現在、同社の花形部門である「十九世紀ヨーロッパ美術」のスペシャリストとして、また作品所有者との交渉に当たるディレクターのサポート役として、頻繁にパリを訪れている。

鋭い審美眼を持ち、仕事に妥協を許さない姿勢。同時に、あっけらかんとして明るく、屈託のないキャラクターは育ちの良さによるものだろう。そんな莉子が冴はいつもほんのりうらやましかった。自分が持っていない色々なものを彼女は持っている。引け目を感じないといえば嘘になるだろう。それでも、一緒にいれば、大好きなアートを心ゆくまで楽しんでいた学生時代にすぐに戻ることができた。アート業界の裏話や噂話はもちろんのこと、ワインを飲みながら他愛もない話を何時間でも続けた。出張でパリへ来れば、莉子は必ず冴に声をかけてくれた。

その日もふたりは、サザビーズ・パリにほど近いフォーブル・サントノレ通りのとあるブラッスリーで昼食をともにしていた。他愛もない話題の延長で、冴がみつけたオークションサイトの出品物「地球」の話になったのである。

「出品者の身元はわからないけど、出品コメントが面白かったな」

前菜のルッコラのサラダをフォークの先でつつきながら、冴が答えた。

「『夢に神様が出てきて、この地球はお前のものだと言われました。私ひとりのものにしておくわけにはいかないので、出品します。状態：中古、発送方法：要検討』」

莉子がぷっと噴き出した。

「やだ、ちょっと気が利いてるよね」面白そうに言うと、

「ね。気が利いてる」冴もくすくす笑いながら答えた。

「それで、入札者（ビッダー）はいたの？」

「結構いた。十六人くらいかな」

「十六人！　入札金額はいまいくらなの？」

「最新のプライスはわからないけど、会社に到着直前に見たときは一万二千円だったよ」

莉子はもう一度、ぷっと噴き出した。

「ちょっと待ってよ。地球だよ、地球。いくらなんでも安過ぎでしょ」

「だよね。でもいくらだっていいんじゃない。しゃれなんだし」

うーん、と莉子はなおも納得がいかない様子で、

「だったらなおさら、もうちょっとプライス上げようよ。地球に悪いよ」

などと言う。こういうやり取りにも莉子らしい生真面目さが表れるのが、冴にはなんとなく微笑ましかった。

「それにしても、冴、通勤のときにもオークション・チェックしてるとはね。ちょっとワーカホリックっぽいんじゃない？」

「そんなことない。逆だよ、ぎゃく」

莉子の指摘を、冴は即座に否定した。

「最近、仕事で扱ってるのがあまりにも中途半端なものが多いから。現実逃避っていうか、うちではとうてい扱わないような逸品をネットでみつけて面白がってるだけだよ」

そうなのだ。CDCは残念ながら、歴史的にも売り上げ的にもサザビーズの足下にも及ばない小規模なオークションハウスである。

サザビーズの創業は一七四四年、年間売り上げは約六十億ドル、従業員数は全世界で約千五百名。CDCの創業は二〇〇八年、年間売り上げは五百万ドル――それでもかなり健闘しているほうだ――、従業員数は八名。あちらはロンドン、パリに自社オークション会場を所有し、中東、南米、香港など主要都市で定期的にオークションを開催し巨額の取引を成立させている。こちらはオークション専門会場「オテル・ドゥルオー」の一室を借りて、二週間に一度、こまごまとセールをしている。あちらが扱う美術工芸品やコレクションはとてつもないクオリティとネームバリューのものばかり、売り手も買い手も超富裕層や信用のおけるファンドである。こちらが競売にかけるのは、きちんとした筋のものももちろんあるが、どこかのクローゼットに眠っていた誰かにとっての「お宝」が多く、ときにがらくたと呼びたくなるシロモノもある。それでもなんでも面白そうなら扱おうというのが、ギロー社長のポリシーなのである。

「そうなの？」冴の少々しらけた言葉を受けて、莉子は微妙な表情を浮かべた。

「でも、このまえゴーギャンらしき作品が出てきたって、大興奮してメッセージくれたじゃない」

何ヶ月かまえ、ときおりモダン・アートの作品を持ち込む信用できるディーラー――とギローが太鼓判を捺している――が、ポール・ゴーギャンの真筆の作品だと言って油彩の小品を持ち込んだことがあった。後期印象派の発生の過程、とりわけゴッホとゴーギャンの相互影響について博士論文を準備中の冴にとって、入社以来初の後期印象派の出品依頼だった。しかもあのゴーギャンである。

ギローは色めき立った。設立から十年、ついに我が社もいっぱしにゴーギャンをオークションテーブルに載せられる日がきたと、まだ作品の検分もしていないのに浮き立った。むろん冴も同じだった。あまりに興奮して、まだ出品決定まえの段階で作品情報を外部に漏らすなどもってのほかだが、つい莉子にメッセージを送ってしまったのだ。『極秘だけど、うちにもついにゴーギャンらしき作品の出品依頼が来ました!』莉子からはすぐに返信がきた。『それはすごいね。例のバーゼルの一件もあったし、かなりの額まで競り上がるよ、きっと。がんばって!』

「バーゼルの一件」とは、二〇一四年、バーゼル在住のコレクターが所蔵していた、ゴーギャンの最初のタヒチ滞在期である一八九二年の作品〈いつ結婚するの?〉が、カタール王室に約三億ドルという驚異的な高値で個人取引されたことを指していた。オークションでの取引ではなかったが、売り手のコレクターが元サザビーズの重役だったこともあり、取引価格があえて公表されたのだ。この時点で本作はアートマーケットの歴代高値ランキングのトップに躍り出た。

登場すれば必ず市場をにぎわし高値の記録を叩き出すゴッホにくらべると、ゴーギャン作品の取引がニュースになることは極めてまれだったので、冴は快哉を叫びたいような、「待った」をかけたいような、複雑な気分になったものだ。市場価格は画家の評価――というよりも「人気」にわかりやすく直結している。だから、ゴーギャンの一般的な評価、そして人気がこの記録によって数値化されたと言ってもよかった。そういう観点からすれば「ようやくゴーギャンがゴッホと同等に認められた」という思いと、「そこまでのお金を注ぎ込むほどの作品だろうか」とかえって不安を煽られる気分と、その両方がまぜこぜになって冴の中にあった。

いつもゴッホ人気の陰に隠れ、あの有名な「アルルの耳切り事件」が語られるときにばかり、事件の真相を知る唯一の人物として担ぎ出されるゴーギャンという画家を、世の中はあやふやにしか評価していないのが、冴の長年の不満だった。ゴッホとゴーギャンを一対として捉えたとき、ゴッホの悲劇的な側面が取り上げられれば取り上げられるほど、ゴーギャンは悪役のポジションに立たされがちなのである。ゴッホの命がけの希求に応えなかった冷徹な男。計算高い商売人。都会暮らしに耐えきれずタヒチへ逃げ出した意気地なし。妻がいるのに幼い現地妻を娶った非道徳的な輩。――どんな人物だったにせよ、没後百年以上も経つうちに尾ひれがついてしまったに違いないのだが、ポール・ゴーギャンの人物像をかたち作っているのは、どちらかというとネガティブな要素が多いのだ。

結局、CDCに持ち込まれた作品は贋作と判明した。鑑定したのは、誰あろう、冴である。

持ち込まれたのはアルル時代——ゴッホと共同生活を営んだ一八八八年十月から十二月——を彷彿させる風景画だった。黄色とオレンジ色を基調にして落ち葉が舞い散る並木道が描かれている。ゴッホと背中合わせにイーゼルを立てて描いたと言われている〈アリスカンの並木路、アルル〉に近い印象だ。一見すると、確かにゴーギャンの絵に見えなくもないのだが、はっとするものがなく、躍動感に欠けていた。ひと言でいえば、絵が生きていない。名画というものは、描かれてから何年経過していようが、さっき描き上がったかのように生生しく感じられるものである。絵そのものが呼吸し、脈動しているのだ。持ち込まれた作品にはそれがまったくなかった。

冴は検分を始めてものの五分もしないうちに、ゴーギャンのものではありません、と断定し、ギローをがっかりさせた。冴以外の専門家のセカンド・オピニオン——つまり、オルセー美術館のキュレーターや美術史家などの専門家に鑑定を依頼できるほどの余裕が会社にはない。ギローとしては冴の結論を受け入れるほかはなかった。

君の言うことを信じるよ、と見た目にも明らかに肩を落としてギローが言った。君はファン・ゴッホとゴーギャンの関係性について博士論文を書く予定なんだろう？　実に残念だ。

だって、この絵が本物だったら、君の論文のもっとも身近な参考作品になったはずだろうからね……。

「あんまり残念だったから、あのあと莉子に伝えなかったんだけど……実は、ゴーギャンの真筆じゃなかったの」

そのときの気分を思い出して、冴は気落ちした声で告げた。「そうだったんだ」と莉子は声を潜めた。

「どうなったかと思ってた。冴、ゴーギャンの件はあれからなんにも言ってこなかったから、話が流れたのかなとは想像してたけど……」

気のせいだと思いたかったが、莉子の口調には安堵(あんど)の気配が感じられた。どんなことでも打ち明けられる仲のいい友人である。が、彼女は同業他社の社員なのだ。莉子から見ればCDCなど吹けば飛ぶような存在だろう。しかし、どんなに小規模なオークション会社であろうと、天下のサザビーズを差し置いて著名画家の名作が持ち込まれることは許せない気持ちがあるのかもしれない。安易に「ゴーギャンがきた」などと漏らしてしまったことを、冴はいまさらながら後悔した。

「それよりも、すごかったね。先月のイブニング・セール。モディリアーニの最高落札(トップ・ロット)!」

気を取り直して、サザビーズの印象派・近代美術のメイン・セールに話題を変えてみた。

毎年五月と十一月にサザビーズのニューヨーク本社で「イブニング・セール」と呼ばれる

印象派・近代美術の大規模オークションが開催される。同時期に、サザビーズの最大のライバル、クリスティーズでも同様の大規模オークションが行われるのだが、このイブニング・セールで、より秀逸な・より珍しい・より歴史的な傑作＝目玉作品をオークションテーブルに載せるために、両社は激しく火花を散らしている。世界中のコレクターとコンタクトし、交渉し、秘蔵する名作の数々――ゴッホを、モネを、ピカソを引き出す。オークション会場で入札者(ビッダー)を煽るオークショニアのテクニックも必須だが、それ以前に、いかに著名な画家の珍しい作品を引き出してくるか、交渉するディレクターの手腕こそがもっとも重要である。まさしく莉子は、交渉ディレクターの片腕として活躍しているのだ。

二〇一八年五月に開催されたイブニング・セールに登場したエコール・ド・パリの画家、アメデオ・モディリアーニ作〈横たわる裸婦〉には、なんと一億五千万ドルの落札予想価格がつけられていた。しかも、結果的にそれを上回る価格――一億五千七百二十万ドルで落札された。サザビーズ史上最高落札価格であった。

これには冴もかなり興奮した。ニュースが飛び込んできてすぐ、莉子にメッセージを送った。『やったね、おめでとう！』と。『ありがとう。私が交渉をサポートしたの』と返信があったのは一週間経ってからだった。

「あんなに大きくて完璧なコンディションのモディリアーニの『ヌード』が、まだ個人(プライヴェート)の手(ハンド)もとにあったとはね……ほんとに驚きだったなあ。驚きを通り越して、衝撃。ショックだったよ」

夢見るようなまなざしで冴は言った。

「今後オークションに登場するモディリアーニ作品なんて、もうどこにもないと思ってたのに……」

莉子はメインのチキンのロティをナイフで切りながら、「まだまだ。こんなもんじゃないって」と涼しい顔で答えた。

「あるところにはあるの。で、出るべきときに出てくる。っていうか、出させる」

チキンを口に運んでぱくりとやった。完全に肉食女子の顔つきである。冴は友に気づかれないようにこっそりため息をついた。

まったく、かなわない。莉子にも、サザビーズにも、自分は永遠に追いつけないだろう。それを悔しいとも思わない自分が、なんだか情けなかった。


CDCが定期的にオークションを開催する会場、オテル・ドゥルオーは、一八五二年に設立された。フランスでは四百年以上も前から開かれていた「公開競売（パブリック・オークション）」を、常時開催する館として百六十年以上もの歴史を誇る。

ドゥルオーには十六の会場があり、七十以上の大小さまざまなオークションハウスがそこを借りてオークションを開いている。言ってみればオークションのデパートのようなところである。

ドゥルオーに行けば、必ずどこかの部屋で何らかのオークションが開かれている。話題のコレクションや高額作品が出品される場合を除いて、参加者は事前登録なしで入札できる。もちろんカタログで事前に出品作をチェックし、オークションのまえに展示室でお目当ての作品を実際に見定めてから、いざビッド——というのが王道の参加スタイルだ。が、行き当たりばったりで参加して、偶然欲しいものが出てきたら、手を挙げてビッドの意思表示をし、ライバルがいなければ即落札。意外なものを思いがけず安値で手に入れられたりするのがこの魅力だ。

ＣＤＣの社長、エドゥワール・ギローは、もともとはフランスの国有企業の役員を務めていたのだが、二十年近くドゥルオーに通ううちに、オークションの魅力に取り憑かれ、会社を早期退職、好きが高じてついにオークションを運営する会社を立ち上げてしまった。始めてみてわかったのは、思ったようには「いい出物」には行き当たらない、ということだ。いくらゴーギャンがこないかなと待ちわびても、ゴーギャンを所有しているような大コレクターとコネもネットワークもないならば、待ちくたびれて損をするだけだ。だからゴーギャンのような大物が出てくるかもと期待するのはもうやめよう——と、最近ギローは冴やほかの社員に告げた。

たとえ目玉作品がなかろうとも、オークションには魅力がたっぷり詰まっている。「これがアートなの？」と疑うようなものでも、ひとたびオークションテーブルに載せれば、その瞬間にそれは誰かの欲望をそそる対象になる。それこそがオークションの魅力、やめられない魔力なのだ。

そんなこんなでCDCがオークションを続けて十年になる。

その日最後の出品――出品番号（ロットナンバー）145・作者不詳（アノニム）・十九世紀後半制作・風景画は五百ユーロで落札となり、CDC主催の記念すべき四百回目のセールが終了した。

こぢんまりとした会場には布張りの椅子がぎっちりと並んでいたが、最後まで居残ったのは十人ほどの常連ビッダーだけだった。誰もが一様に両腕を組んで渋い顔を作っている。

「本日のセールはこれにて終了です。ありがとうございました」

オークショニアを務めた牙の同僚、ジャン＝フィリップ・ブノワが演台（ポディウム）から離れると、代わってギローがマイクを握った。

「ところでね、皆さん。今回はうちのセール、四百回目だったんですよ、知ってましたか？」

ぱらぱらと拍手が起こった。「いや、ありがとう、ありがとう、どうも」とギローはにこやかにそれに応えてから、オークションテーブルで片付けを始めていた牙のところへ歩み寄

ると、肩に手を回して、

「先に四百回記念だって言っとくべきだったかな」

少々芝居がかった後悔の滲む声でぼそっとつぶやいた。

「せっかくの記念のセールだったのに、目玉を引っ張り出せなかったからなあ……まったく、つまらんったらないな」

床の上に長く延びているハンドマイクのコードを巻き取り始めたジャン＝フィリップが、

「そんなことないですよ、ムッシュウ・ギロー」と顔を上げて言った。

「びっくりするような高値で売れたじゃないですか、アンリ・ルソーの素描が！　あれは珍しい逸品ですよ。見たこともないような……その……多少、構図はあやふやではありましたが……」

「なんだジャン＝フィリップ、聞こえたのか。私はサエに話しかけたんだぞ？」

ギローがむすっとして返すと、

「あ、そうでしたか。僕に話しかけたのかと思った」

けろりとジャン＝フィリップが応えた。冴はふたりのあいだで肩をすくめた。

会社で唯一の女性社員に対して、ギローはいつも紳士的に接してくれてはいたものの、さりげなく肩を抱いたり手の甲をくすぐったりは「フランス式ごあいさつ」とばかりにしょっちゅうである。同僚のジャン＝フィリップはギローと冴の距離が近過ぎたりすると、さりげなく割って入ってくれる。かといって家庭のあるふたりは冴を口説いたりなどしない。そういうのが善良なパリジャンの節度なのかどうか、冴にはいまひとつわからないのだが。

　ギローは髪が後退して広くなった額をぴしゃりと叩いて、「ああ、税官吏（ドゥワニエ）ルソー！」とひと声叫んだ。

「確かにあれは最初見たとき、冗談で持ち込まれたのかと思ったよ。あれとくらべればうちの十歳の息子のほうがよっぽど絵の素質があるさ。でもまあ、確かに驚きの結果だったな」

　素朴派の画家、アンリ・ルソーの素描がひと月まえに持ち込まれたとき、冴は二重に驚かされた。真贋は別として、ルソーの素描を初めて見たことと、ほんとうに子供の落書きのように「ヘタうま」だったこと。ルソーの真贋判定は冴の専門外だったし、社内の誰にもできなかったので、ギローは受け入れに二の足を踏んでいたが、強く推したのはジャン＝フィリップだった。このヘタうまな素描をルソーのものかどうか判定できる人間はおそらくこの世界にはいない、しかしこれをルソーが描いたものだと信じたい人間は確実にいる。ジャン＝フィリップの推測は見事的中、予想落札価格の二万ユーロをはるかに超えて、素描はその日もっとも高値の九万七千ユーロで落札されたのだった。

「いつもご自分でおっしゃってるじゃないですか、ムッシュウ・ギロー。『だからオークションはやめられない』って」

　器用にマイクコードを巻き取り終えると、ジャン＝フィリップが愉快そうに言った。

「そうですよ、その通り。やめられませんよ」冴が追随すると、

「ま、そうだな。四百一回目がまた再来週あるしな。どうも、やめられんな」

ギローが応じた。三人は声を揃えて笑った。

――と、その直後。

会場の出入り口に見知らぬ女性が佇んでいるのを、冴はみつけた。

日に灼けた肌、白いものが混じった長い黒髪。歳の頃は五十代だろうか。黒い革のトートバッグを肩から提げ、白いシャツにデニムのラフないでたちだが、佇まいには品がある。思い詰めたような目がこちらを見据えているのに気がついて、冴は思わずどきりと胸を鳴らした。

――さっきのオークションに参加するつもりだった人かな。

笑顔を作ると、冴はゆっくりと女性のほうへ近づいていった。それから、にこやかに語りかけた。

「こんにちは、マダム。本日のオークションは終了しましたが、何かご用でしょうか？」

女性は冴から目を離さずに、かすかに歪んだ笑みを返した。

「すみません。……あの、ちょっと見ていただきたいものがあって……」

作品の持ち込みのようだった。女性の醸し出す雰囲気から、冴は、何か特別なものをこの人は持ち込もうとしている――と直感した。

かれこれ五年ものあいだ、ほぼ毎日さまざまな持ち込みに対応していると、依頼主の佇まいを見ただけで、面白そうかそうでないか、なんとなく勘が働くようになってきた。

冴ですらそうなのだ、社長のギローはなおさらである。空高く旋回していた鷹が獲物をみつけて急降下するかのように、すでに冴の背後にギローが立っていた。女性に向かってすかさず右手を差し出して握手を求めながら、ギローが言った。

「マダム、こんにちは。ＣＤＣ代表のギローです。……どなたかのご紹介でいらしたのでしょうか？」

女性はなんとも答えずに、黙ってギローの手を握った。冴は握手を求めなかった。いや、できなかった。なぜだか気安く接してはいけないような気がしたのだ。

「――出品のご依頼でしょうか？」

冴の質問に、女性は小さくうなずいた。そして、トートバッグの中からしわくちゃの茶色い紙袋を取り出した。その手がかすかに震えている。ギローと冴はその様子を見て、どちらからともなく目を合わせた。

――ただならぬもの。

ふと、そのひと言が脳裡をよぎった。何だろう、「ただならぬもの」がこの紙袋の中に潜んでいる。

一度開けてしまったら、もう後には引き返せない。

魔力をもった、とてつもない何か——。

「見て……いただけますか？」

消え入りそうな声で、女性が問うた。うなずいたのは、ギローではなく、冴のほうだった。

左手で紙袋を抱え、右手がその口を開いた。小刻みに震えながら、中から取り出されたのは——。

錆びついた一丁の拳銃。——リボルバーだった。

2

　ＣＤＣの応接室に、冴とギローのふたりは、謎めいた女性を案内した。

「何か飲まれますか、マダム？　コーヒーかお茶か……とっておきのショコラ・ショーもありますよ」

　部屋に通してすぐ、ギローが温和な声で言った。女性は硬い表情で、「ありがとうございます。おかまいなく」と返した。

「そうですか。コニャックは？」重ねてギローが尋ねると、

「ありがとうございます。でも、コニャックをいただくにはまだ早いわ」

　少し笑った。白い歯がこぼれるのを見て、冴はようやくほっとした。

　オークション会場の入り口で、しわくちゃの紙袋から取り出された拳銃を目にした瞬間、背筋がぞくりとするのを覚えた。

　血を吸ったかのような赤錆が全体を覆っている。銃としては使いものにならないのは一目瞭然だったが、同時にそれが特別なものであると冴は察知した。

冴と同様、ギローも見た瞬間に凍りついてしまった。そのへんの市場（マルシェ）で使われているような茶色い紙袋から、まさか銃が出てくるとは想像するはずもない。女性は無言で拳銃を両手のひらに載せ、ギローに向かって差し出した。ギローはすっかりあわてて、いやちょっと待ってください、お話を聞きましょう、落ち着いて、とにかく落ち着いて、と自分に言い聞かせるようにして、冴とともに彼女をCDCの応接室へと誘ったのだった。

拳銃はひとまずジャン＝フィリップが預かって、コンディション・チェックのために別室へと持っていった。ギローと冴と女性はテーブルを挟んで革張りのソファに落ち着いた。そこでようやく、女性は正面のふたりの目を見て言った。

「突然、すみません。私はサラと言います。私は、あの……」

言いかけて、ふっと視線を逸らした。

「ごめんなさい。私、オークションというものに参加したことがなくて……何からお話ししたらいいんでしょうか」

「いや、いや。いいんですよ、急がなくても。ゆっくり、ゆっくりでいいんだ」

ギローが人懐っこそうな笑顔を作って、むずかる子供をなだめるように答えた。

「まあ、世間話をするつもりで、楽にいきましょう、マダム・サラ。お住まいは？」

「パリです」

「そうですか。十六区ですね？」

「いえ、十八区ですけど。……なぜですか？」

「いや、私の住まいが十六区なので、そうだといいなと思ったのです。そうか、十八区ね。活気があっていいエリアだ」

適当なことを言っていても、話を巧みに引き出していく。こういうところは真似できないな、と冴はつくづく思いつつ、自分も参戦した。

「私も十八区の住人です。クリニャンクールの近くに住んでいます」

サラは、そこで初めてにっこりと笑顔になった。

「そうなんですね。私はサンプロン駅のあたりですが……クリニャンクールの蚤(のみ)の市は大好きで、よく行くわ」

「ほほう。では、あの拳銃もそこでお求めになったものとか？」

すかさずギローが身を乗り出した。それでまた、サラの顔から笑みが消えてしまった。まったくもう、急がなくてもいいとか言いながら急いでいるのは自分のほうじゃない、と冴は横目でちらりとギローをにらんだ。

「私は日本からパリの大学に留学したんですが、そのときからずっとクリニャンクールです。大学を卒業して、ここに就職してからも、引っ越しのチャンスは何度かあったんですが……あの雑多な感じがパリらしくて、気に入っちゃって」

冴は自分のお気に入りのカフェや、クリニャンクールにある骨董店の名前をいくつか挙げた。サラは気さくなおしゃべりに応じてくれ、次第に気持ちがほぐれていくのがわかった。ギローは冴のとなりで、しきりにうなずいたり、「そう、そう」と合いの手を入れたりしている。ここは余計なことは言わずに女子トークに委ねようと決めたのだろう。

冴は続けて、自分がよく立ち寄るギャラリーの名前を挙げてみた。と、サラが目を輝かせた。

「まあ、奇遇ね。オーナーのフランソワは私の古い友人よ」

どうやらアートに何らかのゆかりがあるようだ。冴は、一歩踏み込んでみた。

「あのギャラリーでは、面白いアーティストの展覧会をやっているから、私もちょくちょくのぞいています。……あなたもアートがお好きなんですね？」

サラは「ええ」と短く答えてから、

「私、画家なんです」

そう言った。

糸口をつかんだとばかりに、ギローが何か口にしようとした。が、それよりも早く冴が応えた。

「そうだったんですね。じゃあ、フランソワのギャラリーで個展を？」

「ええ。友人のよしみでね。私、画家と言っても、まったく無名ですから」

ギローは冴にちらっと目配せをすると、質問した。

「長いこと描いていらっしゃるんですか」

　サラは「ええ、まあ、そうね」と答えて、

「母も、画家でしたから。生まれたときから、絵に囲まれていて……カンヴァスが父親みたいなものだったわ」

　つぶやき声で言った。冴は、サラのつぶやきには触れず、弾んだ声で訊いてみた。

「どんな絵を描いていらっしゃるのですか？　ぜひ、見せていただきたいです。ウェブサイトとか、インスタグラムとか、何かありますか？」

　絵の話になって、冴は自然と前のめりになった。このミステリアスな女性は、自らを「アーティスト」ではなく「画家」と呼んだ。そう自称することに特別な意味があるのだと嗅ぎ取った。

　冴の素直な反応が嬉しかったのか、サラは微笑んで、「写真があるわ」と答えた。トートバッグの中からスマートフォンを取り出すと、スクロールして、

「ちょっと古いものだけど……こんな絵を描いているの」

　小さな画面を冴に向かって差し出した。冴とギローは、肩を寄せ合ってのぞき込んだ。

　画面いっぱいに可憐な白い花が咲きこぼれていた。大きく開いた純白の花弁、中心にある小さな黄色い花芯。緻密な筆運びと、鮮やかで清澄な色彩。花だけをクローズアップしたシンプルで大胆な構図は、アメリカの女性画家、ジョージア・オキーフを思い出させる。絵の

醸し出すみずみずしさが、スマートフォンの小さな画面からでも伝わってくる。

「わあ、すてき。この絵、なんだか、いい香りがしてきそう」

　冴はうっとりとした語調で言った。

「青い、夏の夜のような……何でしょう、この花、ジャスミンかな」

　サラは目を細めて、うなずいた。

　コンコン、とノックの音がした。「失礼します」と声をかけて、ジャン゠フィリップがトレイにマグカップと水の入ったグラスを載せて入ってきた。

「コーヒーを、マダム。よろしかったら」

　サラの目の前に慣れた手つきでカップを置いた。

「ありがとう」と礼を言ってから、サラはスマートフォンを元通りバッグの中にしまうと、
　冴に向かって尋ねた。冴が答えるより早く、今度はギローが口を挟んだ。

「あなたは、絵画(タブロー)の専門家なんですか？」

「ええ、そうです。サエは我が社が誇るタブローの専門家、十九世紀フランス絵画が専門です。が、もちろん十九世紀以外の絵画……二十世紀でも、二十一世紀でも、それに絵画以外のものでも、彼女はしっかり鑑定しますし、出品のアドバイスは責任を持っていたしますよ」

　調子のいい口上は社長の得意とするところだが、それが自分にまで及ぶと少々迷惑である。

が、ぐっとこらえて冴は便乗した。

「オークションハウスには、日常的にさまざまな作品や物品が持ち込まれますから。自ずと鍛えられます」

サラは、目をきらりと光らせた。

「……拳銃も、ですか?」

はっとして、冴は声を詰まらせた。ギローも同様で、肝心なときには割って入ってこない。と、サラのとなりのソファに腰かけたジャン＝フィリップが、

「あの拳銃。十九世紀後半のものですね」

ひと言、言った。彼はこの二十分ほどのあいだに分析を進めたらしかった。

「ルフォーショーのミリタリー・リボルバー。ピン・ファイア式、七ミリ口径、銃身は十八・五センチのオクタゴン・バレル。一八五〇年から七〇年代にかけてフランスで製造されたスタンダード・モデルです。もともとは民間の護身用として開発されたため、高性能、低価格で、フランス、ベルギーを中心に広く流通しました。そのパフォーマンスとコストが魅力だったのでしょう、一八五八年にはフランス軍で初めて金属製薬莢装塡の拳銃として採用されました。一八七〇年に勃発した普仏戦争のときも、それに続くパリ・コミューンの際にも、大いに活躍しました」

すらすらとよどみなく語られて、冴はぽかんとしてしまった。ギローも同様である。が、

今度はあわてて割って入った。

「いやあ、そうそう、そうなんです。我が社には実にさまざまな作品や物品が持ち込まれますからね。いかなる物品に対しても、即座に分析し、必要があればさらなる調査もいたします。彼、ジャン＝フィリップも、実は拳銃の専門家でして……」

「いえ、専門家ではありません。ミリタリー・オタクです」

ジャン＝フィリップが正した。そうだったんだ、と冴は内心舌を巻いた。

「まあ、とにかく。ルフォーショーのリボルバーはマニアのあいだでも愛好者が多いし、骨董品としてマーケットも成立している。刀剣・銃器のオークションにも登場します。……状態(コンディション)が良好ならば、ですが」

ジャン＝フィリップは、ジャケットの内ポケットからスマートフォンを取り出して、画面を数回タップすると、サラに差し出した。

「オークションに登場するリボルバーがどういうものか、お見せしましょう。……ムッシュウ・ギロー、サエ、あなたがたにも、いま、リンクを送りましたから、ご自分のモバイルでご確認いただけますか？」

冴とギローはそれぞれスマートフォンを取り出した。ジャン＝フィリップからショートメッセージでリンクが届いている。タップして見ると、銀色に鈍く輝くリボルバーの画像が現れた。

「この画像は持ち込まれたものに近い型のリボルバーです。同じく十九世紀後半の製造のものですが、コンディションがとてもよく、本体のフレーム、シリンダー、グリップ・フレーム、トリガー・ガードに精巧な植物文様が刻印されていますね。ボディの銀色が美しく保たれつつ、表面全体に経年による時代錆が適度についていて、これがマニア・マインドをくすぐるところです。……いかがですか？　きれいでしょう」

画面を食い入るようにみつめていたサラは、こくりとうなずいた。ジャン＝フィリップも満足そうにうなずいて、サラの横顔に向かって告げた。

「オークションに出品を希望するのであれば、これくらいのコンディションでなければなりません。ですから……マダム、あなたが持ち込まれたものは、残念ながら……」

「ちょっ……ちょっと待った！」

突然、ギローが声を上げた。

「結論づけるのはまだ早いぞ、ジャン＝フィリップ。オークションに出品されるピースに求められるのは、コンディションだけじゃないはずだ」

サラが顔を上げてギローを見た。ギローは小さく咳払いして、一拍おいてから言葉をつないだ。

「確かに、マダム・サラが持ち込んだリボルバーは錆だらけだ。というか、ピストルの形をした錆だ。銀色の光も植物文様もない。しかしな、違うんだ。オークションに出品されるピースっていうのは、なんであれ、コンディションだけではすべてを語れないんだよ。誰が所有していたのか、どんな人たちの手を経てきたのか。なぜ、いま、ここにあるのか。来歴こそが、最大の価値を生む。そういうものじゃないのか」

ギローは長年オークションに通い続け、数々の作品、物品を競り落とし、好きが高じて自分のオークションハウスまで設立してしまった、正真正銘のオークションのプロフェッショナルである。その言葉には血が通っていた。

そうなのだ。誰かにとってはがらくたのようなものであっても、ほかの誰かにとってはかけがえのない宝物になる。オークションハウスは、価値転換を図る「魔法の箱」なのだ。

サラの瞳がかすかに震えるのを、冴は見逃さなかった。スマートフォンをロックすると、冴はサラに向かって言った。

「ムッシュウ・ギローの言う通りです。あなたが、あの錆びついたリボルバーを私たちのところへわざわざ持ち込まれたのは、あれが『特別なもの』だから……つまり、特別なプロヴィナンスをもっているから、ですよね？」

サラは押し黙っていたが、ややあって、「……ええ」と消え入りそうな声で答えた。

「信じてもらえるかどうか……わかりませんが……」

「信じますとも」

努めておだやかな、けれどしっかりとした口調でギローが応じた。

「この場所のドアを開けた瞬間から、あなたは私たちの大切な顧客です。顧客を信じないオークションハウスなどありませんよ」

サラは再び沈黙した。勇気を振り絞って持ち込んでみたものの、一蹴されてしまったらどうしよう。――彼女の迷いが痛いほど伝わってくる。言葉を口にしようとしているが、何度も唾を飲み込んで、どうしても言葉にならない。三人のオークショニアに囲まれて、彼女が押し潰されそうになっているのがわかった。

「日をあらためましょうか、マダム・サラ」

冴は、さりげなく声をかけてみた。

「よろしければ、あのリボルバーは責任を持ってお預かりします。もちろん、お持ち帰りいただいて、後日またお持ちいただいてもよろしいですし……お急ぎにならなくても大丈夫ですよ」

サラが、ぱっと前を向いた。その目は決意の光できらめいていた。間髪をいれずに、彼女は言った。

「あのリボルバーは、フィンセント・ファン・ゴッホを撃ち抜いたものです」

――えっ。

その瞬間、冴の体を貫いて電流が走った。ギローも、ジャン＝フィリップも、一瞬にして凍りついてしまった。

いま――なんて？

ゴッホを撃ち抜いた……って、ことは、まさか――。

「それは、つまり……その……ファン・ゴッホが自殺を図ったときに、彼が、自分で自分を撃った……ピストル、だと？」

冴はどうにか言葉を押し出した。が、驚きのあまりすっかり混乱してしまっている。

「ええ、その通りです」

サラのほうは、言ってしまってむしろ落ち着きを取り戻したようだった。はっきりと、彼女は言った。

「一八九〇年七月二十七日、オーヴェール＝シュル＝オワーズ村で、ファン・ゴッホの腹部を撃ち抜いたピストルです」

ギローとジャン＝フィリップと冴は、顔を見合わせた。どの顔にも驚きが広がっている。ギローもジャン＝フィリップも次に言うべき言葉を探しているようだったが、先に口を開いたのはジャン＝フィリップだった。

「それは……何か根拠はあるのでしょうか？　そうであると証明できるものが、何か……」

もっともな質問ではあった。このようなケースでは有力な証拠が必須になるのだ。

あるとき、初見の依頼人が、なんの変哲もない石ころを持ち込んで、「ナポレオン一世が失脚したときにつまずいた石だ」と言い張ったことがある。証明するものがない限り出品は難しいと、ギローが粘り強く説得し、どうにか引き取ってもらった。それに近いと言えなくはない。

に、しても——。

フィンセント・ファン・ゴッホ。彼の名を知らない人をみつけるほうが難しいくらい、美術史上もっともよく知られている画家である。オランダの小村、ズンデルト生まれ。十代、二十代のあいだは画商をしたり伝道師になろうとしたりしたが、二十七歳のときに画家になる決意をした。試行錯誤の末、三十三歳の頃、大手画廊に勤務していた弟のテオを頼ってパリへやって来た。その後、新天地を求めて南仏・アルルへ単身で赴き、まったく新しい画境へ踏み込んでいく。あの燃え立つように鮮やかな色彩と、絵の具が叫ぶ激しい筆致は、パリ時代以降顕著になり、南仏時代に一気に開花する。

アルル時代には、画家仲間のポール・ゴーギャンが、共同アトリエで制作しようというゴッホの呼びかけに応えてやって来る。ふたりはおよそ二ヶ月のあいだ、イーゼルを並べて制作に励むが、絵画に対する意見の不一致から、ゴーギャンはゴッホのもとを去ろうとする。友を留めようとゴッホが自らの耳を切るという痛ましい事件は、近代美術史上もっともスキャンダラスな出来事としていまなお語り継がれている。ゴッホはアルルの市立病院に入院し、その後、自ら望んでサン＝レミ・ド・プロヴァンスにある修道院付属の療養院に入院する。

画家として大成を目指すも、孤独に苛(さいな)まれ、心身を病んだゴッホは、転地療養のために、パリ近郊の小村、オーヴェール＝シュル＝オワーズに移り住む。そして、一八九〇年七月二十七日、村内のいずれかの場所でピストル自殺を図った。銃弾は腹部を貫いたが、彼は自分の足で下宿先の食堂「ラヴー亭」まで戻り、二日後の七月二十九日に息絶えた。精神的にも経済的にも兄を支え続けたテオは、その最期に間に合った。ゴッホにとってそれだけは救いだっただろう。

後年、ゴッホ作品が世界中で高い評価を得、多くの人々に愛されるようになってからは、彼の作品ばかりでなく、その人生についてさまざまな研究がなされた。自殺についても色々な角度から検証され、最近では他殺説も浮上して、死後百三十年近く経っても、相変わらず世間の関心は尽きない。

冴の博士論文の中心的テーマは、アルルにおけるゴッホとゴーギャンの相互影響についてである。従って、ゴッホとゴーギャンについては一般的な知識以上のものを有している。だからこそ、サラが持ち込んだリボルバーがゴッホの自殺に関係したものだと聞いて、瞬時に疑った。

ゴッホが自殺したかどうかは別として、彼の命を奪ったのが銃弾であったことは間違いない。診察した医師の証言や診断書も残っているから、それは明確に証明されている。

しかし、どこで、誰が、どのようにして、どんなピストルの引き金を引いたのか。なんのために？

見た者もいなければ、なんら証拠も残っていない。証明しようがないのだ。あの赤く錆びついたリボルバーが、ゴッホの血を吸ったものだとは――。

「……証明できます」

ややあって、サラが言った。深く、静かな声だった。

サラは、トートバッグの中から一冊の分厚い展覧会カタログを取り出して、テーブルの上にそっと置いた。

「あのリボルバーは、この展覧会に出品されました。――アムステルダムのファン・ゴッホ美術館での展覧会です。つまり、ファン・ゴッホ研究の世界的な権威である同館が認めたのです。それこそが、何にも勝る証明です」

冴は、目を凝らしてその表紙をみつめた。

「狂気の縁で――ファン・ゴッホと病」。――二〇一六年開催の展覧会。

展示会場の一隅に一丁のピストルが展示されていた。「ゴッホの自殺に使われたとされるリボルバー」というキャプション付きで。

3

臙脂（えんじ）色のベルベットが内側に貼られた革のトレイの上に載せられた錆の塊を囲んで、ギロー、ジャン＝フィリップ、そして冴は、申し合わせたように腕組みをして、それぞれにじっくりと眺めていた。

とにかくいったんお預かりしましょう、その上で責任を持って調査・鑑定し、ご報告します——と、ギローは慇懃（いんぎん）にサラに告げ、預かり証にサインをして彼女に渡し、引き上げてもらったところである。

心ゆくまでリボルバーを眺めたあと、「さて」とギローはつぶやいた。

「どうするかね。……この逸物（いちもつ）を」

ジャン＝フィリップは肩をすくめて、

「どうするもこうするもないですよ。こんなもの、ただの鉄屑です」

あっさり言った。

「さっき説明しましたが、骨董品としての価値はゼロです。鑑定するだけ時間の無駄ってもんです。ここまで錆びてちゃ、リサイクルにも出せませんよ」

ギローは、むう、と小さくうなった。

「なんだ君は。オークショニアのくせに、もう少し抒情的な物言いができんのか、まったく……」

「あいにく僕はロマン主義者(ロマンティーク)ではなく、現実主義者(レアリスト)ですので」

ジャン＝フィリップがやり返すと、

「オークショニア向きじゃないな。……いや、逆か。オークショニアはそうあるべきだ。うん、そうだ」

ギローは、自分に言い聞かせるように言った。

「しかしな、ジャン＝フィリップ。オークショニアは冷徹なレアリストであっても、オークションのビッダーは、多かれ少なかれ、ロマンティークな要素を持っているものだ。たとえこれがどこからどう見ても正真正銘の鉄屑でも、あのフィンセント・ファン・ゴッホを撃ち抜いたシロモノだったとしたら、どうだ？　ええ？　オタクの心はとてつもなく掻き立てられるってもんじゃないか？」

「そうでしょうかね」ジャン＝フィリップは醒めた調子で言った。

「銃器オタクにとってはなんの価値もないし、美術愛好家にとっても、別にファン・ゴッホのタブローってわけじゃないですから……」

「つまらんことを言う男だな、君は……もういい、サエ、君はどう思う？」

ギローはジャン＝フィリップが乗ってこないので、冴に話をふってきた。

「私に必要なのはミリタリー・オタクの意見じゃない。フランス後期印象派の研究者の意見だ。どうだいサエ、君はもちろんこの話のポテンシャルに気がついているね？」

急に水を向けられて、冴はとっさに答えられなかった。

「……そうですね……はっきりしたことは、現時点ではなんとも言えませんが……」

一瞬、口ごもったが、

「ポテンシャル、といまおっしゃいましたが、確かに、ある種のポテンシャルはあると思います」

正直な感想を口にした。

「オーヴェール＝シュル＝オワーズにあるファン・ゴッホがかつて下宿していた食堂『ラヴー亭』の壁に、以前、錆びついた拳銃が飾ってあったらしいです。いまは食堂の経営者が替わってしまって、私が学生時代に訪ねたときにはもう飾られていませんでしたが……」

「なんだって」ギローがたちまち色めき立った。

「どういうことなんだ。じゃあ、マダム・サラは、そのラヴー亭の関係者ということなのか？」

「さっき、訊いてみようかと思ったのですが……ご自分からそうおっしゃらなかったですし、なんとも言えません」

　ゴッホは、拳銃で自らの左脇腹を撃ったと、直後に診察した彼の身元引受人・ガシェ医師に告げたという。

　が、凶器となった拳銃はみつからず、ゴッホがどこで自殺を図ったのかもわからなかった。ゆえに、ゴッホの死を巡るさまざまな憶測が飛び交い、近年までに詳しく分析、研究もされてきた。

　その過程で、「ラヴー亭の壁に錆びついた拳銃が飾ってある」ということは、地元民はもちろん、オーヴェールに行ったことがある研究者のあいだでも知られていた。それがなぜそこに飾られているのか喧伝されていたわけではなかったが、「ラヴー亭の壁に飾ってある錆びついた拳銃」というだけで、それはゴッホの自殺に関係したものかもしれないと、見る者に喚起させたことだろう。にしても、ゴッホの自殺に関係あるものかどうかは誰にも確証はなかっただろうし、実のところ、さほど関心も払われていなかったようだ。

　三十年ほどまえに、ラヴー亭の経営者が替わった。冴が初めてラヴー亭を訪ねたときには、すでに店の壁にリボルバーはなかった。「かつては店内に錆びついた拳銃が飾ってあった」ということ自体、誰もがとっくに忘れ去っていた。

　そう――それは〈ひまわり〉でも〈ドービニーの庭〉でも〈烏(からす)の飛ぶ麦畑〉でもない。たかが「鉄屑」だったわけだから。

その「鉄屑」が、思いがけず、こんなかたちで自分の目の前に現れようとは――冴は心中、不思議な巡り合わせに運命めいたものを感じずにはいられなかった。

「もし、このリボルバーが、かつてラヴー亭の店内に飾ってあった拳銃と同じもので、かつ、ファン・ゴッホ美術館の展覧会で展示されたものとも同じであったとしたら……ファン・ゴッホと何らかの関わりがある可能性がないとは言えない、そういうポテンシャルはあるのではないかと思いますが……」

確証は何もないので、回りくどい言い方になってしまった。が、冴のコメントを聞き終わらないうちに、ギローは、ポンと手を叩いた。

「結構(ボン)！　けっこう、けっこう！　いい話じゃないか、実に面白いぞこれは！　もしこれがほんとうにファン・ゴッホを撃ち抜いたものだったら……いや、はっきりとはわからなくても、その可能性がほんの少しでもあったら……世界的なニュースになるぞ！」

ギローは勢いよく立ち上がると、冴とジャン＝フィリップに向かって興奮気味に続けた。

「オークション会社を立ち上げて十年、私はこういう逸物を待っていたんだ。本音を言えば、いつかファン・ゴッホのタブローが出てくればいい、それが無理ならゴーギャンでもいい、いやピカソでもマティスでもいい、巨匠のタブローよ出てきてくれ！　と願い続けてきたんだが、そんな夢物語は追いかけるだけ時間の無駄だ。オークショニアはレアリストでなくちゃいかん。そうだよな、ジャン＝フィリップ？」

「おっしゃる通りです」ジャン＝フィリップは反射的にあいづちを打った。

「結構」ギローはうなずいて、さらに続けた。

「正直に言おう。我が社の業績は決して芳しくない。このままでいけば、今期は赤字を免れない。君たち社員を救うために、早晩、私は株を売却したり貯金を崩したりしなければならなくなる。いや、もっと正直に言おう、すでに私の貯蓄は底を突きつつある。つまり、CDCは経営危機に直面しているんだ。——私は直感した。この状況を救うために、このリボルバーは現れた。こいつは私たちの救世主だ！」

その時点で、冴のミッションは決まった。

この錆びついたリボルバーが、ゴッホの自殺に関わりがあるものだと証明すること。

会社の命運が、いきなり冴の両肩にのしかかってきてしまったのだった。


冴がアムステルダム中央駅に到着したのは、午後三時を回ったところだった。

予定では正午に到着して、軽くランチをしてから約束の場所に向かおうと考えていたのだが、甘かった。冴はプラットホームからトラムの停留所まで全力で走った。それまでに論文の調査のために二十回近く通っていたので、ファン・ゴッホ美術館までの最短ルートは心得ていた。

その日、冴はギリギリまで自宅で調べものをしていて、はたと気がつくとアムステルダム行き特急の発車時刻の三十分まえになっていた。大あわてで家を飛び出して地下鉄に飛び乗り、北駅の構内をプラットホームまで走ったのだが、タッチの差で冴が乗る予定だった特急は出発してしまった。その時点で会社に準備してもらった特急券はただの紙切れになり、冴は自腹であらためてチケットを買い直さざるを得なかった。

ブリュッセル駅で乗り継ぎ時間が三十分あった。午後一時に面談の約束をしていた、ファン・ゴッホ美術館のキュレーター、アデルホイダ・エイケンに電話をして、本当に申し訳ありません、と冴はありったけの気持ちを込めて詫びた。「ファン・ゴッホと病」展の担当キュレーターであるアデルホイダは、冴の遅刻を承知してくれた。

『午後二時から一件予定が入っていますが、一時間ほどで終わるので、三時以降にいらしていただければ大丈夫ですよ。どうかゆっくりいらしてください』

ベテランのキュレーターらしく、電話の向こうでアデルホイダは余裕の応答だった。それで胸を撫で下ろしたのだが、約束の時間をずるずると遅らせるのはプロではない。一分でも早く到着しなければと、冴はトラムの中でも足踏みしそうになった。

れんが造りの街並みを車窓に映しながら、トラムは「ミュージアム広場」停留所に到着した。車両から降りると、目の前に広々とひらけた芝生の広場があり、オランダが誇る三大美術館が見渡せる。アムステルダム国立美術館、アムステルダム市立美術館、そしてファン・

ゴッホ美術館だ。

アムステルダム国立美術館は一八八五年にいまの場所で開館した。レンブラントやフェルメールの代表作など、オランダの黄金期である十七世紀絵画を多数収蔵している。市立美術館は当初国立美術館の中に造られたが、一八九五年に独立して開館、二十世紀になってからはモダン・アートと現代アートの収集に力を注いだ。生前は世間に認められなかったゴッホの大規模な展覧会を最初に開催したのはこの美術館だ。そして、ファン・ゴッホ美術館は国立美術館として一九七三年開館、三つの中ではもっとも新しい。歴史ある美術館とくらべてみると、ゴッホがなかなか評価されてこなかったことがわかる。それでいて、同館の近年の平均年間入場者数は二百万人を超えているというのだから、ゴッホがどれほど母国のツーリズムに貢献しているかもわかる。

冴は、パリ大学の学生時代から足繁くこの美術館に通った。ファン・ゴッホ美術館は、ゴッホの甥――弟・テオのひとり息子――フィンセント・ウィレムが相続したゴッホ作品をもとに設立され、世界一のゴッホ・コレクションを誇る。油絵約二百点、素描約五百点、書簡約七百点、それにフィンセントとテオが熱心に集めた浮世絵約五百点。ゴッホの生涯とそのほとばしる情熱に触れようと、世界中から人々がやって来る。

すばらしいのは、コレクションばかりでなく、秀逸な企画展を開催していることだ。フィンセント・ファン・ゴッホという画家を切り口にして、斬新なテーマでさまざまな角度から検証する展覧会を次々に企画、開催している。ゴッホの生きた時代、彼が影響を受けた画家、住んでいた場所、交流のあった芸術家たち……訪れるたびに「こんなテーマもあったのか」と冴はいつも驚かされ、興味をそそられた。そしてそのつど、新しい感動を覚えたものだ。これほどまでに多角的に研究され、関心を引き、世界中の人々を夢中にさせる。フィンセント・ファン・ゴッホとは、なんと深遠な画家なんだろう。そして、凄腕のキュレーターたち。もっと面白いテーマはないか、さらに新しい発見はないかと、どこまでもゴッホを追い続ける彼らの探究心にも、深い敬意を覚えずにはいられなかった。

とはいえ、パリに暮らすようになってからいままでのすべての企画展を見たわけではない。多いときには年に三、四回アムステルダムを訪れていたが、働き始めてからは年に一度行ければいいほうだった。

そんなこともあって、これから面会するキュレーター、アデルホイダ・エイケンが企画した展覧会「狂気の縁で――ファン・ゴッホと病」を、冴はうっかり見逃してしまっていた。

展覧会は二〇一六年七月十五日から九月二十五日までの二ヶ月余り開催されていた。その期間、自分は何をしていたのだろうと冴は記憶の糸を手繰（たぐ）った。七月はちょうどヴァカンスシーズン直前で忙しく、八月は丸一ヶ月日本へ帰国していた。九月はヴァカンス後に仕事が本格的に再稼動する月で、七月以上に忙しかった。つまり、アムステルダムへ展覧会を見にいくというアイデアは、当時の自分の選択肢にはなかったのだ。

冴は深いため息をついた。これから、あの展覧会に出品された「展示物」について――そう、作品ではなく「展示物」だ――大事な問い合わせをしようというのに、自分はその展覧会を見ていない。自分とて、いちおうフランス後期印象派の研究者の端くれである。世界的なゴッホ研究者に教えを乞うのに、彼女の企画を見ていないということが、どんなに失礼なことなのか、よくわかっていた。

ファン・ゴッホ美術館のオフィスは、きれいに刈り込まれた芝生が青々と広がるミュージアム広場を挟んで、美術館のちょうど反対側の建物の中にあった。

図書室を併設しているこの場所に、冴は学生時代に何度も通った。ごく小さな図書室だったが、ゴッホ関連の書籍が充実していて、閲覧希望者は気軽に利用することができる。ひさしぶりに訪れて、冴の胸はなつかしさでいっぱいになった。

――そういえば、修士論文の調査のためにここへ来たとき、莉子も一緒だったっけな。

いまではサザビーズ・ニューヨークのスペシャリストとして活躍する小坂莉子とアムステルダムを訪れた思い出がふいに蘇った。

国際的に活躍するアート関係者を両親にもつ莉子は、子供の頃から世界中を旅していたが、意外にもそれが初めてのオランダだった。冴を案内役にふたりはファン・ゴッホ美術館をじっくり見て回った。冴は親友がゴッホの名作の数々を見ながら何度も驚嘆の声を上げるのが嬉しくて仕方がなかった。まるで自分のとっておきのコレクションを見せているような気分だった。

　ふたりは心ゆくまで豊かなタブローの森をさまよった。時間にも、仕事にも、ノルマにも、何にも追いかけられず、素顔のままで絵に向き合っていた。単純で、無垢で、清澄で、どこまでもまっすぐな——まるでゴッホの作品そのもののようだったあの時代。

　まもなく閉館になるというタイミングで、冴と莉子は揃って一枚の絵のまえで足を止めた。それは、ゴッホの作品ではなく、ポール・ゴーギャンが描いたゴッホの肖像画——〈ひまわりを描くフィンセント・ファン・ゴッホ〉だった。

　一八八八年、ゴッホはアルルでひとり暮らしをしていたが、パリにいる画家仲間に向けて、共同生活をしながら制作しないかと呼びかけた。それにただひとり応えたのがゴーギャンだった。

〈ひまわりを描くフィンセント・ファン・ゴッホ〉は、ふたりが決定的に仲違いする直前に描かれたもので、作品はフィンセントにではなく、弟のテオのもとに納められた。アルルでの経済的支援と引き換えに、ゴーギャンはテオに自作を送っていたのだ。

　この時期、テオは兄ばかりでなく、ゴーギャンまでも経済的に支えていた。その絵のまえで、冴は莉子に、どんなにテオが大変だったか、彼がいなかったらモダン・アートの歴史は変わっていたかもしれないと、熱く語った。

　壺に生けられたひまわりにちらりと視線を投げながら、カンヴァスの上で筆を動かしているゴッホの姿。全体的に奇妙に歪んで見えるのは、少し斜め上から見下ろす角度で捉えられているからだ。まるで中二階から見下ろしているような――今風に言えば「上から目線」である。ゴッホは赤い髭をたくわえた恰幅のいい人物として描かれている。心細げな、自信のなさそうな目。堂々としてはいるが、心の奥に猜疑心を培っているように見えるのは、このあと、ふたりに悲しい別離が待っているのを私たちが知っているからだろうか。

　そんなふうに思っていたら、それまで黙って絵に向き合っていた莉子が、突然、言った。

　――ゴーギャンは、怖かったのかもね。

　不意を突かれて、冴は思わず訊き返した。

　――怖かった？　何が？

　――だから、ゴッホのことが。なんか、このままだと食われちゃうというか……ゴーギャンは、生きいきしてるゴッホを描いて、それをテオに送って安心させてやろうって気持ちもあったかもしれないけど、同時に、君の兄さんはとんでもないやつだよって、絵を通して言いたかったのかも。

　どきりとした。莉子が何気なく口にした感想は的を射ていた。まさに、冴は修士論文で、絵を通して交錯したゴッホとゴーギャンの複雑な心理を読み解こうとしていたのだが、莉子はたやすく核心に触れてきた――こんなにもあっさりと。


「――はじめまして。ミズ・タカトオ？」

オフィスの受付まえのベンチに座って、遠い日を回想しているところへ、ファン・ゴッホ美術館のキュレーター、アデルホイダ・エイケンが現れた。冴はすぐに立ち上がると、

「ああ、ミズ・エイケン。すみません、すっかり遅くなってしまって……」

まずはていねいに詫びた。アデルホイダは笑顔になって「大丈夫ですよ。気になさらずに」と、おおらかに受け止めてくれた。

「こちらの奥に職員用のカフェがあります。よかったらそこでお話をしましょう」

アデルホイダに連れられて、冴はオフィス棟の一階にあるカフェテリアに入っていった。

コーヒーを片手にテーブルに落ち着くと、話を切り出したのはアデルホイダのほうだった。

「『ゴッホと病』展に出展されたリボルバーについて調査中とメールでお知らせいただきましたが、私に協力できることは何かありますか？」

その展覧会を見ていない言い訳をどうしようかと考えあぐねていたのだが、どうやら無駄話をする余裕はないようだ。冴はすぐに答えた。

「ええ。直接お尋ねしたいことがあって、伺いました。……実は、あのリボルバーが、私の勤務先であるオークションハウスに持ち込まれたのです」

アデルホイダの表情が一瞬で強張(こわば)るのがわかった。脈あり、と冴は見て取った。

「まさか。……ほんとうに？」

にわかには信じられない、という調子でアデルホイダが訊いた。その声は熱を帯びてかすかに震えていた。

「ええ、ほんとうです。先週持ち込まれて、現在鑑定中ですが……」

「まあ、なんてこと……そんな……」

アデルホイダは首を左右に力なく振った。それから、

「オークションはどこで？　いつ開催されるのですか？　予想落札価格(エスティメイト)は？　もうニュースリリースはしたのですか？」

矢継ぎ早に質問を投げてきた。完全に前のめりである。「ちょっ……あの、ちょっと待ってください」と、冴はあわてて彼女を制した。

「まだ何も決まっていません。出品依頼を引き受けてもいないので」

「なぜ？」

「それは……あのリボルバーが、ほんとうにファン・ゴッホの自殺に関係しているものなのかどうか、確証がないからです」

冴の言葉に、アデルホイダは、ふうっと息を放った。

「そう、その通りです。何も確証がない。……誰が持ち込んだのですか？」

「それはお答えできません。守秘義務があるので」

「では、その人物は何と言ってそれをあなたに見せたのですか？『このリボルバーはファン・ゴッホを撃ち抜いたものです』とでも？」

アデルホイダが正確に言い当てた。

「ええ、そうです。……なぜわかるのですか？」

冴の問いに、すぐさま答えが返ってきた。

「私も、同じことを言われて、あのリボルバーを見せられたからよ」

一瞬、ふたりは口を結んでみつめ合った。

そうだったのか、と冴は声に出さずにつぶやいた。あのミステリアスな女性、サラは、同じようにアデルホイダのところへあの錆びついたリボルバーを持ち込んだのだ。鑑定してもらうために？　いや違う、「ファン・ゴッホと病」展に出展させて、ファン・ゴッホ美術館の「お墨付き」を得るために。そうしたのち、展覧会に出品された事実を鑑定書代わりにして、オークションテーブルに載せようという目論見（もくろみ）だったのだ。

「……あのリボルバーをいま、お持ちなんですか？」

アデルホイダが訊いた。冴は首を横に振った。

「依頼人の同意なく、預かり品を携行するわけにはいきませんので。……画像をお持ちしました」

ラップトップPCを取り出して、テーブルの上に広げた。ふたりは肩を寄せ合ってディスプレイをのぞき込んだ。

ジャン＝フィリップが預かり品を撮影し、高画質の画像を作製してくれていた。真横、正面、背面、斜め左、斜め右、上、下、さまざまな角度から撮影されている。アデルホイダは真剣な面持ちで画面をみつめて、

「この正面の画像。もう少し大きくしてください。……もう少し」

クリックを繰り返して大きくしていく。瘡蓋（かさぶた）のようなごつごつした赤い錆が迫ってくる。

アデルホイダは画面をにらんで黙りこくっていた。――何か新しい発見があったのだろうか。

ややあって、ようやく彼女が顔を上げた。そして、冴のほうを向くと、ひと言、言った。

「これは――違う。当館の展覧会に出展されたものじゃないわ」

冴は目を瞬（しばた）かせた。アデルホイダの言葉の意味が、よくわからなかった。

違う？……違うって、どういうこと？

じゃあ、この錆びついたリボルバーは……いったい、何なのだ？

4

パリ中心部の外郭をなぞるように巡らされた環状高速道路は、恐ろしく渋滞していた。

「まったく……こんなどんよりしてうすら暗い最低の土曜日に、何が楽しくってみんな出かけようっていうんだ？　家でゆっくりワイン片手にＤＶＤ鑑賞したほうがよっぽどいいだろうに……」

ＢＭＷ７シリーズのステアリングを両手でぽんぽん弾いて、ギローがぶつぶつ言っている。助手席に乗っているジャン＝フィリップが、バックミラーの中で後部座席の冴に軽くウィンクした。冴は肩をすくめて苦笑いを返した。

「この渋滞にハマっているすべてのドライバーがそう思っているはずですよ、ムッシュウ・ギロー」

ジャン＝フィリップは、社長のつぶやきに律儀に応答した。

「サン＝ドニの乗り口からずっとこの車の後をのろのろついてくる青いプジョーは、きっと目の前でのろのろ進むこの高級車に向かってこうつぶやいているはずです。『なんだってこんな日に郊外の別荘へ行こうっていうんですか、ムッシュウ？　おとなしくヴィクトール・ユゴー大通りのお邸でルイ・ロデレールの泡を片手にホームシアターで「黄金のアデーレ」でも見てたらどうです？』」

「ずいぶん具体的なつぶやきだな」

ギローは思わずバックミラーをのぞき込んで、冴の後ろに見えている青いプジョーのドライバーの顔を確認しようとした。

「僕の心のつぶやきです」

ジャン＝フィリップがしれっと言うので、冴はこらえきれずに笑い出してしまった。

三人は、週末、ギローの愛車で、パリ郊外の村、オーヴェール＝シュル＝オワーズに向かっていた。

のどかな農村である。半日もあればぐるりと回れるくらいの大きさだ。住民は農業従事者が多いのだろうが、週末になるとパリから富裕層が高級車に乗ってやって来る。いわゆる別荘族に人気の場所なのだ。

オーヴェールばかりではない。パリから小一時間のドライブで到着できる近郊の町や村の古びた民家は、いま、素朴なウィークエンドドライブを楽しむためにやって来る彼らのセカンドハウスとして活用されている。だから、ギロー自慢のBMW7シリーズのセダンが路上駐車されていたとて、さほど珍しい光景ではない。もっとも、「会社の難局を乗り切るためにこいつは銀行融資の担保に取られている。人質みたいなもんだ」と、社長は運転しながらやけっぱちで白状していたのだが。

結局、予定より四十分ほど遅くオーヴェールに到着した。村の目抜き通り——と言っても信号もないような通りだったが——の路上パーキングに停めて、三人は車を降りた。

「こりゃあ完璧な田舎だな。空気が新鮮だ」

大きく息をして、ギローが言った。通りの向こうからぞろぞろとアジア人の団体が近づいてくる。彼らは手に手に旅行ガイドやスマホを握りしめて、観光スポットの順路を確認している様子だ。ジャン＝フィリップが彼らの行き過ぎるのを眺めて言った。

「どうやらただの田舎じゃなさそうですね。まあ、だからこそ我々も週末返上でここまで来たわけですが」

「別荘族には迷惑なこった」

ギローがうんざりしたように言った。地元住民にはどっちも迷惑だと思いますけど、と冴は、口には出さずに心の中でつぶやいた。

「いつもこんなに人出があるのかね、この村は？」

ギローに訊かれて、冴は「最近は、特にそのようですね」と答えた。

「私が最後に来たのは七、八年まえかな。その頃はここまでツーリストもいなかったと思います」

「ふうむ」ギローはさほど興味をそそられたようでもない顔つきで、鼻を鳴らした。

「で、その最近のツーリストたちは、ファン・ゴッホの足跡をたどって、この元来静かだった村をうろうろしてるってわけか」

「うろうろなんてしてませんよ。巡礼です」

ジャン＝フィリップがすかさず言い直したので、冴も言い添えた。

「その通り、巡礼みたいなものです。ファン・ゴッホの愛好者たちにとっては、この村は聖地なんですよ」

そう、この小さくて素朴な村は、十九世紀の画家たち——アカデミーの大家で印象派の擁護者だったシャルル＝フランソワ・ドービニーを始め、カミーユ・コロー、カミーユ・ピサロ、ポール・セザンヌなど、モダン・アートの黎明期を創出した重要な画家たちが滞在し、創作をした「アトリエ村」なのだ。もちろん、彼らを訪ねて有名無名の画家たちがこの場所を訪った。前衛美術をこよなく愛した「変わり者」の美術愛好者で精神科医、ポール・ガシェもこの地に暮らしていた。フィンセント・ファン・ゴッホが最後の二ヶ月あまりを過ごす受け皿として、この場所はじゅうぶんに整えられていた。

三人は目抜き通りを駅の方角に向かって歩き出した。ガイド役は冴である。「ファン・ゴッホの聖地徹底攻略ツアー」が、その日の彼女のミッションだった。

シャルル＝フランソワ・ドービニーが住んでいたという家の角を左に折れる。ドービニーに憧れていたゴッホは、最期まで本人に会うことはなかったが、敬愛を込めて巨匠の家の庭を描いた。〈ドービニーの庭〉と題されたその絵にはふたつのヴァージョンがあり、そのうちのひとつは縁あって日本に渡来した。広島市内にあるひろしま美術館の常設展示室で見られるその絵のことを、冴はふとふたりに話そうかと思ったが、小径の先を歩くギローが振り向いて言った。

「ところで、サエ。その、ファン・ゴッホ美術館での展覧会に出展された『別の』リボルバーが壁に飾ってあったとかいう食堂は、この近くなんだろう？」

「ええ、そうです」冴はすぐさま返事をした。「ここから歩いてほんの五、六分です」

「いま、私たちはそこへ向かってるんだよな？」

「いいえ、違います。まずは麦畑に、と思って……」

冴の返答に、ギローは眉根を寄せた。

「なんで麦畑に？　地産地消のクレープでも焼こうってのか？」

冴は苦笑した。

「ファン・ゴッホがここで自殺を図ったかもしれない、と言われている場所を先に見ておいたほうがいいんじゃないかと思ったんです。マダム・サラが持ち込んだリボルバーがいったいなんなのか、推理の役に立つかもしれないと思って」

「でも、ファン・ゴッホが自殺を図った場所は特定できてはいないんだよね？」

ジャン＝フィリップの問いに、冴はうなずいた。

「ファン・ゴッホを題材にした小説や映画の影響で、彼が麦畑でピストル自殺を図った……というのが伝説化してしまったんです。研究者のあいだでは、自殺未遂の場所の特定は現時点でできていません」

「じゃあ、推理も何もできんじゃないか。行くだけ時間の無駄ってもんだ」

ギローが立ち止まった。彼の背後には、小さな教会の鐘楼の尖った屋根が見えていた。あのなんの変哲もない教会も、ゴッホによってカンヴァスに永遠にその姿を焼きつけられたのだった。

「ある画家の研究をする過程において、その画家の日常的な行動や行きつけの場所をつぶさに追跡することによって新しい発見がもたらされる場合もあります。私が『推理』と言ったのは、探偵ではなく、研究者が使う意味での『推理』です。美術史の世界でも、研究者は作品だけでなく、文献や歴史的資料や研究対象のアーティストの行動分析によって推理を重ねていく。現代のアーティストなら本人に会って確認できるけど、物故作家はそうはいきませんからね」

「なるほど」ジャン＝フィリップが得心したような声を出した。

「ここはサエ探偵についていったほうがよさそうですよ、ムッシュウ・ギロー」

教会の前を通り過ぎ、うっそうとした草むらの中を抜けるあぜ道を、冴を先頭に三人は進んでいった。

ややあって、ぱっと視界が開けた。おお、と声を上げたのはギローだった。ジャン＝フィリップは立ち止まって、ぐるりと頭（こうべ）を巡らせた。

いちめんの麦畑が目の前に広がっていた。

刈り入れまえの黄色みを帯びた麦の穂を揺らして風が吹き抜ける。ザーッという音は寄せくる波の音に似ていた。風は乾いた黄色い海に船の航跡のような道筋を残して吹き去った。

その風景に対峙して、三人はしばし無言でその場に佇んだ。

「なんともさびしい景色だな」

ぽつりとギローがつぶやいた。その感想は、いくたびこの場所を訪れても冴の胸に浮かびくるものと同じだった。

「なるほど」とまたジャン＝フィリップが言った。

「『ここだった』という確証がなくても、『ここだったに違いない』と思わせる雰囲気がありますね」

「あるいは『ここであってほしい』だね。ファン・ゴッホを愛する人たちの感傷（サンチマンタリテ）としては」

ギローが言った。少々皮肉含みだったが、当たっていると冴は思った。自分も学生時分に初めてここを訪れたとき、わけもなく胸がいっぱいになり、まったく予期せずに涙が込み上げたことをよく覚えていた。

ないが、オークショニアという名の現実主義者となったいまは、感傷に浸ってばかりもいられない。


吹き抜ける風があぜ道から土埃（つちぼこり）を巻き上げた。鳥の群れが低く垂れた曇天の空を舞い飛んでいった。あぜ道が交差する四つ辻には、ゴッホが自殺未遂を図る数日まえに描き上げたとされる〈鳥の飛ぶ麦畑〉のパネルが据え付けられている。アジア人のツーリストグループがその前に集まり、ピースサインを作って記念撮影をしていた。

「いったいなんの啓示なんだ、こりゃあ」

ツーリストたちが行ってしまうのを見届けてから、ギローがパネルの前に立って両腕を組んだ。ジャン＝フィリップも同じようなポーズになると、おもむろに答えた。

「つまり、こういうことです。――ファン・ゴッホは、この四つ辻にイーゼルを立て、自らの絶筆となるこの絵を描き終え、最後のひと色を加えたあと、握っていた絵筆をリボルバーに持ち替えて、自らの左胸に震える銃口を当て、ひと思いに撃ち抜いた……」

「いや、ぜんっぜん違う」冴が即座に否定した。

「この絵は絶筆じゃないんですよ。多くの人がそう思っているみたいだけど、誤解です。そもそも、左胸を撃ち抜いたりしてませんから。だったら即死でしょ。彼は左脇腹を撃って、そのあと自分の足で下宿まで帰り着いて、死んだのは二日後です」

「抒情（リリスム）がないね、マドモワゼル」ギローがつまらなそうな顔をした。

「レアリストのオークショニアですから」冴がやり返した。

「結構（ボン）」と軽く両手を叩いて、ギローはいま一度麦畑を見回した。

「で、君がアムステルダムで面会したキュレーターは、展覧会に出展された『別の』リボルバーについて、もともとはこの畑のどこかで……地元民がそのへんの土をほじくり返したら偶然出てきたものだと、そう教えてくれたんだっけな？」

「そうですね……まあ、大筋は合っています」

ざっくり過ぎるけど、と思いつつ、冴が答えた。

「それを鑑定してもらうために、小麦粉の袋に入れて、農夫がアムステルダムの美術館まで持っていったってわけか」

ジャン＝フィリップがしたり顔で言うので、「いや、まったく違う」とまた冴は否定した。

「『別の』リボルバーは、所有者がファン・ゴッホ美術館に持ち込んだわけじゃないんです。アデルホイダが……『ゴッホと病』展を企画したキュレーターがその存在を知っていて、彼女のほうから所有者にアプローチしたということでした」

所有者の名は明かせないが、と前置きして、アデルホイダ・エイケンは「ゴッホと病」展に出展されたリボルバーについて教えてくれた。

そのリボルバーが発見されたのは、およそ五十年まえのことである。

オーヴェール＝シュル＝オワーズの村内にある畑——どこに位置する畑か特定できていない——で、ひとりの農夫が土を耕していた。勢いよく鍬を振り下ろした瞬間、ガツンと金属同士がぶつかる音がして、刃が何か硬いものに当たった。不審に思った農夫が手で土を掘り返してみると、錆びついた一丁の拳銃が出てきた。とても使えない代物であることは一目瞭然だったが、農夫は律儀に警察に届け出た。

普段はさしたる事件も起こらない小村である。畑から掘り出された拳銃の噂は瞬く間に村人全員が知るところとなった。警察は現場検証もしたが、何らかの事件との関連は薄いと判断して、拾得者である農夫に引き取るかどうか尋ねた。すると農夫はこう言った。

——そんなもん、要りはしません。でも、ずっと昔に自分の父親が持っていた拳銃かもしれません、なんぞと言ってる人がおるらしいんで、その人に譲るとしましょう。

父親がかつての所有者だった可能性がある——と、発見者に申し出ていたのは、ラヴー亭の元主人、アルチュール＝グスターヴ・ラヴーの娘、アドリーヌ・ラヴーの関係者だった。

ラヴー亭とは、フィンセント・ファン・ゴッホが人生最後の十週間を過ごした下宿屋を兼ねた食堂である。ゴッホは一八九〇年五月に極小の屋根裏部屋で暮らし始め、七月二十九日にそこで息を引き取った。ラヴー一家は、ゴッホの短かった下宿生活の面倒を見、とりわけアドリーヌはゴッホの絵のモデルを三度にわたって務めもした。実はゴッホが自殺に用いたのは、主人のアルチュールが護身用にと持っていた拳銃だったかもしれなかった。アドリーヌが自分の父親から聞いた話として、当時は無名の貧乏画家でいまではすっかり有名になった「あの」ゴッホに拳銃を貸してやったんだが、自殺に使ったあとはもう返ってこなかった――と知人に伝えたところ、その人物が農夫に接触して、元の持ち主に返すべきではないかと諭したようだった。

その頃、ラヴー亭はすでにラヴー一家の手を離れ、違うオーナーが経営していたのだが、とにかくその畑から掘り出されたリボルバーは、どういう経緯だったのか、最終的にラヴー亭の壁に収まった。初めのうちこそ、あれがねえ、ほんとかね、と客のあいだで話題になったが、そのうち忘れられてしまった。

ラヴー亭は地元民が通う定食屋としてゴッホがやって来る前年の一八八九年に開業し、何度ものオーナーチェンジを経て、およそ百年後の一九八八年、非営利団体「インスティチュート・ファン・ゴッホ」によって購入された。ゴッホ終焉の場所として保存すべきだという気運が高まる中で、ある篤志家が私財を投じて修復したのだ。以来、ゴッホの聖地として世界中から多くのゴッホ・ファンが集まる場所となった。

では、錆びついたリボルバーはその後どうなったかというと、ファン・ゴッホ美術館は所有者のトラッキングを怠ってはいなかった。アデルホイダは、はっきりとは言わなかったが、「ファン・ゴッホの自殺に関わりがあるかもしれない」そのリボルバーはファン・ゴッホ美術館に寄贈されてしかるべき、と狙いを定めているに違いなかった。あるいは館の予算を使って適正な価格で購入してもいいと考えているのかもしれない。いずれにせよ、「展覧会に出展されたリボルバーがオークションハウスに持ち込まれた」という牙がもたらしたニュースに、彼女は飛びついた。〈ひまわり〉でも〈アイリス〉でも〈星月夜〉でもない、骨董的価値も美術史的価値もない、赤く爛（ただ）れた一丁のリボルバー。そして結局、それはファン・ゴッホ美術館が展覧会に出展することで権威付け（オーソライズ）したリボルバーとは違うものだと判明した。

　ギローもジャン＝フィリップも、CDCに持ち込まれたのとは「別の」リボルバーについて牙が詳しく説明するのを、シャーロック・ホームズとワトソン君よろしく難しい面持ちで聞き入っていた。

「で、つまり……うちがマダム・サラから預かっているあのリボルバーは、いったいなんなんだ？」

　もう我慢できない、という調子で、ギローが答えをせっついてきた。

「贋作か？　スクラップか？　それともアートと呼ぶべきなのか？」

「贋作じゃないですよ。そもそもタブローじゃないんですから」

　ジャン＝フィリップが醒めた声で返した。

「アートオブジェというのがいちばん近いかもしれませんね。マダム・サラは画家だと自称していましたから、まあ暇つぶしで造ったオブジェだったのかも……」

「ちょっと待って。そんなつまらない結論を導き出すためにわざわざここへ来たわけじゃありません」

　冴にぴしゃりと言われて、ギローとジャン＝フィリップは口をつぐんだ。

「マダム・サラが、自分が持ち込んだリボルバーは『ゴッホと病』展に出展されたんだと言ってカタログを見せたのは、確かに混乱を招く行為だったと思います。だけど、そうまでして、あの錆の塊をオークションテーブルに載せようとしているのは、何か強い意識というか、意志というか、意地というか、とにかく、『抒情(リリスム)』が感じられます。少なくとも、私には」

　ギローはにやりと笑いを浮かべた。そして、冴の肩に軽く手を回して言った。

「いいじゃないか、サエ。抒情こそが人生を、すなわち我々のオークションを彩る最高の装飾品だ。さらに追求していこうじゃないか」

「僕も賛成ですよ。ここまで来たら、徹底的に付き合おうじゃありませんか。あの赤錆のオブジェに」

　ジャン＝フィリップも同調した。

　三人は黄色い海をふたつに分かつ細いあぜ道をまっすぐに歩いていった。森に差しかかる手前で、冴は一度だけ振り向いた。

　風が麦畑をざわつかせて吹き抜けていった。彼方に赤茶けた塀が見えていた。フィンセント・ファン・ゴッホが弟のテオと並んで永遠に眠る墓地がそこにあるのを、冴は知っていた。

ビストロ「ラヴー亭」は、オーヴェール＝シュル＝オワーズの村役場と道を挟んで向かい合わせに立っていた。

クリーム色の壁に黒っぽい屋根、店の正面（ファサード）は臙脂色がかった落ち着いた赤で、窓には白いレースのカーテンがかかっている。いまや世界中から観光客が訪れる超有名店なのだが、いかにも古き良き時代のフランス料理店の風情を残し、のどかな村内の景色によく馴染んでいる。さしずめおとぎの国の料理店といった様相だ。

「で、この店の名物はどんな料理なんだね？」

通りを挟んで反対側からラヴー亭の全容を眺めて、ギローが尋ねた。渋滞の中を運転してきて、到着後すぐに麦畑見学をしたものだから、早くも空腹を覚えているようだ。

「残念ながら、ムッシュウ・ギロー。昼食のまえに見学するんですよ」

冴が答えた。ギローは、もううんざり、という表情を作った。冴はおかまいなしに、

「インスティチュート・ファン・ゴッホの担当者とのアポイントは正午です。つまり、三分後。じゃあ、行きますよ。あ、車に気をつけて渡ってくださいね、横断歩道がないんですからね」

冴に続いてふたりの大の男が、左、右、と確認して、通りを向こう側へ渡った。引率の教師と男子生徒たち、のどかな遠足のようである。

かつてラヴー亭の入り口は通りに面した正面だった。が、現在では、見学者は裏口から中へ入るようになっている。一階左手にはビストロへの入り口があり、正面に狭い階段がある。二階、三階へと続くこの階段は、その昔、三階に住む下宿人たちが使っていた。――つまり、ゴッホはこの階段を通って自分の部屋へと行き来していた。

ラヴー亭の二階はミュージアム・ショップになり、三階の「ゴッホの部屋」は修復・保存され、一般公開されている。この部屋の見学者のためには、ビストロの入り口とは別のアクセスが用意されている。見学者は裏庭に設けられたチケット売り場で時間制チケットを購入し、建物の外に造られた階段を上がって、まずは二階のショップのカウンター前に集合する。そこからガイドに連れられて、ビストロ入り口からつながっている狭い階段を上がり、「ゴッホの部屋」を見学する、という仕組みだ。部屋は信じ難いほど狭いので、一度に案内できるのは七、八名が限界である。

ゴッホが最期の瞬間を迎えた部屋は、世界中のゴッホファンにとって「ゴッホ巡礼」の聖地となっている。冴も何度か訪れたが、いつ訪れてもふたつの動かざる事実に驚きを新たにする。ひとつは、いまや世界中で愛される画家となったゴッホが最期を迎えた部屋が、こんなにも狭くて粗末だったということ。もうひとつは、こんなにも狭くて粗末な部屋に、毎回息苦しいほどの人々が集まり、まるでたったいまゴッホが息を引き取ったかのように悲しみを共有すること。

いまではヴァル＝ドワーズ県最大の観光スポットと化したこの場所を運営しているのは、民間の非営利団体、インスティチュート・ファン・ゴッホである。冴は事前に連絡して、同団体の代表、リアム・ペータースの秘書、アメリ・ロワノーに自分たちの訪問を伝えていた。自分が勤務するオークションハウスにゴッホ関連の歴史的資料が持ち込まれた。それに関する信憑性を調査しているので、ぜひともご協力願いたい——と。

三人は外階段から二階へと上がった。ショップは大勢の観光客でにぎわっていた。ゴッホの絵が描かれたマグカップやキーホルダー、眼鏡ケース、缶入りクッキー、ワイン、ゴッホ人形まである。

「たいした人気だな」

ギローは麦わら帽子を被った赤髭の人形を手に取って、さも感嘆したようにつぶやいた。

「いや、彼が人気者なのはよく知ってるがね……どうだいこの人形、なかなかのもんじゃないか。ひとつ、息子に買っていくか」

「プロヴァンス産のロゼなんかもありますよ。『キュヴェ・ファン・ゴッホ』。ズバリの名前だ」

ジャン＝フィリップは〈耳に包帯を巻いた自画像〉がエチケットに印刷されたワインのボトルを手にして、興味津々の様子だ。

冴は少々あきれて、「ふたりとも、グッズ・ハンティングはあとにしてください」と注意した。

「それに、大きな声じゃ言えませんが……実はこの部屋、ファン・ゴッホの告別式を行った場所なんですよ」

「なんだって」ゴッホ人形を握りしめたままで、ギローが反応した。

「じゃあ、ファン・ゴッホの棺は、この部屋に置かれて……」

「ええ、そのあたりに」

冴は適当に、ギローの足もとあたりを指差した。ギローはぎょっとして、人形をもとの位置に戻した。

「意地が悪いね」ジャン＝フィリップが、くくくと笑った。

人波をかき分けて、銀縁眼鏡をかけたショートヘアの女性が現れた。彼女は足早に三人に近づくと、

「マダム・タカトオ？　アメリ・ロワノーです」

さっと右手を差し出した。冴は、ウイ、と笑顔で返事をして、その手を握り返して応えた。

「こんにちは、マダム・ロワノー。サエ・タカトオです。このたびはご対応ありがとうございます」

冴はギローとジャン＝フィリップを紹介した。それぞれと握手を交わすと、アメリは言った。

「あいにく、ムッシュウ・ペータースは外出していまして……まずはガイドとともに『ファン・ゴッホの部屋』をご見学ください。そのあと、一階のビストロにテーブルを予約してありますので、よろしければ、そちらで私がお話を伺います。そろそろガイドツアーが始まりますので、どうぞご参加ください」

アメリに促されて、三人は、ぞろぞろと狭い階段を上がっていくツアー客の最後尾についていった。

階段を上がってすぐ正面にある「ゴッホの部屋」は、七、八人も入れば満員になるような小ささである。ツアーには冴たちを除いて十名が参加していたので、全員は部屋に入りきらない。三人は部屋の手前の階段の踊り場で、室内でのガイドの解説が終わるのを待った。

五、六分で解説が終わり、グループはいっせいに隣室へ移動した。

「隣室にも売れない画家が住んでいたのかな。ゴーギャンとか？」

人々が行き過ぎるのを待って、ジャン＝フィリップがつぶやいた。

「売れない画家、というのは合っているけど……ゴーギャンじゃなくて、アントン・ヒルシッフという、オランダ人画家が下宿していたのよ」

と、冴が応じた。

「それに、ファン・ゴッホとゴーギャンは、アルルでの『耳切り事件』以後、二度と会うことはなかったの。ファン・ゴッホの告別式にも彼は来なかったということだから……結局、アルルでの別れが永遠の別れになってしまった、ということね」

「なんだって」とまた、ギローが意外そうな声で言った。

「そいつはひどいな。仮にもいっとき、寝食をともにして制作に励んだ仲なんだろう？　親友の告別式に来ないだなんて、そんな馬鹿なことがあるもんか」

「親友じゃなかったんでしょう、別に」

　ジャン＝フィリップが醒めた調子で言った。

「ファン・ゴッホとの共同生活も、けんかばっかりで、しまいにはゴーギャンが愛想を尽かして出ていったんですよ。そのゴーギャンをどうにか引き止めようと、ファン・ゴッホは自傷行為に及んだ。ゴーギャンはビビって、もう会いたくない、ってことになったわけです。

……と、ここまで合ってるかな、サエ？」

「さあ、なんとも」冴は苦笑いした。

「ファン・ゴッホとゴーギャンのあいだに、ほんとうのところ何が起こったのか……知っている人は、いまとなっては誰ひとりいないからね。史実としてわかっているのは、ふたりが短いあいだ共同生活を送ったこと、ゴーギャンが去るタイミングでファン・ゴッホが自傷行為に及んだこと、彼の告別式にゴーギャンが駆けつけなかったこと。愛想を尽かしたとかビビったとかは、単なるあなたの想像。さあ、部屋の中に入ってみましょう」

　三人は、ツアー参加者が出払った部屋の中へと足を踏み入れた。

粗末な屋根裏部屋である。がらんと空っぽで、染みだらけの薄汚れたしっくいの壁。天窓がひとつ、ぽっかりと開いている。入って右手の壁はいちめんがアクリルで覆われていて、カンヴァスが一枚、意味ありげに裏返しにして掛けてある。カンヴァスの木枠(ストレッチャー)の上には、何やら手書きのフランス語のメッセージと解説が印刷されて貼り出されている。ただ、それっきりの部屋だった。

ギローは部屋の真ん中に立つと、「これは……」と何か言いかけて、絶句してしまった。ジャン＝フィリップも同様だった。三人は、それぞれに部屋の四方を眺めて、静まり返った。冴にはふたりの心の動きが手に取るようにわかった。自分も、初めてこの部屋を訪れたとき、言葉を失ってしまったものだ。

いまでは世界中で愛される画家となったゴッホ。展覧会を開けば何十万人という観客が押し寄せ、オークションに出品されれば信じ難い高値で落札される。ピカソやマティス、数々の現代アーティストたちに絶大な影響を与えたモダン・アートの祖。

そのゴッホが最期を迎えた部屋が、こんなにもちっぽけで、貧相で、わびしい場所だとは……。

「なるほど。よぉく、わかった」

ややあって、ギローが得心したように言った。

「この部屋はファン・ゴッホの『神話』の完璧な裏づけになっている。親友だったゴーギャンには見放され、家族もいなくて、貧しく、孤独で……しまいには自殺を図って、こんな部屋で息を引き取った。実にロマンティックじゃないか。もし彼が、ギュスターヴ・モローみたいにアカデミーの会員で、国立美術学校（ボザール）の教授で、フランス政府から壁画の発注なんぞをされて、ラ・ロシュフーコー街の豪奢な邸宅に住んでいたら……通俗の極みだ。神話も何もあったもんじゃない」

「モローが通俗だってことですか?」

ジャン＝フィリップが突っ込むと、むう、となって、

「たとえばの話だ。モローはもちろん偉大な画家だ。我が社の売り上げにも貢献してくれたし」

過去に一度だけCDC（セーデーセー）主催のオークションにモローの水彩画が出品されたことを思い出したのだろう、ギローが返した。

が、ギローの感想は的を射ていると冴は思った。確かに、この部屋は訪れた人の心を打たずにはおかない。「こんな部屋で息を引き取った」のは単なる想像ではなく、れっきとした史実なのだから。

「こっち側の壁はアクリル板で保護してありますね。ファン・ゴッホの落書きでも遺されているんだろうか」

ジャン＝フィリップが、正面の壁に近づきながら言った。そして、アクリル越しに、壁に

掛かっている裏返しのカンヴァスをみつめ、その上に貼り付けてある文章を読み上げた。

「……『いつの日か僕の個展をどこかのカフェで開催する、その方法をみつけられるはずだ』一八九〇年六月十日、フィンセントからテオへの手紙……だそうです」

「せつないな」ギローは頭を左右に振った。「実にせつない」

三人の姿を映すアクリル越しに、冴は、おそらくゴッホが永遠の旅路についたそのときのままに保存されている薄汚れた壁をじっとみつめた。あちこちに釘を打った跡が見受けられる。画家の存命中はこの壁いちめんに、オーヴェールで描き上げた自作のタブローを寸分の隙間もなく飾っていたのだろう。けれど、そのうちのたった一枚すらも、もはやこの村には残されていないのだ。

冴は、小さくため息をついて言った。

「皮肉にも、フィンセントが亡くなってすぐ、彼の夢は実現したんですよ」

ギローとジャン＝フィリップは冴のほうを向いた。

「個展を開いたのか？『カフェ・ドゥ・マゴ』で？」

芸術家たちの溜まり場だったセーヌ川左岸の著名なカフェの名前を、ギローが口にした。

「違いますよ。さっき教えたじゃないですか」

冴が答えると、

「あ。まさか、ここの二階で？」

ジャン＝フィリップが言った。冴はうなずいた。

「そう。告別式の場が、フィンセントの初個展の会場となったんです」

生きているあいだに個展を開く夢をかなえられなかった兄を不憫に思ったのだろうか、臨終に立ち会ったテオが、急遽、告別式の会場となったラヴー亭の二階に、ゴッホが描き溜めていた作品のいっさいを飾り付けた。晩年の傑作の数々——〈ドービニーの庭〉が、〈烏の飛ぶ麦畑〉が、〈薔薇〉が、〈医師ガシェの肖像〉が、〈オーヴェール＝シュル＝オワーズの教会〉が、壁を、棺の周りを埋め尽くした。そしてそれらのほとんどは、形見分けにと、テオが列席した兄の友人たち、世話になった知人たちに手渡したのだという。

「配っちまったって？　ああ、なんてことをしてくれたんだよ、テオのやつ！」

冴の話を聞いて、たったいまゴッホの告別式が終わったかのように、ギローは嘆いた。

「そんなことしたから、結局みんな売っ払われちまったんじゃないか！　せめて一点くらい残しておいてくれたら、この村の宝になっただろうものを……」

「それが名画の運命なんですよ」

達観したようにジャン＝フィリップが言った。

「絵を描いたその場所に、その絵は残らない。生産する場所と消費する場所は一致しないのが世の常です」

なかなか憎いことを言う。当たっていると冴は首肯した。実際、ゴッホばかりではなく、放浪の画家だったゴーギャンの作品だって、彼が制作の拠点としたタヒチやポリネシアには、一点たりとも残されていないのだから。

「それにしても……」

ギローはなおも未練がましい表情で、まなざしを壁に向けた。

「展示品がないからって、こんなしみったれた壁にご立派なアクリルフレームをつけて『作品』にするとはね。なんともわびしいじゃないか」

それもまた、当たっていると思わずにはいられなかった。


三人がビストロ・ラヴー亭のテーブルに着いたのは、昼の一時少しまえだった。

「ここのスペシャリテはなんだね？」ギローは給仕係（ギャルソン）に尋ねた。彼のお薦めの通りに、牛フィレ肉のワイン煮と温野菜のつけ合わせ、ギローと冴はブルゴーニュの赤ワインをそれぞれにグラスで一杯ずつ、ジャン＝フィリップは「帰りは僕が運転しますよ」とジンジャーエールを注文してから、三人はアメリ・ロワノーがやって来るのを待った。

冴はアメリに事前にメールしたとき、「ゴッホ関連の歴史的資料」に関する詳細は伝えてはいなかった。それでも、ゴッホ終焉の部屋を保存・公開する団体として、インスティチュート・ファン・ゴッホは、いったいどういう「資料」が持ち込まれたのか、当然興味を持っただろう。いまCDCで預かっている錆びついたリボルバーについて、ひょっとすると何か情報を持っているかもしれない。だからこそ、週末に社長にわざわざ車を出してもらってここまで来たのだ。

グラスワインがテーブルに並べられたタイミングで、冴たちのテーブルへやって来たのは、アメリではなかった。

「やあ、お待たせしました。ようこそ、マダム、メッシュウ」

にこやかに近づいてきたのは、細身で白髪の男性。インスティチュートの代表、リアム・ペータースだった。三人は驚いて、あわてて腰を上げ、それぞれに握手を交わした。

「今日はお出かけだと伺っていたので……まさかいらしていただけるとは、嬉しい限りです」

ギローが慇懃に言うと、ペータースは「いやいや、たいした用事ではなかったので、心配は無用です」とこちらもていねいに返した。

「肉の煮込み料理を注文されましたか。それは結構、うまいんですよ。この一皿のために、私はラヴー亭を買収したようなものですからね」

軽妙な語り口に三人はたちまちほぐされた。冴は笑顔になって、

「以前、伺ったときも同じものを注文しました。とてもおいしくて」

「でしょう。皆さん、こちらへは何度目かのお越しですか？」

「ムッシュウ・ギローと僕は今日が初めてです。サエは、フィンセント・ファン・ゴッホとポール・ゴーギャンの研究者でもあるので、調査のために何度か来たとかで」

牙の代わりにジャン＝フィリップが答えてくれた。

ペータースは、「そうですか、フィンセントとポールの……」と目を細めて、まるでなつかしい親戚を思い出したかのような表情になった。

「ファン・ゴッホを愛する方なら誰であれ、当方への訪問を歓迎します。が、ファン・ゴッホとゴーギャンの研究者ならなおさらです。私たちがお役に立つことがあれば、なんなりと協力いたしましょう」

「それはありがたい。ではさっそくですが……」

ギローが切り出そうとすると、「待ってください、そのまえに」と牙が遮った。

「こちらのインスティチュートについて、一点だけ伺えますか。代表にお目にかかれたら、お尋ねしたいことがあったんです」

「もちろんですとも。なんでしょうか？」ペータースは温厚な表情のままで訊き返した。

「こちらの非営利団体は、一九八七年に、ファン・ゴッホの終焉の部屋を保存・公開することを目的として立ち上げられたということですが、きっかけはなんだったのでしょうか。ほかのファン・ゴッホ関係の施設や財団からの要請があったとか、あるいは地元からの希望があったとか……」

冴の質問に、ペータースはまた目を細めた。

「いえ。私の個人的な体験がきっかけで、始まったのです」

そして、ペータースは三十年ほどまえの自身の体験談を語り始めた。


リアム・ペータースはベルギー人で、六十八歳。かつて、アントワープに本社があるベルギーを代表する企業の役員に三十代で抜擢され、優雅な独身生活を謳歌していた。

それは三十七歳の夏の出来事だった。ヴァカンスシーズンに、ひとりでマイカーを運転してパリまで行こうとプランを立て、途中のオーベルジュに泊まりながらドライブを楽しんだ。パリまであと小一時間というところで、オーヴェールの集落に差しかかった。車の往来の少ない村道を走っていたとき、対向車線を走ってきたトラックが、ハンドルの操作ミスだったのか、ペータースの車めがけて正面から突っ込んできたのだ。

あっと思った次の瞬間、すべてが闇に包まれた。あとは、何も覚えていない。

目が覚めたら病院のベッドの上で、身体(からだ)中にいくつものチューブや医療機器がつながれていた。

丸一週間、意識不明だったという。今夜が峠だと判断され、アントワープから兄夫婦と会社の役員が何名か駆けつけたところだった。

目覚めた彼に向かって、ドクターが言った。――奇跡だ。今日明日にもあなたは天に召される運命だったのに、おそらく私の診断が間違っていたのでしょう。けれど、今日ほど診断ミスを嬉しく思った日はありませんよ！

いったい何が起こったのだろう。自分の命が唐突に危険にさらされ、また「助けられた」わけを突き止めたくて、退院後すぐに、ペータースは事故現場に向かった。

事故が起こったのは、クリーム色の壁、赤いファサードの食堂の前の道だった。ドアを開けて中へ入ってみると、恰幅のいい店の主人がペータースの顔を見るなり、ああ、旦那！とすっ飛んできた。

――生きて帰ってきたんだね、あんた！　よかった、よかった、ああよかった……！

主人は、ペータースの両手を握って激しく上下に振りながら、大粒の涙を流したのだった。

聞けば、百年近く続くそのビストロ「ラヴー亭」は、とある出来事のせいで何度もオーナーチェンジをし、彼が十五人目の店主だとのこと。その「とある出来事」のために、ラヴー亭には「お金を落としてくれない客」がひきも切らずにやって来て、儲からないのにいつも忙しい思いをさせられている。そこへきて店の真ん前で「死亡事故」が起こった。いっそうまともな客が寄りつかなくなり、この先どうしたものかと途方に暮れていた……。

その「お金を落としてくれない客」とは、世界中の美術史研究者や美術愛好者だった。

そのとき、ペータースは初めて知った。自分が九死に一生を得たその場所は、あのフィンセント・ファン・ゴッホが命を落とした場所。そして事故が起きた日は、ゴッホの命日、七月二十九日であり、ゴッホはペータースと同い年、三十七歳でこの世を去ったのだと。

「それらの史実を知ったとき、私の中ですべてが符合しました。私は、フィンセントに助けられたのではないか？　何か私がするべきことがあって、私は生き長らえたのではないか。この店と、フィンセントが最期を迎えた場所を保存して、一般公開できないだろうか。青息吐息のこの店を買い取って、収支が合うように経営を立て直したらどうだろう。『お金を落としてくれない客』を、入場料やグッズ販売、寄付などで『お金を落としてくれる客』に変えればいい……と思ったのです」

そこまで一気に話してしまって、ペータースは深い息をついた。それに誘われるようにして、ギローとジャン＝フィリップも止めていた息を放った。

「まさしく、啓示を受けたんですな」ギローがさも感心したように言った。

「そうですね、まさしく」とペータースは感慨深げに応えた。

「私はすぐに考えを実行に移しました。会社を退職し、家と財産を処分し、身ひとつでこの村へ越してきました。私の選択は正しかったと思っています。その証拠に、このファン・ゴッホの聖地へ世界中から人々がやって来て、彼の最期を追体験しているのですから」

驚くべき告白に、冴は体の芯が痺れるほどの感動を覚えた。死して百年経ってなお、こんなふうにひとりの人生をまったく変えてしまうほどの力がゴッホにはあるのだ。

「ところで、ムッシュウ・ペータース。私からもお尋ねしたいのですが」

ギローが頃合いを見計らって切り出した。

「あなたがこの店を買い取ったとき、壁に使えなくなった拳銃が……古ぼけたリボルバーが飾ってありませんでしたか？」

ペータースは、目を瞬かせた。

「リボルバー？」

ギローとジャン＝フィリップと冴は、同時にうなずいた。ペータースは三人の顔を眺め回すと、もう一度訊き返した。

「ファン・ゴッホが自殺に使った……とかいう拳銃ですか？」

言われて、ギローは色めき立った。

「そう、それ。それです。赤く錆びついた、何の役にも立たない鉄屑みたいな、あれです」

ペータースは苦笑した。

「アムステルダムのファン・ゴッホ美術館の研究者も、何度かこちらへ調査に来て、同じことを訊かれましたが……残念ながら、私が買い取ったときには、食堂の壁には古ぼけたオランジーナのポスターが貼ってあるくらいでしたよ」

たちまちギローは肩を落とした。ジャン＝フィリップは肩をすくめた。

アムステルダムの展覧会に出品されたリボルバーについて、ペータースは関与していないだろう、と初めから踏んでいた冴は、重ねて訊いてみた。

「それとは違う、もうひとつのリボルバーについては？」

ペータースは冴を見た。窪んだ眼孔の奥の瞳がきらりと光ったように見えた。

そのタイミングで、牛フィレ肉のワイン煮の皿が湯気を立てて運ばれてきた。ペータース
は目を細めて、

「おお、来たきた。さあ、召し上がってください。この店の名物ですよ。これがほんとうに
うまいんでね」

と勧めた。三人は互いに目を合わせた。

「うまそうですね。いや、これは間違いなくうまいでしょう」

ギローが応えて、ナイフとフォークを手に取った。「召し上がれ」ともう一度、ペーター
スが言った。

が、ギローはナイフとフォークをテーブルの上に戻すと、急に前のめりになって、

「すみませんが、ムッシュウ・ペータース。さっきのサエの質問への答えは……？」

と念を押すように訊いた。ペータースは、目を泳がせた。

それから、束の間考え込む表情になったが、思い切ったように言った。

「もうひとつのリボルバー……というのは、ひょっとすると、サラが持っている『ゴーギャ
ンのリボルバー』のこと……でしょうか」

サラ。ゴーギャン。リボルバー。

三つの耳慣れた、しかし結びつかない単語が、突然飛び出してきたのだ。

意外すぎて、どう反応したらいいのかわからない。

三人のぽかんとした顔をみつめて、ペータースはもう一度、言った。

「サラ・ジラール。画家の」

「そう！　そうなんです、サラ。サラ、サラ・ジラール！」

突然、ギローが彼女の名前を連呼した。店内の視線がいっせいにこちらのテーブルを向いた。冴も我に返って、訊き返した。

「サラをご存じなんですか？」

「ええ、よく知っていますよ。長い付き合いです。彼女はこの店の常連ですからね。しょっちゅう来て、このテーブルで食事をしていますよ」

ペータースのほうは落ち着き払って答えた。

「このあたりの風景が好きで、作品のモチーフにしているんでね。麦畑やら、教会やら、オワーズ川やら……夏には野ばらやあざみを描いたりしてね。まるで、ファン・ゴッホみたいでしょう？　サラは、ずいぶん長いあいだ……私がこの店を買収して再オープンする前から来ていたと言っていたから、かれこれ三十年ほどもこの村に通って描いているんじゃないかな。フィンセントは二ヶ月かそこらですからね。サラのほうが、ずっとキャリアが長いですよ」

　そう言って笑った。三人は、もう一度目を合わせた。

「じゃあ、マダム・サラが……ラヴー亭の初代オーナーが所有していたものとは別の『もうひとつのリボルバー』を持っていたことも、最初からご存じだったのですか？」

　ジャン＝フィリップが、一語一語、確かめるように問いかけた。

　ペータースは、青い瞳をちらりと動かしたが、ややあって、

「いや……あれについて私が知ったのは、ごく最近です」

　と、心なしか声を潜めて答えた。

「ファン・ゴッホにまつわるとても貴重なものを、自分は持っているのだが……と。おそらく信じてはもらえないだろうけれども、本物なのだ……。そう前置きしてから、教えてくれました」

　三人はまた黙りこくってしまった。ギローもジャン＝フィリップも、次に口にすべき言葉を探しているようだ。冴もそうだった。が、まずは手始めにひとつ、質問してみた。

「先ほど、あなたは、あのリボルバーを……『ゴーギャンのリボルバー』だとおっしゃいましたね。それは、サラがそう言ったから……なのですか？」

　ペータースは冴の目に自分の視線をぴたりと合わせた。そして、黙したままでおもむろにうなずいた。

『ファン・ゴッホのリボルバー』ではなく？　『ゴーギャン』の？」

重ねて冴が訊くと、

「ええ、その通りです」

どこかしら観念したように、ペータースが答えた。

「サラは……錆びついたリボルバーを、ここで……オーヴェール＝シュル＝オワーズで発見して、いまは自分が持っているのだと、私に打ち明けました」

「ここで？」ギローが思わず訊いた。「麦畑で、ですか？」

ペータースは首を横に振った。

「オワーズ川沿いにポプラ並木の小径があるんですが……その小径が途切れるところに立っている木の根元を、ある人物に言われた通りに掘り返すと、出てきたんだそうです」

「ある人物……？」ギローが復唱した。「どういう人物ですか？」

ペータースは一瞬、目を泳がせたが、思い切ったように答えた。

「ポール・ゴーギャンの子孫――ということでした」

冴は息をのんだ。

――どういうこと？

ゴーギャンのクロニクルを、冴は素早く頭の中で繙（ひもと）いた。

ゴーギャンの子孫。――ゴーギャンは、株の仲買人をしていた二十五歳のときに、デンマーク人の妻、メット＝ソフィー・ガットと結婚し、五人の子供をもうけた。エミール、アリーヌ、クローヴィス、ジャン＝ルネ、ポール＝ロロン。長女のアリーヌと次男のクローヴィスは短命で、父よりも先に亡くなった。ほかの三人の男の子たちは、二十世紀半ばまで存命していた。

ゴーギャンは結婚後、余暇に絵を描き始めるが、やがて仲買人を辞め、画家として生きていく決意をする。安定した仕事を捨てて絵筆を選んだゴーギャンを、妻のメットは理解できず、結婚十一年後に子供たちを連れて故郷のコペンハーゲンへ帰ってしまった。ゴーギャンはいくたびも復縁を迫るが、メットは受け入れず、以後、家族が一緒に暮らすことはなかった。自らの芸術を追い求めて南の島へ出奔したゴーギャンを、メットは許すことができず、子供たちに身勝手で恥知らずな父のことを思い出さすまいとした。

メットはまた、手もとにあったゴーギャンの作品や、夫が集めていたまだ売れるまえの印象派画家たちのコレクションを、コペンハーゲンの蒐集家(しゅうしゅうか)や画商に早々に売り払ってしまった。現在、ゴーギャンの初期の代表的な作品や印象派・後期印象派のすぐれた作品が、まとまった数でコペンハーゲンの美術館に収まっているのは、実はゴーギャンと不仲時代のメットの仕業――いまとなっては貢献と言われるべきだが――によるものだ。

ゴーギャンの三人の息子たちは、自分たちを女手ひとつで育ててくれた母に、はかりしれない恩義を感じていたことだろう。逆に、母と自分たちを見捨てて出奔した父のことを、誇りに思っていたとはとうてい思えない。

だが、その彼らに子供がいたとしたら、つまりゴーギャンの子孫がいまなお存在していたとしたら、どうだろうか。ゴッホと同様、いまや「歴史上の著名人」となったポール・ゴーギャンと血のつながりがあることを、その人はどう感じているだろうか。

ゴーギャンは後期印象派の重要な一角を成す画家であり、作品は世界中の主要な美術館に収められている。二〇一四年、個人取引（プライヴェート・セール）で、タヒチ時代の作品が、その時点の史上最高価格で売却されたことは記憶に新しい。ポリネシアで孤独に暮らし、数々の傑作を生み出したことも、いまではゴッホと同じく「孤高の画家伝説」となっている。

もしも、ゴーギャンの子孫がいたとして——表立って「自分は子孫だ」と喧伝せずとも、心密かに誇りに思っているということはじゅうぶん考えられる。

にしても——ゴーギャンの子孫が存在している、というのは真実なのだろうか？

冴は、博士論文を執筆するために、ゴッホとゴーギャン、両方の生涯を詳しく調べていたが、ゴーギャンの子孫が現在存在しているのかいないのか、そこまでは調査の手が回っていなかった。

それでも、ゴーギャンの子孫は絶対にいないとは現時点で断言できない。まずは、ペータースの話をすべて聞いてから、内容の信憑性を判断するしかない。

ペータースは、声を潜めたままで、話を続けた。

「そのゴーギャンの子孫を名乗る人物とサラは、とても親しい間柄だったそうです。今年のはじめに、その人が病気になり、見舞いに行ったサラに、自分はもう長くはないから、天に召されるまえに打ち明けたいことがある、どうか聞いてほしいと懇願して、話してくれたということでした」

ゴーギャンの子孫を名乗る人物——国籍も性別も年齢も定かでないので、ペータースは仮に「X（イクス）」と呼ぶことにした——は、病床で、消えゆく命の灯火（ともしび）をどうにか保ちながら、サラに告白した。

『X（イクス）』は、この村のオワーズ川沿いの並木道に『それ』が埋められていると、サラに教えたそうなんです。その後、息を引き取ったと……」

ペータースの話に、ギローとジャン＝フィリップと冴は、全身を耳にして聴き入っていた。

ペータースがひと呼吸つくと、ギローが両腕を組んで、ううむ、とうなった。

「これは、本格的な推理小説のようですな。メグレ警視か名探偵ポワロにご登場いただいたほうがよさそうなもんだ」

「うちにはV・I・ウォーショースキーがいますよ」

ジャン＝フィリップが冴に目配せした。冴は、あごに手を当てて考え込んでいたが、確かめるように言った。

「それで、『X（イクス）』の言った通りに、マダム・サラはポプラの木の根元を掘り返してみた。すると、『それ』が……つまり、錆びついたリボルバーが出てきた――ということなんですね？」

「ええ」ペータースは短く返事した。

「ひとつ、質問があります」続けて冴が言った。

「あなたは、サラが発見した錆びついたリボルバーが、ファン・ゴッホにまつわる貴重なものだと教わったそうですが、なぜ貴重なのか、その理由を教えてもらいましたか？」

ペータースは、質問の意味を噛みしめるようにして冴をみつめていたが、

「いいえ」

即座に返ってきた。

「サラが言うには、『X（イクス）』から、リボルバーにまつわる『史実を変えてしまうような、信じ難い真実』を聞かされたそうです。けれど……その『真実』は、母から娘へと口伝（くでん）せよと、『X（イクス）』の母の母にあたるゴーギャンの妻が、もともとそう決めて、三代にわたって伝えられたということです。つまり、サラが決めた誰かひとりだけに口伝する――というのが約束ごとだったので、伝える相手を誰にするか、まだ決めあぐねていると……」

むっつりと腕組みをしていたギローが、「なぜですか？」と口を開いた。

「彼女とあなたとは長い付き合いなんだから、あなたが伝える相手だっていいじゃないですか。だって、わざわざ、自称ゴーギャンの子孫氏の遺言を教えてくれたわけだし、その通り

にリボルバーが発見されたことも打ち明けたんでしょう？　そこまでオープンにしたのなら、あなた以上にその口伝とやらの相手にふさわしい人はいない。そうじゃありませんか？」

　事実確認をする検事さながらである。ペータースの顔に戸惑いが浮かんだ。冴は頭の中でゴーギャンファミリーのクロニクルを高速で読み込んでいた。読み込み完了してすぐ、

「あり得ない」

　きっぱりと否定した。

「なぜだ？」ギローがすぐに突っ込んできた。冴は即座に答えた。

「ゴーギャンの妻は、メット＝ソフィー・ガットという名のデンマーク人女性です。ゴーギャンが株の仲買人だった頃に結婚したんですが、夫が画家になって困窮を極めた時期に、愛想を尽かして、子供たちを連れて実家へ帰ってしまった。離婚はしませんでしたが、それっきり、復縁することはありませんでした。ゴーギャンのほうは恋々として、タヒチに単身で暮らすようになってからも、復縁を迫る手紙を書き続けたのに、メットはほぼ無視。夫が最後に孤独のうちに死んでしまっても知らんぷりだったそうです。それが、私たち研究者の知っている『史実』です。子供たちの記憶から忌まわしい父親を消し去ろうとやっきになっていたはずのメットが、『決して口外してはならない・誰も知らない歴史上の真実』を、娘に口伝するなんてあり得ない……」

　そこまで一気にしゃべってから、冴は、あっと小さく声を上げた。

「――嘘だわ」

ギローとジャン＝フィリップが冴を見た。ペータースの喉仏がかすかに上下した。

「ゴーギャンとメットのあいだには五人の子供がいました。その中で、娘はひとりだけ。長女のアリーヌは、ゴーギャンが二度目にタヒチに滞在しているあいだに、肺炎で死んでしまった。次男も病死して、二十世紀半ばまで生き長らえたのは三人の息子たちよ。だから、メットが『娘』に口伝して、その『娘』が自分の子供――『X』に、また口伝したというのは……あり得ません」

座はしんと静まり返った。テーブルを囲む三人の男たちの顔には、困惑の色が広がっている。

――嘘を言っている。サラか、『X』か、あるいはペータースか。

でも、どうして？――なんのための嘘なの？

じりじりと砂を噛むような沈黙が続いた。断ち切ったのはジャン＝フィリップだった。

「もしかすると……マダム・サラの聞き間違いじゃないでしょうか？『X』の母の母から伝わった、じゃなくて、『X』の父の母、ということだったのかも？」

ペータースは頼りなげに首をひねった。

「いや、まあ……そうかもしれませんが、なんとも……」

「じゃあ、あなたの聞き間違いでは？」

ジャン＝フィリップの問いかけに、ペータースは、苦笑いを浮かべると、

「そうかもしれません。私の聞き間違いかも――」

肯定しかけた瞬間に、冴が口を挟んだ。

「その『真実』とやらの中身がわからないのでは、これ以上議論をしても仕方がないと思います。それよりも、ムッシュウ・ペータース。私がもっとも知りたいことが、もうひとつ、別にあります」

三人の男たちは、再び押し黙った。が、ギローとジャン＝フィリップの顔には、かすかな期待の色が浮かんでいる。

――さあ、サエ、我らがウォーショースキー。ここらで謎解きしてくれ。あの錆びついたリボルバーの正体が、いったいなんなのかを――。

「――マダム・サラが、あなたに『ゴーギャンのリボルバー』の存在について打ち明けたのは、いったいなぜですか？」

冴に問いのつぶてをぶつけられて、ペータースの肩先がかすかに揺らいだ。

サラがペータースに「もうひとつのリボルバー」の存在を教えたのには、明確な理由があったからに違いなかった。

相手は全財産をゴッホのために注ぎ込んだ男である。CDCに持ち込むまえに、「ゴッホが自殺に使ったピストルだ」と同じように話して、高く売りつけるつもりだったのだろうか。

だとしたら、合点がいく。アートワークでも骨董品でもスクラップでもない、単なる錆の塊を売りつける相手は、よほどクレイジーなゴッホ信奉者でなくてはならないからだ。

ペータースは、一瞬、下を向きそうになった目線を冴に戻した。それから、はっきりした声で答えた。

「サラは、私のインスティチュートを助けたい。そう言ってくれました」

――このリボルバーは、ファン・ゴッホにまつわる貴重なリボルバーなの。オークションにかけて、史上最高の落札価格で売却したいと考えているのよ。

そのお金で、私は、あなたの夢を実現させたい。

リボルバーを売却して得た金で、ゴッホがオーヴェールで描いた絵を買い戻す。そしてそれを、ゴッホ終焉の部屋の壁に飾る。たった一枚でもいい、いまではアクリル板で覆われ、ゴッホが死の直前に描いたタブローが還ってくるのを待ちわびている壁に。

それこそが、サラ自身の夢――だったのだ。

5

オワーズ川に架かる橋の上に、冴は、ギロー、ジャン＝フィリップとともに佇んでいた。まもなく午後五時になろうとしていたが、まだ昼間の明るさである。六月の太陽はさんさんと光を放ち、宵の入り口に差しかかってもいない。

少し風が出てきた。冴は顔にまとわりつく黒髪を指先で押さえながら、川上の方向を見やった。川沿いに続くポプラ並木が風に揺らされて、枝葉を震わせている。

「パリはどっちだ？」

額に手をかざしながら、周囲を見渡してギローが訊いた。

「だいたい、あっちですね。南の方角です」

ジャン＝フィリップが対岸を指差して答えた。

「この川はあれか、どこかでセーヌにつながっているんだよな？」

「じゃないかと思います」

ふうん、とギローは鼻を鳴らした。

「てことは、ファン・ゴッホはきっと、孤独のうちにこの川をみつめて、ここと パリはつながっているんだと、そんなふうに思った……ってわけだよな？」

「と言われても……」ジャン＝フィリップは苦笑して、冴のほうを向いた。「そうかな、サエ？」

冴は微笑して、「そうだったかもしれません」と答えた。

「ファン・ゴッホは社長と同じくらいロマンチストでしたからね、きっと」

三人は橋を後にして、ポプラの並木道へと歩いていった。

オワーズ川は、ふたつの町、オーヴェール＝シュル＝オワーズとマリー＝シュル＝オワーズのあいだを流れている。川幅はたっぷりとして、パリ中心部を流れているセーヌ川より少し狭いくらいだ。しかしオワーズ川にはシテやサン＝ルイのような中洲はなく、両岸に軒を連ねる高級アパルトマンもない。あるのはざわざわと葉を鳴らすポプラ並木と、したたるような緑の繁りばかりである。

インスティチュート・ファン・ゴッホの代表、リアム・ペータースとの対話は四時間に及んだ。テーブルに運ばれた名物の肉の煮込み料理は手つかずのまますっかり冷めてしまった。キッチンがクローズするというタイミングで、三人はようやく食べにかかった。「いや、これはうまいですね。冷めてもうまい」とギローが取り繕ったが、「温かいうちに食べていただきたいので、またいらしてください」とペータースは申し訳なさそうに応えていた。

「しかし、とんでもない話を聞かされたもんだな。あのリボルバーが、ファン・ゴッホじゃなくてゴーギャンに関係しているものだったとは……」

ポプラ並木の乾いた路上に広がる緑陰の中を歩きながら、ギローがぶつぶつ言っている。

「いや、そうとも言えませんよ」ジャン＝フィリップがすかさず応じた。

「ファン・ゴッホとゴーギャン、そのどちらか、あるいは両方に関係しているかもしれないし、まったく無関係かもしれない。実際、あのリボルバーに関する証拠は、まだ何ひとつつかんでいないんですからね。サエがわざわざアムステルダムのファン・ゴッホ美術館のキュレーターに会いにいったり、こうしてみんなでインスティチュート・ファン・ゴッホの代表に会いにきたり、ほかにもあらゆる手立てを尽くして色々調べているにもかかわらず……結局、いまだに何もわかっていないじゃないですか」

ジャン＝フィリップの言葉には「すべて無駄骨だった」とのあきらめが滲（にじ）んでいた。まだ手立てを尽くしたわけじゃない、と冴は思ったが、言わずにおいた。

しばらく行くと並木が途絶えて、ぱっと視界が開けた。小径は麦畑のあいだを通ってその先にある森へと続いている。三人は立ち止まって、並木の出口にすらりと立っている一本の樹木へと近寄っていった。

「この木の根元を掘り返したら、あのリボルバーが出てきたってわけか……錆びついていたとはいえ、物騒な話だな」

ギローがぼそっと言った。

ジャン＝フィリップは〈BALLY〉のスウェードのモカサンの先で、木の根元に盛り上がっている土塊（つちくれ）を二、三度つついてみた。それから、「どうも信じられないなあ……」と言った。

「サラにリボルバーのありかを教えたとかいう、ゴーギャンの孫『X（イクス）』が実在の人物だったとして……なぜ使い物にならない拳銃がこんなところに埋められているのを知っていたんですかね」

冴にも、そこのところがよくわからなかった。いったい誰によって、どういう理由で、あのリボルバーはゴッホ終焉の地・オーヴェール＝シュル＝オワーズの地中に葬られていたのか。

ペータースがサラに教えられたという話を、冴は反芻（はんすう）した。

サラが親しくしていた「X（イクス）」は、病に倒れて療養中だったが、自分はもう長くないからと、あるときサラに「四つの秘密」を打ち明けた。

一つ。自分の祖父は、後期印象派の中核となった画家、ポール・ゴーギャンである。

二つ。ゴーギャンがその妻＝「X（イクス）」の祖母にリボルバーを遺した。「X（イクス）」の祖母はその娘＝「X（イクス）」の母にそれを遺し、母は「X（イクス）」にまたそれを遺した。つまりリボルバーは三代の母娘の手を渡ってきた。

三つ。リボルバーはフィンセント・ファン・ゴッホにまつわる貴重なものである。

四つ。祖母から伝えられてきた「誰も知らない歴史上の真実」。それは長いあいだ多くの人々に信じられてきた「史実」を変えてしまうかもしれないものであり、たったひとりだけに口伝されなければならない。

「四つの秘密」を告白した上で、「X（イクス）」はリボルバーのありかをサラに教えた。そして、リボルバーをどうするか、「真実」を誰に口伝するかは委ねる——と言い遺して息を引き取った。

サラがペータースに語った「四つの秘密」を即座に信用するわけにはいかない、と冴は考えた。史実とは異なる点がいくつかあるからだ。

「X（イクス）」がゴーギャンとなんらかの関係を持っている——という仮説を前提にして考察してみると、少なくとも二つの矛盾が浮かび上がってくる。

一つ。ゴーギャンは妻・メットと長いあいだ不仲で、メットはゴーギャンから譲り受けた彼の作品や美術コレクションのほぼすべてを売却してしまった。彼女が作品以外のもの——護身用のピストルをゴーギャンから「受け継いだ」というのは考えにくい。よほど貴重な美術的価値があるものならば別だが、そういうものなら子孫へ伝えたりせず、さっさと売り払ってしまったことだろう。

二つ。ゴーギャンとメットのあいだには五人の子供があったが、そのうち、たったひとりの女の子でゴーギャンが溺愛していたアリーヌは十代のうちに早逝した。つまり、「X（イクス）」が言うところの「祖母から娘へ」口伝されたという、その娘は存在しない。ちなみに、娘の訃報をタヒチで受けたゴーギャンは、絶望のあまりヒ素をあおって自殺を図ったが未遂に終わる。その直前に、あの傑作〈我々はどこから来たのか？　我々は何者なのか？　我々はどこへ行くのか？〉を、人生のどん底に落ちた状態で描き上げたことはあまりにも有名だ。

また、「X（イクス）」とサラがどんな関係かはわからないが、まるで一子相伝（いっしそうでん）のような「たったひとりのみに口伝すべし」という「真実」を、他人であるサラになぜ伝える気になったのか――。

――サラ・ジラール。いったい、彼女は何者なのか？

ペータースいわく、サラは熱心なゴッホの信奉者である。画家としてゴッホの作品を追いかけ続け、オーヴェールという地にこだわって創作を続けてきた。そして、この地でゴッホが制作した作品が一点たりともここに残されていないことを、ペータースとともに嘆いていた。ひょっとすると、ペータースとサラは「特別な関係」であるのかもしれない。そういう匂いがペータースの言葉の端々に滲み出ているのを、冴は敏感に感じ取った。

だからかどうか、それもまたわからないが、「ゴッホのオーヴェール時代の作品を購入して、彼が息を引き取った部屋の壁に展示する」というペータースの悲願を最初に聞かされたとき、サラはすぐに協力を申し出た。自分は独身で遺産相続人はいない。だから自分に万一のことがあれば、クリニャンクールに所有しているアパルトマンや、こつこつ収集してきたフランス現代アートのコレクション、それに自分の作品を売却して、売り上げをすべてインスティチュート・ファン・ゴッホに寄贈する。少しでも足しにしてくれたら――と、彼女の申し出は具体的で誠実なものだった。

　サラがリボルバーの存在を「X」から聞かされたのも、言われた通りの場所でリボルバーを発見したのも、数ヶ月まえのことだ。サラは、土の中からピストルの形をした赤茶けた塊が現れた瞬間、「X」に伝えられたすべてを信じて受け入れた。

　ピストル形の鉄塊は、それでも「ゴーギャン由来の・ゴッホに関係している」ものなのだから、オークションに出品すればきっと高値で売却できるはずだと彼女は考えた。そこで、おそらく信じてはもらえないだろうけれども、ファン・ゴッホにまつわるとても貴重なものを自分は持っている――とペータースに打ち明けた。ペータースは半信半疑だったが、サラの話には不思議な説得力と信念が満ち溢れていた。ペータースはすっかり引き込まれてしまった。自分の命がゴッホに救われた――と彼は信じきっていた――ように、再び奇跡が起こるのではないか。疑念はいつしか期待に変わっていた。

　オークションが成功したあかつきには、それで得た金を全額寄付するから、ゴッホのオーヴェール時代の作品購入に充ててほしい、とサラはペータースに告げた。ペータースはこの提案をありがたく受け入れた。

ふたりのあいだでは「ゴーギャンのリボルバー」と呼ばれていたそれを近々オークションハウスに持ち込むと、ペータースはサラから聞かされていた。だから、先週、冴から連絡があったとき、ついにそのときがきたのだ、とすぐさま理解した。

「ゴーギャンがかつて所有していたリボルバー」ということでオークション会社に話をする、とサラは言っていた。まさか、「ゴッホが自殺に使ったピストルだ」と言って持ち込むとは、想像もしなかった。——ペータースは正直にそう語って、彼が嘘をついたわけでもないのに、申し訳なさそうにうつむいていた。

それでも、三人がラヴー亭を後にするとき、見送りがてら、こんなふうに言っていた。

——オークションの期日が決まったら教えてください。私も会場へ馳せ参じます。あのリボルバーが史上最高価格で落札される瞬間を、ぜひともこの目で見たいので。

「……実際どうなんだ、サエ？　あのリボルバーは、うちのオークションテーブルに載せたら、ファン・ゴッホのタブロー一点を買えるくらいの高値がつくものかね？」

同じことを思い出していたのか、ギローが冴に向かって訊いた。枝葉を風にざわめかせているポプラの大木を見上げていた冴は、ため息をついて言った。

「まさか。無理ですよ」

「そうか。やっぱり」ギローも嘆息を漏らした。

「当たり前でしょう。純金製のピストルだって、ファン・ゴッホの足下にも及びませんよ」

ジャン＝フィリップが意地悪く口出ししたが、正しい意見だった。

「では、質問を変えよう」ギローが気を取り直して言った。

「ペータースもサラも、オーヴェール時代の作品にご執心だが……あいつ、ほんの二ヶ月かそこらしかここにいなかったんだろう？　どれくらいその時代の作品が残されているんだ？」

「『あいつ』って誰ですか」ジャン＝フィリップが横やりを入れると、

「あいつさ。我らがフィンセントに決まってるだろ」ギローが返した。まるっきり悪友扱いである。冴は思わず微笑した。

「確かに、『あいつ』がこの地で暮らしたのは二ヶ月とちょっと。一八九〇年五月下旬から七月末までのことです。けれど、その間に制作された油彩画は、彼の作品であると確認されているものだけでも七十七点、存在しています。つまり、ほぼ一日に一点、仕上げていたことになります」

「なんだって」ギローは目を剝いた。「一日一点⁉」

冴は軽くうなずいた。

「ええ。そして、いまオーヴェール時代の作品が市場に出てくれば、五千万ユーロ（約六十四億円）は下らないでしょうね」

「てことは、ファン・ゴッホのここでの日給は五千万ユーロだったのか……」

ジャン＝フィリップがとんでもないことを言うので、冴は噴き出しそうになった。が、ギローはますます目を剝くばかりだ。

「ちょっと待ってくれよ。そんな大金を一日で稼ぐだなんて、ベルナール・アルノーくらいしか知らないぞ。いや、ジェフ・ベゾスか。いやいや、いかなる世界的富豪だってそこまでは稼いでないだろ。……いやいやいや、そんなことより、サエ。ファン・ゴッホのオーヴェール時代の作品ってのは、市場に出てくる可能性はあるのか？」

そもそもCDC（うち）に持ち込まれているのはゴッホの作品じゃなくて錆の塊と化したリボルバーなんですけど、と思いつつ、冴は真面目に答えた。

「現時点で、ファン・ゴッホの真筆だと確認されているもので……個人の手（プライヴェート・ハンド）もとにあるのは、確か二十点ほどだったと思います」

「へえ、結構あるんだね。僕は、ほとんどのファン・ゴッホ作品は世界中の美術館に収まっているものだとばかり思ってたけど」

ジャン＝フィリップが意外そうな声を出した。ギローは、むうう、といまいましそうにうなった。

「なんでうちに持ち込まれないんだ……一点でもいいから持ち込まれれば、史上最高価格で落札させてみせるのに……うちに持ち込まれてるのはスクラップよりも価値のない鉄屑だなんて……」

「誰かにとってはお宝になるんだとかなんとか、言ってたじゃないですか」

　ジャン＝フィリップが苦笑した。冴もくすくす笑った。ギローは再び気を取り直して、

「しかし……サラはなんでそんなに自信満々なんだ？　あの鉄屑が、オーヴェール時代のファン・ゴッホのタブローに匹敵する価値があるものだなんて考えられないだろう、ふつう？」

　と、疑問を口にした。それに対して、冴は即座に答えられなかった。ギローと同じように、そこのところが冴にもいちばんわからないからだ。

「百歩譲って、あれがほんとうにポール・ゴーギャン旧蔵のリボルバーだったとしてもだ。──価値があるかね？」

「ないでしょう」ジャン＝フィリップが冴に代わって即答した。「ゴーギャンのタブローならまだしも……」

　その通りだ。もし、サラがCDCに持ち込んだのが錆びついたリボルバーなどではなく、ポール・ゴーギャンの作品だったら。──ゴッホのオーヴェール時代のタブローに匹敵する金額で落札され、オークション会場をにぎわすことだろう。史上最高落札価格になったりしたら、大きな話題になり、CDCは一躍世界のトップオークションハウスの仲間入りを果たすだろう。ギローは銀行からの借り入れを一括返済して、社員全員にボーナスが出て、ゴーギャン研究者である自分はディレクターに格上げになる──。

——と、妄想ばかりたくましくしてもどうにもならない。サラから預かっているのは、謎めくばかりの錆びついたリボルバーなのだから。

「後学のために教えてほしいんだが、サエ。——君が研究しているファン・ゴッホとゴーギャンの関係っていうのは、単なる友人同士だったのか、それとも……ほんとうのところ、どういうものだったんだ？」

ふいにギローが訊いてきた。ここまできたら価値がどうとか関係なく、もっと知識を深めたい——という実直な口調だった。

冴は笑顔に戻って、「いい質問ですね」と応えた。

「ひと言では言えませんが、特殊な関係だったと思います」

「意味深だな」ジャン＝フィリップが腕組みをしてにやりとした。

「でも、ホモセクシュアルな関係だったわけじゃないんだろう？」ギローが念を押すように尋ねると、

「ええ、残念ながら……」と冴は答えかけて、「いや別に残念ってこともないですが、ふたりとも性的対象は女性だったはずです」と言い直した。

「ゴーギャンは二十代で結婚して、五人の子供がいました。一方、ファン・ゴッホは生涯独身でしたが、何度か片思いして失恋しています。子持ちの娼婦に入れあげていたこともありました。ご存じの通り、生活力が著しく低かったので、経済的には弟のテオに死ぬまで頼ら

ざるを得ませんでした。家庭を持つなんて、とても無理だったんでしょうね」

「ゴッホとゴーギャン」と「対」にされることも多いふたりの画家は、生まれも、生い立ちも、生き方も、性格も、絵に対する考え方も、作品そのものも、何もかもが違っていた。それなのに、ふたりにはどこかしら似通っているところがある。なぜなのか。

ポール・ゴーギャン。一八四八年、パリに生まれる。父は新聞記者、母はペルー駐留スペイン軍大佐を祖父に持つ。ゴーギャンが一歳のとき、一家は母方の伯父を頼ってペルーへ渡ったが、その途上で父は心臓発作を起こし絶命。母と姉とともに、ゴーギャンは伯父の庇護のもと、六歳までペルーの首都、リマで暮らした。彼が生涯を通して南へ、未開の地へと放浪に身をやつし、野性的なるものに惹かれ続けた背景には、幼少時を南米で過ごした体験が影響していると言われている。成人したゴーギャンは船乗りになって航海を重ね、そののちに株式仲買人になって相当稼ぎ、ビジネスマンとして成功を収めた。

ゴーギャンはアカデミックな美術教育を受けたわけではない。絵を描き始めたのは株式仲買人時代、メットと結婚した頃、二十五歳のときである。当時、ゴーギャンはパリ九区に住んでいた。周囲には印象派の画家たちが集うカフェや新興の画廊が点在していた。新しい芸術の風に当てられて、面白そうだからちょっとやってみようかと、ほんの出来心で絵筆をとったのかもしれない。それが次第に本気になった。一八八二年、株の大暴落を機に、画家を生業（なりわい）とすることを考え始める。絵にうつつを抜かす夫に業を煮やしたメットは、子供たちを連れて実家があるコペンハーゲンへ帰ってしまう。ゴーギャンは家族を追いかけてコペンハーゲンまで行き、心機一転、防水布のセールスを始めるがうまくいかなかった。いたたまれなくなったゴーギャンは、創作への希求が抑え難くなり、結局パリに戻る。

一八八六年には生活費のかからない田舎で制作に専念しようと、ブルターニュ地方のポン＝タヴァンに移住する。ここにはゴーギャン同様、生活苦ゆえ移住してきた若い画家たちが集っていた。のちに彼らは「ポン＝タヴァン派」と呼ばれるようになる。

一八八七年、新たなモチーフを求めて、ゴーギャンはパナマからマルティニク島へと船旅をする。が、パナマ滞在中に破産の憂き目に遭い、さらには赤痢にかかって生死の境をさまよったが、奇跡的に快癒し、パリへ帰り着く。世間にも家族にも見放されたゴーギャンだったが、芸術の神には見放されなかった。その証拠に彼は、パリで当時画商として成功を収めていたテオ・ファン・ゴッホに見出される。テオは「すごい画家をみつけた」と狂喜して、同居していた兄、フィンセントにゴーギャンの存在を教える。

フィンセント・ファン・ゴッホ。一八五三年、オランダの寒村、ズンデルトの牧師の父のもとに長男として誕生する。彼の下に妹三人、弟二人が生まれた。テオはファン・ゴッホ家の次男で、フィンセントの四つ下。ふたりは子供の頃から仲が良く、兄は弟の憧れの存在だった。

ゴッホにはもともと絵心があったようだが、美術の専門教育は受けずに成長し、伯父が経営に参画していた大画廊、グーピル商会に入社する。ハーグ、ロンドン、パリと転勤しながら、画商としてのキャリアを積むはずだったが、生来の癇癪（かんしゃく）持ちでうつうつとしがちな性格がビジネス向きではなかったようだ。二十二歳のときに解雇されたゴッホは、以後、聖職者になるためにイギリス、オランダ、ベルギーの各国内を転々とし、伝道師の真似事をしたり、聖職者養成の学校へ行ったり、書店で働いたり、努力を重ねるものの、なかなか理想の生き方に到達せず思い悩む。

一方、兄の後を追いかけるようにグーピル商会で勤務していたテオは、画商としての頭角を現し、若くしてパリ支店の支配人に抜擢される。暮らしの定まらない兄への支援は一八八〇年頃から始まる。ゴッホは深い悩みのうちにありながら、風景や人物像をスケッチして心が慰められるのを感じていた。絵を描くという人生の目的を見出したのはまさにこの頃で、すでに二十八歳になっていた。

それから五年ほどはオランダやベルギーの各地を放浪し、素朴な農村の風景や貧しい農民たちをモデルに、自己流で絵を描き続けた。美術学校に所属した時期もあったが、アカデミックな手法を習得することは彼にとってそれほど重要ではなかった。農村やそこに暮らす人間の姿を、美化することなくありのままに写し取ることに執着した。しかし、これぞという突き抜けたテーマなり画風なりを見出すには至らず、悶々とした日々を送っていた。

一八八六年、ゴッホはパリにいるテオを頼って突然上京する。テオは是非もなくこれを受け入れ、兄弟の共同生活が始まった。怒りっぽく気分にムラがある兄にテオは振り回されるが、ゴッホはパリで新進気鋭の画家仲間と交流し、当時ブームとなっていた日本の浮世絵に影響を受け、光と色彩に目覚めていく。約二年間のパリでの生活は、ゴッホを本物の画家へと脱皮させた。もしも彼がパリへ行くことなくオランダでくすぶり続けたら、現在の名声はないままに埋もれてしまっていたかもしれない。

ゴッホとゴーギャンが一八八七年にパリで出会うまでの経歴を比較してみると、ふたりの違いが浮き彫りになる。ゴーギャンは幼少時にすでに海外へ出ているが、ゴッホは北ヨーロッパから出たことはない。ゴーギャンはビジネスマンとして成功体験を持つが、ゴッホはビジネスマンとしては落伍者である。ゴーギャンは富を手にしたことがあったが、ゴッホはずっとつましい生活を余儀なくされていた。ゴーギャンは恋愛を成就させて家庭を築いたが、ゴッホは想う相手に愛を受け入れられたことがなかった。ゴーギャンは快楽主義的思想の持ち主で山っ気があったが、ゴッホは後ろ向きで落ち込みやすく、生真面目な性格だった。

まるっきり正反対のように見えるふたりだったが、実は共通点も少なくなかった。ふたりともアカデミックな美術教育を受けていない・画家を目指したのが二十代後半・絵を描くことへの強い執着・エキゾチシズム・放浪癖――などである。表層的な相違は多々あるものの、根源的なところでは非常に近い。冴はそう考えていた。

「……言ってみれば、ファン・ゴッホとゴーギャンは、まったく似ていない双子――だったのかもしれません」

　ふたりが出会うまでの経歴をざっと説明して、冴はそう締めくくった。神妙な顔つきで聴き入っていたギローは、「なるほど。言い得て妙だな」と感心して言った。

「それで、ふたりがアルルで共同生活をすることになったきっかけは、何だったんだ？」

　冴は答えて言った。

「ファン・ゴッホの呼びかけにゴーギャンが応えたんですが……そう単純なことでもなかったと、いまではわかっています」

　パリでの生活が丸二年となった一八八八年二月。やはり唐突に、ゴッホは南仏・アルルを目指して旅立った。憧れの日本のように清澄な色彩に溢れているという南の町で、画家仲間と共同アトリエを運営するという夢を実現するために。

　ゴッホの作風はパリで劇的な変化を遂げたが、さらなる光を、明るい色を彼は求めていた。そのためにも、もっと南へ行ってみたい、仲間を募って共同制作し、切磋琢磨しながら新しい時代の絵画を生み出したい――そんなふうに夢想していたのだ。本音を言えば、日本へ行ってみたかったのかもしれない。しかし、経済的余裕も渡航のつてもなく、さすがにそこまで無謀な計画は立てられなかったに違いない。

　アルル行きだとて無謀といえば無謀であった。誰がそれを実現させるのか？　テオをおいてほかにはいなかった。しかしテオも必死だった。どうにか兄を画家としてひとり立ちさせたい、そしてもはや苦痛の牢獄と化してしまった兄との共同生活を終わりにしたい。そのふたつの思いが、テオをしてゴッホのアルル行きを実現せしめた。

アルルに到着したゴッホは、風と緑と光に溢れる景色に目を奪われ、素朴な土地の人々とのふれあいに励まされて、生まれ変わったかのように精力的に創作した。〈夜のカフェテラス〉〈アルルの跳ね橋〉〈郵便配達人ルーラン〉〈ひまわり〉〈ローヌ川の星月夜〉――この時期に生み出された傑作の数々は枚挙にいとまがない。アルルからパリへと次々に送られてくる作品がどんどん明るくなってゆき、生きいきと変化を遂げるのを目の当たりにして、テオはいよいよ兄が本気を出してきたと感じていた。そして、仲間が欲しいとのゴッホの呼びかけに応える誰かがいれば、その画家のアルルまでの旅費を工面し、生活費を保障するために作品を買い上げることを決めた。そこで、当時ポン＝タヴァンにいたゴーギャンに白羽の矢が立ったのである。ゴーギャンは生活に困っていたこともあり、アルルに行けばテオが必ず作品を買い取ってくれるというのは、魅力的な提案だった。

「――ということは、ゴーギャンは……ファン・ゴッホと共同制作をしてみたいとか、新しい芸術をともに生み出してみたいとか、自発的に希望したんじゃなくて、ある意味『打算』でアルル入りしたわけか……」

ジャン＝フィリップが少々落胆気味に言った。

ギローは、ぴしゃりと平手で自分の額を打って、「なんてこった！」と悲痛な声を上げた。

「あいつは騙されたのか！　自分の呼びかけに同志・ゴーギャンが応えてくれたと信じきっていただろうに……ああ、純粋なる孤高の画家ファン・ゴッホよ！　それにくらべてゴーギャンは……なんて計算高いやつなんだ。見損なったよ」

「いやいや、違いますよ、そうじゃないんです」冴はすかさず言った。

「どうしても仲間が欲しかったファン・ゴッホは、ポン＝タヴァンでくさくさしているゴーギャンに狙いを定めたんです。まずテオに手紙を送って、彼を窮地から救ってほしい、支援の金を送ってやってくれと懇願した。それから、彼を仲間としてアルルに呼び寄せたいから、自分を支援してくれているようにゴーギャンも支援してほしい、と依頼したんです。ゴーギャンを動かすには何か魅力的なオファーが必要だとわかっていたのは、ファン・ゴッホ自身だったんですよ」

そうなのだ。アルルでもうひと皮剝けるために、ゴッホはどうしても仲間が必要だった。

印象派が誹謗中傷の嵐をやり過ごし、ようやく世間に認められつつあるのを彼はちゃんと見ていた。新興の画家たちが次々に現れて勢力を増していくのも。そうするうちに、傍観しているだけではつまらなくなってきたのかもしれない。――新印象派だの、ポン＝タヴァン派だの、それがどうしたっていうんだ。自分がアルルで一旗揚げて、印象派を凌駕する一大ムーヴメントを引き起こしてやる。――あるいはそんな大胆な夢想を思い描いて、密かに血をたぎらせていたのかもしれなかった。その仲間として、新しい挑戦をひるまずに続ける孤高の闘士であり、才能はあるのに社会的に虐げられているゴーギャンはうってつけだと、ゴッホはわかっていたのだ。

「ゴッホにはゴッホの企みがあり、ゴーギャンにはゴーギャンの企みがあった。ふたりはウィン＝ウィンの関係になるつもりで共同生活を始めたんです。一方、企みなど関係なく、誰にも見向きもされないけれど自分が見込んだふたりの画家を責任持って支援したテオこそが、もっとも純粋だったんじゃないかと——私は思います」

ギローとジャン＝フィリップは、すっかり黙り込んでしまった。彼らも、世の中の多くのゴッホファン同様、不遇な運命をたどるゴッホの肩を持ちたかったのだろう。

確かにゴーギャンはゴッホよりも狡猾なところがあったに違いない。しかし、彼の行く手にも想像を絶する孤独と運命の嵐が待ち受けていたことを忘れてはならない、と冴は思った。

「けれど、結局ふたりは……アルルでウィン＝ウィンの関係にはなれなかったんだろう？」

ややあって、ギローがつぶやいた。

「ええ」と冴は答えた。「……残念ながら」

「そうとわかって、ゴーギャンはパリに帰ると言い出した……ってことか」ジャン＝フィリップが追想の口調で言った。「そして彼らはその日を迎えた……」

その日——一八八八年十二月二十三日。

何かの拍子で激しい口論になった。ゴーギャンは耐えきれなくなって、もうパリへ帰ると言い放つ。その間、どんなやり取りがあったのか――それは当事者であるふたりにしかわからない。激昂したゴッホがナイフを取り出して自らの耳を切り落としたのは、このときだった。

その日から約一年半後に自殺を図るまで、ゴッホを痛めつける出来事がこれでもかというほど次々に起こる。彼の激動の晩年を振り返ってみれば、ゴーギャンとの共同生活がゴッホにとっての悲劇の幕開けのように見えてしまう。ゴーギャンはまるでゴッホに不運をもたらした元凶のような印象に捉えられがちなのが、冴にはどうにも苦しかった。

「……これを最後の質問にしたいんだが、サエ」

ギローの乾いた声がした。うつむいていた冴は、ポプラの根元に放っていた視線をギローへ向けた。

「……ファン・ゴッホは、ほんとうにピストル自殺したのか？」

冴は目を瞬かせた。いまさら何を言い出すのだろうか。

「ええ。一般的には、そう言われていますが。……確証はありませんけれど」

ギローは冴をみつめ返して、ひと言、言った。

「――殺されたんじゃないのか？　ゴーギャンに。……あのリボルバーで、撃ち抜かれて」

ギローの言葉は、たとえ思いつきであっても冴にはとうてい受け入れ難いものだった。

「いやそれはない。ないです、百パーセントないです」

冴は即座に否定した。

このまま続けると、どんどんおかしなほうへ話が加速してしまいそうだ。「さて」と冴は、明るい声で切り替えた。

「そろそろ帰りましょう、渋滞しますから」

帰路はジャン＝フィリップが運転した。案の定、大渋滞に巻き込まれてしまった。オーヴェールの素朴な自然にいやされるどころか、慣れない推理で頭をフル回転させたせいか、ギローもジャン＝フィリップもだいぶ疲れているようだった。ふたりとも黙り込んだまま、連なってのろのろ前進するテールランプの行列を眺めている。

カーオーディオのＦＭ「ラジオ・クラシック」では、ラヴェル〈亡き王女のためのパヴァーヌ〉が流れ始めた。後部座席の冴は、眠気のヴェールがとろりと降りてくるのを感じながら、オーケストラが奏でる物静かな旋律に身を任せていた。

――ああ、この曲は確か一八九九年作曲……その頃にはフィンセントもテオももうこの世にはいなくて、ゴーギャンはタヒチのパペーテにいて……地元の植民地権力者を批判する左翼っぽい新聞を発行したりして……だけど、けがと病気に悩まされて……絵を描けていなくて……そして、彼に残された時間は、もうあと四年しかなかったんだ……。

「いや、でもさ。やっぱりそういうことなら、つじつまが合うんだよ」

前を向いたままで、助手席のギローが唐突に言った。

「わっ。なんですか急に」ジャン＝フィリップが叩き起こされたかのような声を出した。

「せっかくいま、ちょうどいいところだったのに……」

「なんだ、いいところって」ギローが訊き返すと、

「ラヴェルのＢＧＭが流れるレストランで、ヴィルジニー・エフィラ似の美人と食事してました」

と答えた。

「つまらん夢を見てたんだな。どうせならヴィルジニー・エフィラ本人と食事すればいいものを」

ギローが言った。冴はすっかり目が覚めてしまった。運転席へ身を乗り出して、「ちょっと。どっちの美人がお相手でもいいけど、居眠り運転厳禁だからね」と釘をさした。

「居眠りなんかするわけないだろ。白昼夢だよ」ジャン＝フィリップが言い返した。それにしても運転中には見ないでほしい。

「つじつまが合うとおっしゃいますが、ムッシュウ・ギロー。どういうつじつまですか？」

前を向いたままでジャン＝フィリップが質した。ギローはシートベルトを着用した胸の前で窮屈そうに両腕を組んでから、

「だから、ゴーギャンがファン・ゴッホを殺した、ってことだ」

確信めいた口調で答えた。どうやらポプラの木の下でその「推理」を口にしてから、ずっと考え込んでいたらしい。ギローの白昼夢のお相手は名探偵ポワロかその助手のヘイスティングス大尉だったようだ。

ギローは大胆な推理の前提として、意外にもきちんと史実を把握していた。

ゴッホとゴーギャンは、一八八八年のクリスマス間近、アルルでのわずか二ヶ月の共同生活の締めくくりにゴッホがやらかした「耳切り事件」をきっかけに、完全な仲違いをした。その後、ゴーギャンはいったんパリへ戻り、一八八九年の初夏、完成したばかりのエッフェル塔がそのシンボルとなったパリ万博でフランス領ポリネシア館を見物し、自分にとっての理想郷・未開の楽園であるポリネシアへ行きたいとの思いを募らせる。が、船賃どころか日々の糧を得る金にも事欠く現状で、仕方なく物価の高いパリを離れ、ブルターニュの漁村ル・プルデュに隠遁。そのうちなんとかして南の島へ旅立とうと目論む。一方、ゴッホはアルル近郊のサン＝レミ・ド・プロヴァンスの療養院に入院し、丸一年、心身の療養をしながら創作を続ける。この間、ふたりが頼りにしていたゴッホの弟で画商のテオは結婚して子供を授かることになり、扶養者が増える。……と、ここまでは冴の受け売りで史実通りである。

さて、ここからがポワロならぬギローの推理だ。

ゴッホが小康状態となり、最期を迎えることになるパリ近郊の小村、オーヴェール＝シュル＝オワーズへ移住したのは一八九〇年五月。このとき、ゴーギャンは相変わらずル・プルデュでくすぶっていた。ゴッホはオーヴェールで精力的に創作をし、約二ヶ月間で七十七点ものタブローを描き上げた。この間、ゴーギャンはブルターニュで従来通りの作風をなぞっていた。画家としてまだ自分は力を出しきれていない、自分はまだまだこんなもんじゃない。ゴーギャンの強い自負と自尊心が、己を狂気の淵まで追い込みながら描き続けるゴッホに対する強い嫉妬を呼び覚ましたのではないか。

……と、いよいよここでギローの推理にドライブがかかる。

——私はフィンセントよりも年上で、彼よりも思慮深く、まともで、新時代の画家はどうあるべきか、自分だけの表現をみつけるにはどうしたらいいか、よくわかっている。作品だって売れていないわけじゃない。テオも、兄貴の絵よりも私の絵のほうが顧客に薦めやすいし、本当は、あんな面倒くさい兄貴じゃなくて、私ひとりに「推し」を絞ってセールスしたほうがやりやすいと思っているんじゃないか。

そうだ。フィンセントがいなくなれば、テオの負担は一気に減る。そのぶん、私を売り出すことに力が注げるようになるだろう。

テオは、私がいずれ南の島へ渡航できるよう支援をすると、アルルへ行くまえから言ってくれていたんだ。それなのに、フィンセントが図々しく弟の足を引っ張り続けるありさまだ。

フィンセントは頼りきってきたんだ、弟に。経済的にも精神的にも。そしてこの私には、思想の面で、それから技巧の面でも倚りかかってきた。私はあの気難しいフィンセントと共同生活するなんてまっぴらごめんだったのに、テオに生活費と、いずれタヒチへ行くための支援を申し出られたものだから、とうとう重い腰を上げてアルルへ行ったんだ。そして、フィンセントが一皮剝けるためにどれほど助言したかわからない。あいつひとりだったら何もできなかったはずだ。なのに、巷では「フィンセントがおかしくなったのはゴーギャンのせいだ」ということになってしまっている。

私が何をしたというんだ？　彼を助けただけじゃないか。

それなのに――。

フィンセントは行こうとしている。たったひとりで。誰も追いつけない高みへと。

そんな馬鹿なことがあるか。

あいつが、私よりも先に行くなんて。誰も寄せつけないほどの彼方へ。

行かせるものか。

どうしても行ってしまうのなら、そのときは――。

世間から見捨てられたようなうらさびしい漁村で悶々と考えを巡らせていたゴーギャンは、とうとう我慢ができなくなってきた。

ついに「そのとき」がきた、と彼は悟った。

一八九〇年七月二十七日早朝。株式仲買人時代に護身用に買って持っていたリボルバーに、一発だけ弾丸を装塡した。鈍く光る銀色の拳銃を、着古した上着の内ポケットに入れて、ゴーギャンは汽車に乗った。

目指すはオーヴェール＝シュル＝オワーズ。小さな村だ。日中どこでゴッホがスケッチしているか、ゴーギャンはわかっている。彼が好んで出かけるのは、麦畑か、川のほとりか、糸杉のような大きな木のある並木道か、美しい風景が見渡せる場所のはずだ。

はたしてゴッホは、オワーズ川のポプラ並木でスケッチ中だった。並木道の彼方に人影をみつけて、ゴッホは鉛筆を動かしていた手を止めた。次第に近づいてくる人影が、彼がいまなお尊敬してやまない朋友だと知ったとき、ゴッホの喜びが爆発した。

――ポール！

彼はひと声叫んで、駆け寄ろうとした。その瞬間、ゴーギャンは素早く内ポケットからリボルバーを抜き、片耳がちぎれた憐れな友に向かって引き金（トリガー）を引いた。

パン、と乾いた音が響き渡った。その瞬間、ポプラ並木のすべての枝葉をざあっと鳴らして一陣の風が通り過ぎた。ゴッホは両手で脇腹を押さえた。その指のあいだから鮮血が噴き出した。

何が起こったのかわからず、ゴッホは笑いをこらえるような、泣き出す寸前のような顔をしてゴーギャンを見た。ゴーギャンは肩で息をつきながら、苦しそうに言葉を絞り出した。

――テオを自由にしてやってくれ。そのためには、こうするしかなかったんだ……。

――テオを……自由に……？

——そうだ。君が彼の足を引っ張り続ける限り、彼は自由になれない。私も、そうだ。私は、君の存在がうとましい。君がテオを踏み台にして、自分だけの世界へ、はるか彼方へ行ってしまうのを、もうこれ以上見ていられなくなったんだ。

フィンセント。私は、テオを自由にしてやりたかった。そして、君を楽に……自由にしてやりたかった。

許してくれ……。

ゴーギャンはリボルバーを内ポケットに入れると、友に背を向けた。どさりと体が地面に頽れる音がした。けれど、ゴーギャンは振り向かなかった。

オワーズ川は滔々と流れ、太陽がゆっくりと西に傾いてゆく。テオが暮らすパリは、天国よりも遠いところにあった——。

「と、ここでエンドロールが流れ始める……チャイコフスキー交響曲第一番ト短調・オーパス13の旋律とともに……」

「ラジオ・クラシック」でちょうどかかっている楽曲を、ギローは正確に言い当てた。彼はなかなかのクラシック通なのである。

「すっご！」ジャン＝フィリップが叫んだ。「話がカンペキにできてる！」

「ま、作り話だがな。完璧な」得意げにギローが言った。

「でも僕、ちょっとそうなんじゃないかって思いかけちゃいましたよ」

「だろう？　私もそう思いかけたよ」

「ちょっとちょっと、やめてくださいよふたりとも！」

冴はまた身を乗り出さざるを得なかった。

「作り話もたいがいにしてくださいよ、社長。それやっていいのは小説家くらいですから」

ギローは、いかにも仕方ないというように肩をすくめて、

「しかしな、サエ。ゴーギャンがあいつを殺したってことにすれば、つじつまが合うんだよ」

「だからどのつじつまですか？」

「ペータースが言っていた『謎の人物・X（イクス）の秘密』さ」

ペータースがサラから教えられたという、「X（イクス）」の「四つの秘密」。
一、自分はゴーギャンの孫である。二、ゴーギャンが所有していたリボルバーが祖母・母・自分の三代に伝えられた。三、そのリボルバーはゴッホにまつわる貴重なものである。四、リボルバーとともに、史実を覆す重要な真実が口伝されている。
「『X（イクス）』がゴーギャンの孫で、あのリボルバーのもともとの持ち主がゴーギャンであるという、第一と第二の秘密が真実であることが前提だが……ファン・ゴッホはピストル自殺で死んだんじゃなくて、実はゴーギャンに撃たれて殺された――という仮説ならば、第三と第四の秘密との整合性が出てくるだろう？」

「確かに」ジャン＝フィリップがあいづちを打った。

「あれがファン・ゴッホを撃ち抜いたリボルバーであれば、ファン・ゴッホにまつわる貴重なものである——ということになるし、ゴーギャンが殺したなんてことが真実だったら、それこそ世界がひっくり返るほどの衝撃、世紀の大ニュースですよ！」

「そうだとも。株式市場（ユーロネクスト・パリ）の指数が跳ね上がって、そのついでに暴落したエマニュエル・マクロンの株も楽々上がるくらいだ！」

ギローが興奮気味に付け足した。冴は眉尻を吊り上げて、

「残念ながら市場の株も大統領の株もそう簡単には上がりません。ゴーギャンがファン・ゴッホを殺しただなんて、セーヌ川が逆流するくらい絶対にあり得ませんから」

きっぱりと否定した。

「言うね。まるで見てきたみたいじゃないか」ギローは一転、不満げな調子になった。

「もちろん見てないですけど、それだけは絶対にないです」冴はもう一度断言した。

ゴッホとゴーギャンは表面的に反目し合うことはあっても、底の底では深い友情で結ばれていた。——冴はそう信じていた。

もちろん、それだって当人たちに確かめたわけではないから想像でしかないのだが、幸い、美術史上もっとも筆まめな画家のひとりだったゴッホが遺した幾多のゴーギャンへの手紙には、彼への深い友情と敬愛が溢れている。テオへ書き送った手紙の端々にも、ゴーギャンは

どうしているか、ゴーギャンを支援してほしいと繰り返し書いている。美術史の研究者は芸術家が遺した資料――作品がその最たるものだ――や、当時の関連資料を分析するのが仕事だから、ゴッホとゴーギャンの関係性を研究対象としている研究者は、ゴッホの手紙を信頼できる資料として拠りどころにしていた。

いまでは多くの研究者が、「ゴッホは狂人だった」という本人の存命中からすでに形成されていたステレオタイプのゴッホ像は間違っていると理解している。確かに、「耳切り事件」やサン＝レミ・ド・プロヴァンスの療養院で何度か発作に襲われたことなどを取り上げる際には、「狂気の」と枕詞をつけたくもなる。が、彼にはずば抜けた語学能力が備わっており、母国語以外に、フランス語、英語、ラテン語を操ったことはよく知られている。弟への手紙すら正確なフランス語で書き綴り、その破綻のない構成と文章力は彼が狂人どころかまとも以上、つまり天才的だったことを裏づけている。

膨大な量の手紙は類まれな芸術的遺産として保存・研究され、後世の人々に愛読されることとなった。そうなるためには、この手紙の資料的価値と文学的ポテンシャルに着目し、世に出そうと努力した人物の存在が必要だったわけだが、テオの未亡人、ヨー・ファン・ゴッホ＝ボンゲルがこの偉業を成し遂げた。ヨーは義理の兄と夫との書簡を編纂し本にまとめることで、この兄弟がいかに強い絆で結ばれていたかを人々に知らしめた。もちろん彼女の最大の貢献は、フィンセント・ファン・ゴッホというとてつもない画家がこの世に存在したことを、遺された作品を通して世界に認めさせたことにある。

「ファン・ゴッホは『耳切り事件』の直後は茫然自失だったようですが、事件の十日後には入院先のアルル市立病院からテオへ手紙を送っています。心配で狂わんばかりになっているだろう弟を安心させようとして。その手紙の中で、ゴーギャンについても触れているんです。『手紙を送ってくれとゴーギャンに伝えておくれ。僕は彼のことをずっと考え続けているということも』」

もう何度読んだかわからない、ゴッホの手紙——ファン・ゴッホ美術館所蔵・整理番号728・テオ宛のフランス語の手紙を、冴は正確に誦(そら)じてみせた。その手紙は「君とゴーギャンに固い握手を送る」との一文で締めくくられていたのだ。

「ゴーギャンは友の自虐行為に恐れをなしたかもしれませんが、少なくともファン・ゴッホのほうでは、ゴーギャンへの友情はいささかも揺らいでいなかったと思われます」

ほほう、とギローが関心を示した。

「じゃあ、ゴーギャンのほうはどうだったんだ？　ファン・ゴッホと同じくらい筆まめで、それなりに文才があったのか？」

「そうですね。同じくらい筆まめだったとは言えます。当時、手紙を書くことは生きていく上で必要な作業でしたから」

「と言うと？」

「愛を告白するにも復縁を迫るにも手紙は重要なツールだったし、お金を借りるにせよ無心するにせよ、手紙で訴えるほかはなかったということです。生活に行き詰まっていたファン・ゴッホもゴーギャンも、窮状を切々と家族への手紙に綴りました。ファン・ゴッホからテオへの手紙の多くは『五十フラン札を送ってくれてありがとう』から始まっています」

「いまならスマートフォンで、Facebook や Instagram や YouTube に自作をアップ、FaceTime か Hangouts で営業、eBay で買い手をみつけ、クラウドファンディングだってできるけど……十九世紀だからなあ」

ジャン＝フィリップが相乗りしてきた。まったく、いまあのふたりが生きていたら、ネットとデジタルを駆使してアートワールドの頂点にのし上がったかもしれない。冴は見解を語り続けた。

「ゴーギャンの文才については、絵筆をペンに持ち替えても、じゅうぶん通用する文章力を持っていました。——ただ、彼には、フィンセントにとってのテオのような、心の通った文通をする相手がいなかった……」

ゴーギャンは、疎遠になった妻・メットや、画家仲間、仕事の関係者へせっせと手紙を送り、彼の書簡集も後年出版されているが、ゴッホのそれにくらべると存在感が薄い。『ノア・ノア』というタイトルのロマンティックな自伝的タヒチ滞在記も生前に出版しているし、回想記『前後録』を執筆、晩年に暮らしたポリネシアでは地元新聞の発行人兼編集長まで務めたのだから、プロのジャーナリストだったと言えなくもない。意識的に執筆し、そのために少なくない労力と時間を費やしたのは、ゴッホ以上だった。

が、ゴッホに負けず劣らず波瀾万丈だったゴーギャンの人生については、彼の死後十五年以上経ってから、まったく赤の他人、イギリス人作家のサマセット・モームが彼をモデルにして書いた『月と六ペンス』によって、広く知られるようになったのだった。

「ファン・ゴッホは、想った相手には受け入れられず、家庭を築くこともできなかったけれど、弟とその妻の不屈の情熱に支えられて世に出たのに対して、ゴーギャンは家庭を築き、五人もの子供を授かっていたにもかかわらず、彼の芸術のために親身になって尽くしてくれる身内は存在しなかったんです」

ギローは黙って冴のコメントに耳を傾けていたが、

「……間違っていたかもしれんな」

ぽつりとつぶやいた。

「ゴーギャンがですか？　それとも『あいつ』のほうですか？」

ジャン゠フィリップが訊くと、

「いや。私がだ」

と答えた。

「私は、圧倒的にファン・ゴッホのほうが不幸で、ゴーギャンのほうが幸せだったに違いないと思い込んでいたよ。だって『あいつ』はひとりぼっちでどん底を這いずり回って、どんなに頑張って描いても生前ほとんど作品も売れなかったし……しまいにはピストル自殺だなんて、やり切れないほど不幸せじゃないか。それにくらべてゴーギャンは、憧れの楽園へ行って、好きなように描いて、生きているあいだにそれなりに作品も売れたわけだろう。どう考えたって彼のほうが幸せだったと思えるよ」

「ええ、そうですね」冴はやわらかく肯定した。「とても自然な考え方です」

ギローはせつなそうにため息をついた。

「でも実際は……ゴーギャンのほうが、圧倒的に不幸せだったのかもしれないな」

ゴッホとゴーギャン。どちらのほうが不幸せだったか。ふたりがこの世を去っておよそ百二十年が過ぎ、いまや世界が巨匠と認めた二大画家の不幸くらべをすることは、なんの役にも立たない。それでも、「ゴッホが必ずしもゴーギャンより不幸ではなかったのかもしれない」という考え方にギローが気づいたことには意義がある、と冴は思った。

「……となれば、いっそうゴーギャンとしてはファン・ゴッホを殺したくなりませんかね」

しんみりしてきたところへ、ジャン＝フィリップがさくっと入ってきた。

「実は自分よりも身内に愛されていて、自虐しようが入院しようが、変わることのない弟の支援を受けて、好きなように絵を描き続けて、どんどん先に行ってしまう『あいつ』。しょうがない。殺りたかないが、死んでもらおうか……」

「って、ゴーギャンは『レオン』じゃないからね」

冴は殺気立って言い返した。運転中でなければ後ろから羽交い締めにしてやるところだ。

「ファン・ゴッホはアルルで別れて以来、会えなくなってもずっとゴーギャンを気にしていたんだろう？　ゴーギャンのほうはどうだったんだ？」

ギローがまっとうな質問を投げてきた。冴はほっとして「いいご質問をありがとうございます、ムッシュウ」と声を和らげた。

ゴッホとゴーギャンは一八八七年の秋頃にパリで出会い、太く短く付き合った。ゴッホと出会う前、ゴーギャンは家族とも別れて貧困のどん底。パリではとても暮らしていけないと、素朴な田舎町ポン＝タヴァンへと移住した。その後、パナマとマルティニク島へ航海し、半年後にパリへ帰ってきた。航海中に創作された絵がパリで画商をしていたテオの目に留まり、「すごい画家をみつけた」と、テオがフィンセントに教えて、ふたりの交流が始まった。

ふたりは毎日一緒に過ごしたわけではないが、ともに日本の浮世絵に影響を受け、会えば新しい芸術はどうあるべきか議論を交わした。ゴッホとテオは、ブルターニュの素朴な画題を選び、大きく鮮やかな色面で構成されたゴーギャンの絵に、来るべき絵画革命の息吹を敏感に感じ取った。ゴーギャンのほうはゴッホほどには相手の作品を手放しで絶賛することはなかったようだが、当時の最先端のアートだった印象派を乗り越えていこうとする気概を認めたに違いない。結果、テオの支援を条件に、ふたりはアルルで共同生活を送ることになった。

ゴッホが夢描いていた「芸術家たちの共同体（ファランステール）」は、たった二ヶ月で破綻してしまうのだが、それでも豊かな果実を両者にもたらした。「わがゴッホは驚くべき進歩を遂げた」と、ゴーギャンは『前後録』に記している。「まるで自分の素質を完全に見抜いたかのように、そこから太陽の光に溢れた、あの太陽また太陽の作品群が生まれていった」と。

ゴーギャンもまた、ゴッホの示唆に満ちた言葉に感化され、その後の進路を決めたと言えなくもない。ゴッホはゴーギャンの絵を透視して、海軍士官で当時の流行作家でもあったピエール・ロティのタヒチ滞在時の自伝的小説『ロティの結婚』のロマンティシズムを見出した。君の絵にはロティの小説のような南国的情緒を感じる、君はタヒチに行くべきだ――と、ゴッホがゴーギャンのタヒチ行きを焚きつけたとの説もある。

「ふたりの関係は危うい均衡の上に、ぎりぎりで成り立っていたと思います。まあ、どちらかと言えばファン・ゴッホの片思いだったところはあるでしょうけど……ゴーギャンは、正直『ウザい』という気持ちもあったでしょう。それでも、アルルでの生活を通してファン・ゴッホが驚くべき発展を遂げたことは、はっきりと認めています。『彼は……私から有効な教訓を学んだということだ。彼は毎日、私に感謝した』と、ファン・ゴッホの画家としての飛躍を助けたのはこの自分だと、付け足すことも忘れていなかったけど」

「エラそうだな」ギローがバックミラーの中でにやりとした。

「そうですね。ちょっとエラそうです」冴も笑って返した。

「そのちょっとエラそうに構えているところに、ファン・ゴッホはグッときてたんじゃないかな」

ジャン＝フィリップが言い添えた。微妙な男同士の感情の綾を、同僚は意外にもわかっているようだ。

「ふたりの最後のやり取りは、どんなふうだったんだ？」

ギローの次の質問に、冴は答えた。

「オーヴェールのファン・ゴッホはゴーギャンに宛てて手紙を送りました。最後の手紙を」

一八九〇年七月。――その手紙にはこう書いてあったと、ゴーギャンは『前後録』に記している。

〈――親愛なる我が師、あなたを知り、あなたに迷惑をかけてからというもの、悪い状態でなく、良い精神状態のときに死にたいと思うようになりました〉

それきり手紙はこなかった。ほどなくして、一通の電報が届けられた。ゴッホがピストル自殺したという訃報が。

それを受けて、ゴーギャンは、共通の親しい友人、エミール・ベルナールへ手紙を送っている。

〈――この死は実に悲しむべきだが、私はそれほど悲嘆に暮れているわけではない。私はこのことを予想していたし、あの可哀想な男が狂気と戦う苦しみをよく知っていた。この時期に死ぬのは、彼にとっては一種の幸福なのだ。それは彼の苦しみに終わりを告げさせた――

「……死が一種の幸福だと？」

冴が誦じたゴーギャンの手紙の内容に、ギローが引っかかってしまった。

「それ見ろ！　やっぱりそうじゃないか！」と彼は叫んだ。「そんなことを言い放てるのは殺し屋くらいだ！」

こうして、パリに到着するまでのあいだに、ポール・ゴーギャンは殺人者にされてしまった。

おりしも「ラジオ・クラシック」では、ベートーヴェン交響曲第五番ハ短調・オーパス67〈運命〉が流れていた。

6

パリ二区、リシュリュー通りに面して佇むフランス国立図書館（ＢｎＦ）リシュリュー館を、冴は月曜日の朝いちばんで訪問した。

学生時代から足繁く通った場所である。十四世紀、シャルル五世の時代に創設されたフランス王室の図書室が起源とされている。壮麗な建物は一八七五年に完成されたものだから、ゴッホもゴーギャンも目にしたことだろう。中に入ったかどうかは別として。

一千万冊以上の書籍、原稿、版画、地図などなど、この国で作られたあらゆる印刷物関連の資料が保管されている。いかなる部類のものであれ、フランス国内で発行されるすべての印刷物は一部をＢｎＦに納めなければならないんだって——と、学生時代に友人の莉子から聞かされた冴は、いつか自分の博士論文が完成して、この知の殿堂に納められる日を夢見ずにはいられなかった。まだ実現していないが、ひそやかな愉（たの）しみとしてこっそり胸に留めている。

本館にある楕円の天窓と丸天井が連なる閲覧室は、本とインクの匂いに満ち溢れ、なんの用事がなくても入り浸りたくなる空間で、国立図書館のアイコンにもなっている。が、冴が頻繁に利用しているのはリシュリュー館に隣接する国立芸術史研究所のほうだった。ここはパリ大学で美術史を学んでいる大学院生にとっては第二学舎のような場所である。フランス国内で出版・印刷されたものなら、狙った文献は必ずここに存在している。研究者用のＩＤカードを持ってさえいれば、予約した上で自由に閲覧できる。

「こんにちは。急ぎの調べ物があって、予約しないで来てしまったんだけど」

冴は受付カウンターへまっすぐに歩み寄ると、顔見知りの司書、アンジュにあいさつをした。

「あら、こんにちは、サエ。今日はずいぶん早いのね」

アンジュは笑顔で冴にあいさつした。冴はかれこれ十年近く通いつつ、予約をせずに来たことは一度もなかったので、入れるかどうかわからなかった。が、「いいわよ、さあどうぞ」とすぐに通してくれた。

「この週末に、何か新しいひらめきがあったの？」

冴が論文の準備をしていることを知っているアンジュはそう訊いた。「だといいんだけど」と、冴は指をクロスして見せた。実際には、ひらめきどころか底なし沼にはまってしまったのだが。

先週末、オーヴェールから帰宅したあと、ジャン＝フィリップからのショートメッセージが届いた。

〈今日はすばらしいガイドをありがとう。最後の社長の推理が超ウケたね〉

超ウケたって何よもう、と冴はむくれて、すぐに返信した。

〈ぜんぜん面白くないんですけど。私、もうこれ以上おかしな探偵ごっこに付き合う気はありません〉

同僚に当たってもしょうがないとわかっていても、愚痴のひとつも言いたくなる。と、すぐに返信がきた。

〈何言ってんだよ、君の仕事はこれからでしょ。社長が言ってたじゃないか。「X（イクス）」の四つの秘密のつじつまを合わせるためには、第一と第二の秘密が事実であることが前提になる、って〉

「あ」と冴は声に出してつぶやいた。「――ってことは……」

冴はあらためて、ペータースに聞かされた「サラが『X（イクス）』に教えられた四つの秘密」を胸の内に呼び起こした。

一、自分はゴーギャンの孫である。二、ゴーギャンが所有していたリボルバーが祖母・母・自分の三代に伝えられた。三、そのリボルバーはゴッホにまつわる貴重なものである。四、リボルバーとともに、史実を覆す重要な真実が口伝されている。

そうだ。「X（イクス）」が何者なのか、そもそも実在していた人物なのか、それを調べずして仮説は成り立たない。

　ゴーギャンの子孫——しかも女系の——が存在しないと立証されれば、「ゴーギャンのリボルバー」はサラの作り話ということになる。つまり、ゴーギャンは殺人者だなどと、二度とギローの口に上らせずに済む。

　ゴーギャンの研究者の端くれとして、ゴーギャンの名誉にかけても、これはなんとしても立証しなければ。

〈ありがとう、ジャン＝フィリップ。その通りだったわ。月曜の朝一でBnFへ調べにいってくる〉

〈OK。頼んだよ、ウォーショースキー。いい結果が得られますように〉

〈任せて。いい結果以外は報告しないから〉

〈頼もしいね。あ、でも君にとってのいい結果は、僕らの会社にとっての悪い結果だからね〉

　冴は、スマホの画面をみつめながら首を傾げた。

〈だって、「X（イクス）」の話が作り話なら、あのリボルバーはゴーギャンのリボルバーなんかじゃないし、もちろんファン・ゴッホのリボルバーでもないってことになる。つまり、あれはただの鉄屑ってわけだ〉

「あーっ！」冴は思わず叫んだ。

「そうだ、その通りじゃない⁉　えっ、ちょっと待ってヤバい、どうしよう⁉」

〈まあまあ、落ち着いて、サエ〉まるでビデオ通話でもしているかのように、ジャン＝フィリップから絶妙な間合いでメッセージが届いた。

〈第一と第二の秘密が事実であると立証しつつ、もちろんファン・ゴッホはゴーギャンに殺されたわけじゃないけど、あのリボルバーにはふたりの重要な痕跡が残されている……ってことになれば、あれは単なる鉄屑じゃなくて、めっちゃ価値のあるお宝に変わるわけだろ？　僕らが君から聞きたいのは、そういう報告だよ。じゃあね、おやすみ〉

「……って超難題！」

冴はスマホに向かって思い切り文句をぶつけたが、同僚に聞こえるはずもなかった。


国立芸術史研究所の開架式の書架室、乾いた紙の匂いで満たされた書物の森の奥深くへと、冴は入っていった。

考えてみれば、今回のケースは美術史の論文の構成と共通するところがあった。ひとつの仮説を立証するには、その仮説の前提となる史実を注意深く調べる必要がある。前提があやふやだと、そもそも仮説は立てられない。いかに「ありそうな」説でも、しょせん推理の域を出ないのだ。

たとえば、二〇一一年にアメリカで出版されたノンフィクション『ファン・ゴッホの生涯』。ゴッホの生涯をつぶさに記述した伝記だが、それまでのゴッホ伝とは一線を画す衝撃的な内容――ゴッホは自殺ではなく他殺だったという仮説が盛り込まれていて、大きな反響を呼んだ。著者のスティーヴン・ネイフとグレゴリー・ホワイト・スミスは、ハーバード法科大学院の同期生で、芸術を題材としたノンフィクションを数多く執筆、アメリカ文壇最高峰のピュリッツァー賞も受賞している。美術史家ではないが、アート系ノンフィクションのプロフェッショナル・ライターだ。

彼らはゴッホ他殺説を立証するために、オーヴェール＝シュル＝オワーズでの画家の最後の二ヶ月間、彼の周辺にいた人物を丹念に洗い出し、周囲からどのような目で見られ、他者とどのように接触していたのか調査を行った。その結果、浮かび上がったのが「他殺説」である。

パリの名門高校に通うティーンエイジャー、ルネ・スクレタンが、家族とともに夏のヴァカンスでオーヴェールを訪れていた。彼は仲間とつるんで、いつも戸外で絵を描いている風変わりな画家をからかっていた。一八九〇年七月二十七日の夕暮れ、ルネは、ラヴー亭の主人から銃を借り出し、制作中のゴッホのもとへ向かった。前年のパリ万博で紹介されていたアメリカのカウボーイを気取って、画家に銃を向けたところ、何らかのはずみで発砲してしまい、弾丸がゴッホの脇腹を撃ち抜いた。ルネは恐れをなして逃げ帰った――。

冴は学生時代に本書を読んだが、ゴッホの生涯の新事実を突き止めているわけではなく――他殺説の根拠として、美術史家デーヴィッド・スイートマン著『ファン・ゴッホ　生涯と作品』を拠りどころにしていた――結局、ゴッホの死因は他殺という仮説が独り歩きしてしまっている印象を覚えた。仮説の前提となる調査がしっかり行われていることは認める。揺るがぬ前提に裏打ちされた仮説には「そうだったかもしれない」と思わせる迫真性があった。しかし研究者を目指す者としては他殺説を認め難い気持ちが強く残った。そして、本書の読者となる多くの人々——研究者ではなくゴッホの一般的なファン——に、ゴッホは少年にからかわれてあっけなく殺されたのだと誤解されなければいいと願わずにはいられなかった。

ゴッホが自殺したという説は、長いあいだ本人の自白に基づくものとして信じられてきた。ゴッホの告別式に参列した画家仲間のエミール・ベルナールから、ゴッホを支持する評論を発表した美術評論家のギュスターヴ＝アルベール・オーリエに宛てた手紙の中に、こう書かれている。「フィンセントは最後までパイプを手放すことを拒み、たばこを吸いながら、自分は意図的にこのような行為に及んだのであり、そのときの自分は完全に正気だったと語った」。ゴッホと最後の時間をともに過ごしたのは弟のテオのみだったから、この言葉はベルナールがテオから伝え聞いたものとして手紙の中で引用されたのだろう。が、そのテオがもっとも近い存在だった妻のヨーへ書き送った手紙には、フィンセントが「自殺を図った」とはひと言も明記されていない。そして、死にゆく兄によって真実を知らされたであろう唯一の証人であるテオは、フィンセントの死のわずか半年後、他界した。つまり、「ゴッホの自殺」を証明する決定的な証拠——ゴッホの自白——は、兄弟の死とともに永遠の謎として葬られてしまったのだ。

だからこそ、ゴッホの死後百二十年が経過していたというのに、いまさらのように「自殺ではなく他殺だった」という仮説がセンセーショナルに発表されて、世間を騒がせた——というわけだ。

「しかも殺したのはゴーギャンだなんて……どうやって立証するっていうんですか、社長？」

馴染みの書架の前に佇んで、冴は独りごちた。からかわれて殺されたという仮説ですら、何年もの調査の結果導き出されたものである。週末のドライブで訪れたオーヴェールで、たまたま直感の女神が降臨したとはいえ、そう易々とギローの妄想が立証されるわけがない。

冴は、「十九世紀フランス美術史」の棚にぎっしりと並ぶ背表紙に目を泳がせながら、冷静さを取り戻そうと努めた。

自分に課せられたミッションを、いま一度思い出さなければ。それは、ゴッホが他殺されたという仮説を否定してみせることではなく、ましてやゴーギャンがゴッホを殺したはずがないことを立証することでもなく——あの錆びついたリボルバーが、なんにせよ「ゴッホ関連の歴史的資料」であると明らかにすること。そして、正々堂々、オークションテーブルに載せて、CDC（セーデーセー）史上最高価格で落札させること——である。

冴はスマートフォンを取り出して、土曜の晩にジャン＝フィリップと交わしたメッセージを小声で読み上げた。

「ええと……『第一と第二の秘密が事実であると立証しつつ、もちろんファン・ゴッホはゴーギャンに殺されたわけじゃないけど、あのリボルバーにはふたりの重要な痕跡が残されている』……とね。ま、確かに……そういうことだよね」

思わずため息が出た。やはり超難題である。が、調査に取りかからなければ仮説は立てられず、どんな結論も導き出せない。

まずは第一の秘密、自称・ゴーギャンの孫「X（イクス）」の特定だ。

ゴーギャンの五人の子供のうち、唯一の女の子だったアリーヌと次男のクローヴィスは、ともに若くして他界している。残された三人の息子たち——エミール、ジャン＝ルネ、ポール＝ロロンに、それぞれ子供がいたかどうか。「娘」ではなく「息子たち」なのが、すでに第二の秘密「母から娘へと伝えられた」というのに沿わないが、とにかく、ゴーギャンの直系の孫というところに焦点を絞って、その中の誰かが「X（イクス）」である可能性を探るのだ。

目ぼしい文献を片っぱしから取り出すと、どっさり両腕に抱えて、閲覧室にあるテーブルまで運んでいく。書物を繙（ひもと）く瞬間は心が躍るものだが、今回はいつになく緊張していた。かれこれ十年以上ゴーギャンと密接に付き合ってきたとはいえ、限られた時間の中で、膨大な文献の中から信憑性の高い情報にたどり着けるだろうか。

調査開始十分後、ゴーギャンの孫のひとり、ポール＝ルネ・ゴーギャンに行き着いた。この人物はノルウェーの代表的な絵本画家で、おそらくゴーギャンの孫の中ではもっとも高名だろう。父親はゴーギャンの末っ子、ポール＝ロロン、通称ポーラである。

ポーラはデンマークの王立アカデミーにも認められる画家・美術評論家となっていた。母親があれほど嫌った父親と同じ職業に就いたとは、なんとも皮肉な話である。それどころか、ポーラは『父・ゴーギャンとの思い出』という本まで出していた。ポーラの息子のポール＝ルネは、絵本画家として名を馳せたのちに、一九七六年に移住先のスペインで没している。享年六十四。従って、この人物は「X（イクス）」ではない。

冴はさらに、ゴーギャンのファミリー・ツリーを慎重に調べていった。

ゴーギャンの長男のエミールは技師となり、デンマーク人のオルガ・ヘデマンと結婚してコロンビアに赴任した。その後、二度目の結婚でアメリカ西海岸へ移住し、一九五五年に八十一歳で他界。前妻とのあいだに三人の子供をもうけている。一九〇九年に長女アリーナ、一九一一年に長男ボルグ＝エミール、一九一三年に次男ペドロ＝マリアが赴任先のコロンビアで誕生。この三人はゴーギャンの孫に当たるが、没年がみつからなかった。末弟のペドロ＝マリアがもし生きていれば百歳を超えている。この人物が「X（イクス）」である可能性はゼロではないから、いちおうリストに残しておく。

三男のジャン＝ルネは父に近い気質を持っていたようだ。彼は船乗りになって航海し、父の遺作を売却して得た資金でヨーロッパ各地を自転車で旅したという強者（つわもの）である。最終的にセラミックの造形作家として、デンマークではよく知られる芸術家となった。一九六一年没。彼の長男ピエール・シルベスターは一九七五年に六十一歳で死去、長女ルルーは作家になったが、一九七二年にわずか三十四歳で早逝している。よって、このふたりもリストから消えた。

「……となると……ペドロ＝マリアが『X（イクス）』だったかもしれないってこと？」

そうつぶやいてから、冴は、リストに唯一残ったゴーギャンの孫息子、ペドロ＝マリアの年齢を計算してみた。サラは数ヶ月前に自称・ゴーギャンの孫から秘密を打ち明けられた、ということだから、その時点で百五歳……いやそれじゃギネス認定レベルでしょ。

――やっぱり作り話だったのかな。

テーブルいっぱいに広げた「文献沼」にダイブしていた冴は、現実のほとりに戻ってきて大きく息をついた。それから目をつぶった。文献沼にはまって抜けられなくなったときには手を止めて、こうしてまぶたの裏に思い描くようにしている。いま自分が追いかけている調査対象（ターゲット）――ポール・ゴーギャンの後ろ姿を、まるでついさっき見てきたかのように、ありありと。

〈――僕は、友人のゴーギャンがとても好きだ〉

ふと、忘れ難いフレーズが胸に浮かんだ。

――ゴッホの言葉だ。晩年に妹へ書き送った手紙の一節が、画家の声となって冴に話しかけてくる。

〈だって彼は、子供と絵、両方ともつくれたんだから〉

ゴッホは、自分が生涯を通して持つことを許されなかった「子孫」を、ゴーギャンが持ち得ていることをうらやんでいたのだろうか。それとも、逃れられない重荷を負ってがんじがらめになってしまっていることを嘲（あざわら）っていたのだろうか。

子供と絵。どちらを究極の「創作（クリエイション）」と呼ぶべきなのだろう。

もちろん、アーティストとしては傑作を生み出すことこそが極めつきのクリエイションだ。

けれど――人としては？

〈――確かに私は不幸だろう。だが、あなただって私と同じ不幸な人間じゃないか〉

その一文は、ゴッホからゴーギャンへ宛てた手紙の中にあった。それを初めて文献にみつけたのは、冴がパリ大学で美術史を学び始めたばかりの頃だった。

完璧なフランス語で書かれた一文には、ゴッホのさまざまな感情が込められていた。憎しみ、妬み、さびしさ、憐れみ。人として生まれ、人として生きるせつなさ。それをゴーギャンと共有しているというかすかな愉悦。

ゴッホとゴーギャンの関係性について追いかけてみようと心に決めたのは、あの瞬間だった。ゴッホとゴーギャン、どちらのほうが不幸だったかを突き止めるのではなく、ふたりとも幸福だった――という結論を導き出したい。その思いが冴を研究の道へと押し出した。研究するのに感傷的になってはならないし、論文に叙情性はいっさい必要ない。けれど冴を強く動かしたのは、ゴッホとゴーギャンに対する夢想だった。それは言葉にしようがない感情だったが、あえて言うならば、幸せであってほしい――という祈りのような。

およそ百二十年もまえにこの世を去った伝説の芸術家たちが、不幸だったのか、幸せだったのか。とどのつまり、それはふたりにしかわからないことだし、いまとなっては証明しようのないことである。それでも、冴は願わずにはいられないのだ。画家としても人としても、ふたりとも幸せであったことを。

先週末、オーヴェールからの帰り道、車中でギローに語ったことを、冴は反芻した。

――ゴッホは家庭を築くことはできなかったが、弟テオとその妻ヨーの不屈の情熱に支えられて世に出た。一方、ゴーギャンは家庭を築き、五人もの子供を授かっていたにもかかわらず、彼の芸術のために親身になって尽くしてくれる身内は存在しなかった。

そう聞いて、ギローは言った。自分はゴッホのほうが不幸だと思い込んでいたが、実はゴーギャンのほうが不幸だったのかもしれないな、と。

冴はゆっくりとまぶたを上げて、いま一度、テーブルの上に広げられた文献の数々を眺めた。

――そうじゃない。どっちが不幸だったのかを、私は知りたいわけじゃない。

ゴーギャンの思いを後世に伝える人――ゴッホにとってのヨーのような存在――が、ほんとうにいたとしたら。

そうだ。その人こそが、あのリボルバーをいまに伝える人に違いない。

その人は、いったい誰なのか――。

突然、冴の脳裡にゴーギャンの回想記『前後録』の一文が蘇った。

〈私は愛したいと思う、ができない。……私は愛すまいと思う、ができない〉

「……あ」

冴はかすかに口を開いた。目の前に閃光が走った気がした。

ゴーギャンが愛したのは妻だけではない。――彼には複数の愛人がいた……！

全身がざわっと粟立った。ということは――ゴーギャンには複数の「婚外子」がいたはずだ。

それだ！　と叫び出したい気持ちをどうにか抑えて、冴は大急ぎでノートを開いた。

そうだ、そうだ。そうだった！　どうしていままで思い出さなかったんだろう。ゴーギャンの生涯の節目にはそのつど違う愛人がいたことを知ってはいたが、「ゴーギャンの子孫」とは妻メットとのあいだにもうけた子供たちだという先入観にとらわれてしまっていた。そうだ、それだとつぶやきながら、冴は、ゴーギャンと愛人関係にあった女性たちの名前を、文献も何も見ずに一気に書き出した。

「ええと、まず、ジュリエット……テフラ……アンナ。ズーリー……は、愛人じゃないけど、いちおう……パウラ……それに、ヴァエホ……」

ジュリエット・ユエ。一八九〇年、ゴッホが没した前後に、ゴーギャンはル・プルデュとパリを頻繁に行き来していた。この時期、パリでモデルとして雇ったお針子と深い関係になる。

テハマナ、通称テフラ。一八九一年、初めて渡航したタヒチで出会った十三歳の少女を、ゴーギャンは現地妻にした。彼女から霊感を得たゴーギャンは、第一次タヒチ時代におけるみずみずしい作品の数々を生み出した。

アンナ。一八九三年、タヒチからパリへ戻ったゴーギャンは、ジャワ人女性を愛人にして、ペットの小猿とともに連れ歩いていた。しかし彼女はゴーギャンの留守中に金目のものを持ち出して姿をくらます。

ズーリー。一八九五年、娼館通いは日常的だったが、中でも懇意にしていた女がいた。ゴーギャンはこの娼婦を愛人にすることはなかったが、梅毒をうつされて終わった。

パウッウラ・ア・タイ、通称パウラ。一八九六年、第二次タヒチ滞在が始まった頃に知り合い、同棲した十三歳の少女。病気と経済苦でもっとも困難な時期だった。せっかく再びタヒチへ渡ったのに、しばらくのあいだ、ゴーギャンは絵を描くこともままならなかった。

マリー＝ローズ・ヴァエホ。一九〇一年、ゴーギャンはタヒチを離れてマルキーズ諸島のヒヴァ＝オア島へ移住する。そこでカトリック寄宿舎にいた十四歳の少女を口説き、愛人にした。平穏な暮らしを送った期間は短かった。ヴァエホと出会った二年後、病気と貧困に苦しみながら、ゴーギャンは孤独のうちに絶命する。

冴が認識しているだけでも六人の女たちがいた。「よし！」とつぶやいて、冴は拳をぐっと握った。

彼女たちがゴーギャンの子供を産み育てたのかどうか、ここからは時系列に沿って慎重にたどっていこう。さあ、もう一度文献沼にダイブだ。

ジュリエット・ユエは、ゴーギャンがタヒチへ旅立った一八九一年、女児を出産していた。それを確認したとき、冴は思わず「みつけた！」と大声を出してしまい、あわてて両手で口をふさいだ。ほかの利用者からクレームをつけられたら即刻退館になってしまう。気をつけなければ。が、興奮を隠しきれなかった。

長女アリーヌ以外の「娘」の発見は「第二の秘密」に直結する。母から娘へ、そのまた娘へと、あのリボルバーが伝えられたということだったから。

ジュリエットが産んだ娘は、ゴーギャンに認知されなかったものの、運命の巡り合わせか、のちに画家になった。その名はジェルメーヌ・ユエ。冴の知らない画家だった。一九八〇年に八十九歳で没したところまではわかった。が、彼女に子供――ゴーギャンの孫――がいたかどうかは、手もとの文献上では確認できなかった。にしても、可能性が出てきた。調査続行の対象としてリストに入れる。

ジャワ人女性アンナはゴーギャンに不義理を働いたし、娼婦ズーリーは病気をうつした。彼の子供を出産して育てたとは考えにくいので、リストから外す。

さて、タヒチ時代の少女たちである。

ゴーギャンが、それこそ孫のような年頃の少女たちを現地妻にしていたことはよく知られている。少女たちはゴーギャンが夢に描いていた楽園での生活に芳しい花を添え、創作のインスピレーションを与える女神(ヴァヒネ)となった。彼女たちをモデルにして生み出された作品群によって、ゴーギャンはついに「ゴーギャン」となった。

最初の現地妻、テフラは、ゴーギャンのロマンティックな自伝的タヒチ滞在記『ノア・ノア』の中に登場している。ゴーギャンが初めてタヒチに渡った直後、たまたま立ち寄った現地人の家で、その家の中年の女に尋ねられた。「お前はどこへ、何をしに行くのだ」。ゴーギャンは正直に答えた。「女をひとりみつけに行く」。すると、女は意外なことを申し出る。「お望みなら、私の娘をお前にあげよう」。十五分後、野生のバナナ、えび、魚などの食事が供され、ひとりの背の高い少女が入ってきた。ゴーギャンは熱を帯びた夢のような文体でこう書いている。〈ひどく透き通るバラ色の寒冷紗(かんれいしゃ)の下から、肩や腕の金色の肌が見えていた。そして、二つの乳房がその胸にぷっくりふくれ上がって見えた〉

年若い女神が画家の目の前に降り立ち、その手を取って楽園の入り口へと導いていったのだ。ゴーギャンの心の震えがそっくり乗り移ったかのようなこの一文が、冴はことのほか好きだった。

ふたりが仲睦まじく暮らした期間は長くはなかったが、それでもゴーギャンはこの少女と心から愛し合い、幸せだった。この時期に描かれた作品の数々――〈ヴァヒネ・ノ・テ・ヴィ（マンゴーを持つ女）〉〈テ・ナヴェ・ナヴェ・フェヌア（かぐわしき大地）〉〈マナオ・トゥパパウ（死霊が見ている）〉〈イア・オラナ・マリア（マリア礼賛）〉を見ても、いかにゴーギャンの創作のエネルギーが充実していたかがわかる。

が、タヒチに渡って一年後に大喀血。経済的にも追い詰められて、帰国を決意する。同じ頃、テフラの妊娠がわかったが、ゴーギャンは子供の誕生を望まなかった。結局、子供は死産だった。彼女はゴーギャンが去ってのち、現地人の若い男と結婚する。

冴は、ゴーギャンの全作品の中で第一次タヒチ時代の作品群がもっとも好きだったので、テフラに孫がいればいいと心のどこかで願っていたが、あえなくリストから消えてしまった。

帰国後にパリで娼婦ズーリーに梅毒をうつされて、ますます健康を悪化させたゴーギャンは、結局タヒチへ戻っていく。その後新しい愛人として囲ったのは十三歳のパウラだった。彼女はテフラにくらべると怠惰でだらしなく、ゴーギャンに純粋な愛情を注ぐというわけでもなかった。一八九六年のクリスマス間近、パウラは女児を出産する。明るいニュースが何もなかったこの時期、子供の誕生をゴーギャンはすなおに喜んで、記念に〈テ・タマリ・ノ・アトゥア（神の子の誕生）〉を描いた。しかし赤ん坊は数日後にあっけなく死んでしまう。

それからの一年は最悪だった。体調と経済状況が日増しに悪くなる中、最愛の娘、アリーヌの訃報を受ける。襲いくる絶望。まさにどん底に突き落とされたゴーギャンは、それでも絵筆をとってあの大作に向かう。

〈我々はどこから来たのか？　我々は何者なのか？　我々はどこへ行くのか？〉

この一作を「遺書」として完成させたゴーギャンは、ヒ素をあおって自殺を図った。ところが、完成したばかりの大作が世に出ぬうちに作者の命が潰えるのを芸術の神が惜しんだのだろうか、もう生きていたくなどないと絶望したにもかかわらず、ゴーギャンは一命を取り留めたのだった。

ゴーギャンとパウラの暮らしを追いかけるうちに、冴は、ゴーギャンにとって最悪の年一八九七年と、ゴッホがどん底に落ちていた一八八九年を重ね合わせた。ゴーギャンはタヒチに、ゴッホはアルルにほど近いサン＝レミ・ド・プロヴァンスにいた。ゴーギャンは若いヴァヒネと暮らし、ゴッホはひとりぼっちで療養院の鉄格子がはめられた独房で暮らしていた。ともに病気と貧困に痛めつけられ、死を意識した。そして、それぞれに苦しみながらも、後世に人類の至宝となる畢生の傑作を生み出した。彼らは確かに乗り越えたのだ。剣のごとく尖る苦難の山峰を、傷つきながらも、命がけで、芸術の翼を羽ばたかせて。

翌年、パウラはふいにゴーギャンのもとを去った。彼女は孕っていたが、今度はゴーギャンに堕胎を迫られ、「いやだ」と実家へ帰ってしまったのだ。一八九九年四月十九日、パウラはひとりで出産した。男の子だった。ゴーギャンはその子を認知こそしなかったが、エミールと名付けて、ポリネシアの領事館に出生届を提出した。

「エミール……」

文献を追いかけながら、冴はつぶやいた。メットとのあいだに生まれた長男と同じ名前だ。ゴーギャンのせつなさがじわりと伝わってきた。

成長したエミールを待っていたのは、皮肉な運命だった。ゴーギャンの死後、その知名度が上がると、有名なフランス人画家の息子だということで、欲深い入植者に利用されたらしかった。父親譲りの天才画家という触れ込みで、下手な絵を描かされ、「ゴーギャン」とサインをさせられて、高額で売られた——という記述をみつけ、「嘘でしょ？」と冴は驚きを隠せなかった。結局、エミールはポリネシアからタヒチへ逃避し、妻を娶って、大勢の子供と孫に囲まれて平穏に暮らした——ということだった。

お伽話のようなオチに、冴はもう一度驚いた。大勢の子供と孫、つまりゴーギャンの孫と曽孫である。彼らの中には存命している者もいるかもしれない。ということは、彼らを一気にリストに入れるべきだろうか。それにしても、現時点では彼らの名前も居場所も特定できないし、そもそもエミールは「娘」ではない。とりあえず欄外に置いておくことにした。

エミールが生まれてのち、ゴーギャンはまだ奈落から浮上できずにいた。本国へ作品を送るも、新興の画商、アンブロワーズ・ヴォラールに買い叩かれて、わずかな対価を得るだけ。「生きていく理由をすべて失った」と悟ったゴーギャンは、それでも、さらに未開の地に行けば新しくやり直せるかもしれないという幻想を捨てきれなかった。パウラとエミールに別れを告げ、マルキーズ諸島のヒヴァ＝オア島へと移住を決行。ゴッホが他界してから十一年が経過し、ゴーギャンは五十三歳になっていた。

新天地で息を吹き返したゴーギャンは、人生最後のヴァヒネをみつける。マリー＝ローズ・ヴァエホ。修道院付属学校に通う美しい十四歳、フランス語もそれなりに話せる理想的な少女だった。彼女を我がものにするため、ゴーギャンは言葉巧みに彼女の両親を説得し、たくさんの贈り物までして同棲を認めさせる。この頃には、ヴォラールが毎月定額の送金を約束してくれていた上に、ポリネシアの家を売却した金もあった。新居を造り、召使を雇い入れ、可愛いヴァエホがそばにいる。ゴーギャンは今度こそ制作に専念した。静かで平和な時間がようやく訪れた。――とても短い期間ではあったが。

ここから先は悲惨な運命がゴーギャンを待ち受けていると、冴はよくわかっていた。

島の教会や官憲ら権力者を嫌ったゴーギャンは、彼らと対立し、島の小さなコミュニティの中で孤立を深めた。同時に、身体中を病魔に蝕（むしば）まれていった。

そんな折、ヴァエホの懐妊がわかった。ふたりのあいだにどんな会話が交わされたのかはわからない。が、ヴァエホはゴーギャンのもとを去った。

一九〇二年九月十四日、ヴァエホは実家で出産した。文献上で確認できるゴーギャンの最後の子供は、女の子だった。

娘が生まれていた――とわかったとき、冴の胸がとくんと波打った。

ヴァエホと別れたあと、ゴーギャンは新しいヴァヒネをもうみつけることなく、たったひとりで最期を迎えることになる。

一九〇三年五月八日、彼を訪ねてきた現地人の大工が、ベッドの外に片脚を垂らしてこと切れているゴーギャンを発見した。享年五十四。遺骸は母国にも家族のもとにも還されることなく、ヒヴァ＝オア島の教会墓地に埋葬された。

冴は、ノートに書き出したリストの最後に、ヴァエホの娘、タヒアティカッオマタ、通称タウッアヌイを加えた。

母から娘へ伝えられた――という「第二の秘密」の条件に合致するのは、これでふたりになった。

ジェルメーヌ・ユエ、そしてタウッアヌイ。彼女たちに子供がいたとしたら、そのうちの誰かが「X(イクス)」だ。

タウッアヌイがその後どうなったか。スウェーデンの考古学者で太平洋民族学研究者、ベングト・ダニエルソンが、ポリネシア戸籍簿保管所で調査を行い、ポリネシアに残されたゴーギャンの子供たちについて報告書をまとめているのを、冴は突き止めた。その瞬間、鉱脈に当たった予感がした。

壁の時計に目をやると、すでに午後六時を過ぎていた。ＢｎＦの利用時間は午後六時三十分までだ、急がなければ。

冴は足早に受付カウンターへ行き、報告書閲覧の申し込みをした。顔馴染みのアンジュに代わって、見知らぬ若い男性司書が資料を取り出しに別室へ入っていった。

なかなか戻ってこない。じりじりしながらスマートフォンを取り出して電源を入れると、たちまち何十件ものメッセージを受信した。冴はぎょっとして目を凝らした。

ほとんどがギローとジャン＝フィリップからだった。何してるんだ、報告はまだか、連絡せよと、矢継ぎ早の催促である。うんざりして電源を切ろうとした、そのとき。

新しいメッセージの着信があった。見知らぬ電話番号からのショートメール。

〈リボルバーの件で、ふたりきりで話せませんか。――あなただけに伝えたいことがあります〉

サラ・ジラールからのメッセージだった。

骨董店がひしめき合うクリニャンクールの片隅のカフェが、サラが指定してきた待ち合わせ場所だった。

十八世紀フランス人思想家の名「ヴォルテール」を店名にしたそのカフェは、蚤の市に骨董品を探しにいくとき、冴もたびたび立ち寄る店だった。なんの変哲もないカフェだが、緑色の日除け（オヴァン）が涼やかな影を作るテラス席は居心地がいい。

冴は待ち合わせの時間より十分早く到着したのだが、通りの反対側からテラス席を眺めて、そこにサラが座っているのをみつけた。ランチタイムでにぎわう中、ぽつんとひとりで。白髪まじりの黒髪を無造作に束ねたうつむき加減の顔。豊かなまつ毛とぽってりとした唇。顔立ちがどこかしら南国の血を引いているように感じられるのは、昨日ＢｎＦで散々ゴーギャンのタヒチ時代の文献に当たっていたせいかもしれない。

「こんにちは、サラ。お元気ですか」

努めて気さくに冴は声をかけた。長いまつ毛を上げて、サラがこちらを見た。一瞬、ぎくりとした。何やら思い詰めた瞳だったのだ。

サラは立ち上がると、「ありがとう、元気よ。あなたは？」と訊き返して右手を差し出した。その手を握って、冴は笑顔を作った。

「ええ、ありがとうございます。……食事は？　もう注文しましたか？」

「いいえ、朝食が遅かったので……コーヒーだけ。あなたはどうぞ、もしこれからなら」

「実は私も、出がけに軽食(カスクルート)してきたので。コーヒーにします」

悠長にランチを食べながらするような話にはならないとわかっていたので、本当にそうしてきたのだった。サラは口もとにかすかに笑みを浮かべると、「突然呼び出してしまって、大丈夫だったかしら」と少しすまなそうに言った。

「ええ、もちろん。そろそろお目にかからなければいけないと、私たちも話していたところです」

冴の答えに、サラは瞳をきらりと光らせた。そして、突然口調を変えた。

「あなたたちのもとにリボルバーを預けて、ひと月近くが経ったわ。いつ連絡をくれるかと、ずっと待っていたんだけど……あれっきり、一度も連絡をいただけなくて。いったいどうしちゃったのかと心配になってしまって……それで呼び出したのよ」

冴はじっとサラをみつめた。ふっくらと肉感的な唇が動くのを。その唇に、ゴーギャンが描いたタヒチの女たちを重ね合わせるのをやめられなかった。

「調査の結果、落札予想価格と出品されるオークションの日時を教えてくださるという約束だったわね。もう全部片づいたのかしら？」

挑みかかるように言ってきた。冴はその唇から目を逸らさずに答えた。

「調査はほぼ終了しました」

「だったら」とすぐにサラが返した。

「すぐに教えてくれればいいのに。……あのリボルバー、いったいいくらくらいで落札されそうなの？　ファン・ゴッホが自殺に使ったたったひとつだけの貴重な史料よ。あれがオークションに登場すれば、大きな話題になるはずでしょう。あなたたちにとってもビッグ・チャンスじゃないの。できるだけ高く売ってもらわなくちゃ。そのために私、思い切ってあれを、ファン・ゴッホとゴーギャン、両方の専門家だというあなたのところへ持ち込んだんだから」

冴はなおも黙ったままで、攻撃的に動いているサラの唇が静まるのを待った。サラは続けて、あのリボルバーはファン・ゴッホ美術館に確かなものだと保証してもらったのだ、ファン・ゴッホの愛好家ならかなりの金額で落札するはずだ、あなたたちの会社も一夜にして有名になる、あなたの研究の糧にもなる――などと売り込みめいた言葉を並べ立てたが、冴がいっこうに応じないので、そのうちに黙り込んでしまった。

眉間のしわに苛立ちがくっきりと表れている。冴はサラの顔がくもるのをみつめていたが、覚悟を決めて、言った。

「残念ですが、サラ。あのリボルバーにはなんの価値もありません。——よって、オークションに出品することはできません」

サラが息をのむのがわかった。冴は膝の上で組んだ手にぐっと力を込めて、サラの反撃を待った。

「——どういうこと？」

戸惑いを隠しきれずに、サラの声はかすかに震えていた。

「だって、あれは……あのリボルバーは、正真正銘の、ファン・ゴッホを撃ち抜いた銃なのよ？　あのファン・ゴッホが自殺に使った、歴史的価値のある、超一級品の史料なのよ？　あなたに見せたでしょう？　アムステルダムのファン・ゴッホ美術館で一昨年開催された展覧会の、立派なカタログを……。あの展覧会に出品されたのが、本物だという動かぬ証拠じゃないの」

「ええ。その通りです」

冴が切り返した。

「あなたが持ち込んだあのリボルバーが、展覧会に出品されたリボルバーと『同一のもの』だったらね」

もう一度、サラは息をのんだ。冴は続けて言った。

「アムステルダムのファン・ゴッホ美術館で二〇一六年に開催された『ファン・ゴッホと病』展。そのキュレーターのアデルホイダ・エイケンに会ってきました。あなたのリボルバーの高画質のデジタル画像を見せたら、『これは違う』と。展覧会に出品されたリボルバーとは別のものだと、そうはっきり言われました」

呼吸をするのを忘れてしまったかのように、サラはそのままぴくりとも動かなくなった。

昨日、BnFでゴーギャンのファミリー・ツリーを調べている最中の冴のもとに、「話せませんか」とSMSでサラからメッセージが届いた。「ふたりきりで」と。

その瞬間、悟ったのだ。サラに直接問わない限り、この謎は永遠に解けないだろう。あのリボルバーは、ほんとうのところ、いったいなんなのか？　あれこそがゴッホを撃ち抜いた凶器なのか？　ゴッホが自分で引き金を引いたのか？　とすれば、もとはゴーギャンが所有していたという話とどうつながってくるのか？

そもそも、ゴーギャンがあれを所有していたという確証がどこにあるのか？

冴がサラと会ったのは一度だけ、彼女があのリボルバーをCDC（セーデーセー）に持ち込んだとき限りだ。あのときも、いままでも、サラの口からはひと言たりとも「ゴーギャン」の名前は出てこなかった。あれを「ゴーギャンのリボルバー」と言ったのは、リアム・ペータースである。サラの親しい友人であるという彼は、あの錆びついたリボルバーがオークションで高値で取引されることを期待して、サラから聞いたという「秘密」を冴たちに開陳したのだ。

サラがあのリボルバーを「ファン・ゴッホ美術館で展示されたものだ」と言ったのは偽りだと判明した。ではなぜ、サラは偽りを語ってあの「錆の塊」を持ち込んだのか？　高値で落札され、大金を手にすることを目論んでいたには違いない。が、サラは自分の懐を潤したいわけではないのだ、とペータースは彼女を擁護した。オークションで得た金はそっくりそのままインスティチュート・ファン・ゴッホに寄付をするつもりなのだから、と。

——なぜ？

ゴッホの熱狂的な信奉者としてなのか、ゴッホのために人生を捧げたペータースに共感したからなのか——。

サラ・ジラール。——あなたはいったい、何者なの？

サラはうなだれて長いまつ毛を伏せていた。さっきまで攻撃的に動いていた唇を固く閉ざして。萎れた花のようになってしまった彼女に向かって、冴はごく静かに語りかけた。

「あのリボルバーは、ゴーギャンのリボルバー……なのですか？」

力をなくして落ち込んでいる肩先が、ぴくりと動いた。サラはゆっくりと顔を上げた。鳶色の瞳が驚きに揺らいでいる。何か言おうとして、なかなか言葉が出てこないようだ。

神秘の池をのぞき込むように、冴はサラの瞳をみつめた。そして言葉を続けた。

「このまえの土曜日に、私、ムッシュウ・ギローとジャン＝フィリップと一緒に、オーヴェール＝シュル＝オワーズへ出かけたんです。『あなたのリボルバー』が、ファン・ゴッホ美術館に出展されたリボルバーとは別物だと判明したので……何か手がかりがあるかもしれないと思って、『ファン・ゴッホのリボルバー』が飾ってあったというラヴー亭へ行ってみたんです。もちろん、ラヴー亭がいまはファン・ゴッホの最期の場所として保存・公開されていることは知っていました。インスティチュート・ファン・ゴッホの代表、リアム・ペータースが、『ファン・ゴッホのリボルバー』あるいは『あなたのリボルバー』に関して、ひょっとしたら何か情報を持っているかもしれないと、面会のアポイントを取って行ったんです」

サラの顔に新たな驚きが広がった。

「リアムを……知っていたの？」

「名前だけは。私、いちおうファン・ゴッホの研究者ですから。でも、直接お目にかかるのは初めてのことでした」

そう答えてから、冴は続けた。

「ムッシュウ・ペータースはとても協力的でした。どのくらい協力的だったかというと——私が『もうひとつのリボルバー』について、知っているかどうか尋ねると、こうおっしゃったんです。『サラが持っている「ゴーギャンのリボルバー」のことでしょうか？』」

「ゴーギャンのリボルバー」の呼称とともに、思いがけない「四つの秘密」が冴たちにもたらされたのだ。ペータースの話を——すなわち、サラがペータースに打ち明けたという話を信用するかどうかは別として。

「私は、ムッシュウ・ペータースから聞かされた話を、まずはその場で私の知識と照合しました。つじつまが合っているか、矛盾はないか、史実から逸脱していないか。そして、すぐにわかりました。その話はつじつまがまったく合わない、矛盾だらけで、完全に史実から逸脱している。研究者が読めば鼻白むような出来の悪いミステリーそのものですよ。信じられるわけがありません」

サラの目が鋭い光を放った。が、彼女は唇を噛んで、溢れ出しそうになった言葉をせきとめたかのようだった。冴はその様子をうかがいながら、さらに挑発的な言葉を吐いた。

「まあ、なんというか……不出来なミステリーにうっかり乗せられてしまったうちの社長が、一日がかりで慣れない推理をして、やっとのことでたどり着いた結論があるんですけどね。これがまた、とんでもないオチで……」

「なんだって言うの」

とうとう、サラが口を開いた。ほの暗い声だった。

「どんな結論だって言うのよ？」

一拍置いて、冴は答えた。

「ファン・ゴッホは殺された。――ゴーギャンに」

サラは瞬きもせずに冴をみつめた。思いがけず冴はどきりと胸を鳴らした。めまぐるしく変化していた瞳の水面が、ふと凪いだように見えたのだ。

　これを言ってしまったら、怒りのあまりサラはこの場から去ってしまうかもしれない。

　――そうなれば、もう二度とサラに会うことはないだろう。

「四つの秘密」の謎は解けないまま、あの錆びついたリボルバーは彼女のもとへ返されて、「殺人者ゴーギャン」は立ち消える。ビッグ・チャンスを逃したギローは嘆くだろう。ジャン＝フィリップは仕方がないよ、あきらめるしかないさ、と慰めてくれるだろう。そして、いつも通りのオークションにあくせくする日常が戻ってくるのだ。

　そうだ。そうなってもいい。サラを怒らせてもいいと、冴は覚悟していた。そんな馬鹿な推理をするオークションハウスに私の大切なものを任せるわけにはいかないわ。そう言ってほしかった。

　あのリボルバーの正体は、結局のところわからない。けれど、なんの価値もない錆の塊なんかじゃない。

　あれこそは、この人にとって、かけがえのない宝物のはずなのだ。

「――その通りよ」

　どれくらい時間が経っただろう。黙りこくったままだったサラが、ゆっくりと唇を動かした。

　胸中に逆巻く旋風に抗っていた冴は、うつむけていた顔を上げた。サラは背筋を伸ばし、まっすぐにこちらを見ている。冴は目を瞬かせた。

「いま……なんて？」冴は無意識に問い返した。

「なんて、言ったんですか？」

静かな瞳の水面に小さく冴が映っている。サラは、聖書の一節を読み上げるかのような声で告げた。

「ファン・ゴッホは殺されたのよ。ゴーギャンに。——あのリボルバーで撃ち抜かれて」

弾丸を撃ち込まれたかのように、冴の胸に衝撃が走った。一瞬も目を逸らさずに冴を見据えたままで、サラは続けた。

「私の母は、ゴーギャンの孫娘だったの。つまり、ゴーギャンは私の曽祖父。あのリボルバーはゴーギャンから私の曽祖母に託されたものよ。そして、曽祖母から祖母に、祖母から母に、そして私に伝わったもの。史実を覆すような『秘密』とともに」

冴は、サラの鳶色の瞳を——澄み渡ったその水面に映る自分の姿を、息もつかずにみつめていた。

昼下がりのざわめくカフェテラスで、静かな、けれど熱のこもった声でサラは話し始めた。

たったひとりだけにしか話してはならないと、ゴーギャンの孫である「X（イクス）」が——サラの母が娘に語った「秘密」は、こうして冴のもとで封印を解かれたのだった。

Ⅱ　サラの追想

8

サラの記憶の中にある、いちばん古い母の思い出。

クリニャンクールの自宅の一室（アパルトマン）。小さなテーブル付き椅子（ビュロー・デコリエ）がいくつか並んでいる。そのいちばん後ろに五歳のサラが座っている。目の前にはスケッチブックが広げてある。何も描かれていない、まぶしいくらい白い紙。

　何人かの子供たちが一心不乱に色鉛筆を動かしている。母は、子供たちのあいだをゆっくりと歩きながら、一人ひとりのスケッチブックをのぞき込む。いいわね、とってもいい色。あら、面白いかたちね、そうそう、その調子。サラの近くまで来た母は、立ち止まった。何も描かれていない紙に視線を落としている。

　サラは色鉛筆を握ったまま、もじもじして、何も描けずにいる。その日、仲良しの子に言われたのだ。――サラ、絵が上手よね。いっつも先生に絵の描き方を教えてもらってるんでしょ。いいなあ。だって先生はサラのママンなんだもん。

――すてきね、サラ。

しばらくして、母の――「子供のための絵画教室」の先生のやさしい声が聞こえてきた。

――あなたがこれから描こうとしているものが、私には見えるわ。

サラはびっくりして顔を上げ、えっ、ほんとう？　と訊き返した。ええ、と母はにっこり笑った。どうして見えるの？　だって、あなたがいつもすてきな何かを描こうとしていることを、私、知っているもの。

そんな母がサラは大好きだった。絵を描こうとする子供のわくわくする気持ちを、そっくりそのまま抱きしめてくれる母が。

母、エレナは画家だった。やさしく、おだやかで、物静かな人だった。つややかな黒髪、ほんのり日灼けした色の肌。夜の闇のように黒く澄んだ瞳、ぽってりとした唇。南国の匂いが遠くに感じられる容姿。けれど、そういう資質は画家として売れるのに何の役にも立たなかったのだろう。たとえ国立美術学校(ボザール)を卒業していても、絵を描くだけで生計は立てられないと早々に悟ったエレナは、子供のための絵画教室を自宅で開いた。そのとき、エレナは彼女の父と――つまりサラの祖父とふたりで暮らしていた。祖母はおらず、祖父の記憶をサラはほとんど持っていない。ただ、フランス人然とした顔だったと覚えている。祖父は豊かな白い髭と青い瞳を持ち、白い肌に赤い頬が際立っていた。そしてサラが五歳のときに他界した。それからずっと、エレナとサラはふたりで暮らし続けることになった。

サラには生まれたときから父親がいなかった。エレナは絵画教室の生徒の父親と恋仲になってサラを宿した——という出自についてサラが知ったのは、ずっとあとになってからのことである。エレナは未婚でサラを出産してからも絵画教室を続け、ひとりでサラを育て上げた。母と同様にサラも家庭を持つことなく、また母とは違って子供を持つこともなかった。ふたりはエレナが他界するまでずっと一緒に暮らしてきたので、楽しいことも苦しいことも分かち合い、何でも話せる親友同士のような関係だった。サラは母にだけはどんな小さな隠し事もしなかった。母もそうだった。そう信じて疑わなかった。エレナが他界する直前までは。

サラは物心がついた頃から、エレナに連れられて美術館へよく出かけたものだった。

頻繁に訪れたのはルーヴル美術館。オルセー美術館は一九八六年開館だから、サラが二十代半ばになるまで存在しなかった。いまでは世界中のツーリストがパリ旅行の目当てにしている印象派・後期印象派のコレクションは、オルセーが開館する前はルーヴル美術館に展示されていた。エレナはサラを連れて足繁くルーヴルに通い、それは熱心にコレクションに見入っていた。サラは印象派・後期印象派の作品に自然と親しみを覚えるようになり、画家になりたいと夢見るようになった。ルーヴルで絵と向き合ううちに、すぐに描きたくなってしまい、展示室の床に座り込んでスケッチブックを広げ、模写の真似事をすることもあった。そんなサラをエレナもほかの鑑賞者も微笑みながら見守ってくれた。美術館はサラにとって自宅と同じくらいかそれ以上にくつろげる、わくわくする場所となった。

何といってもサラのお気に入りはゴッホだった。〈アルルの女〉の黄色、〈アルルの寝室〉のベッドの赤、晩年に描かれた〈オーヴェール＝シュル＝オワーズの教会〉の空の青。それらの色に少女のサラはいつもぎゅっと抱きしめられるような感じを覚えた。風の通り道が見える空や畑は、風にもかたちがあるんだよと教えてくれているようだった。サラはいつしかゴッホの絵に夢中になった。ゴッホの絵本を読み、伝記を読み、評伝を読み、ゴッホの絵を模写しながら成長した。

ゴッホが自ら命を絶ったことを本の中に初めてみつけたのは十歳のとき。悩んでいた友だちを助けてあげられなかったような気持ちを味わった。サラは悲しくてたまらなくなり、エレナにその気持ちを打ち明けた。

——フィンセント・ファン・ゴッホは自分で自分を殺しちゃったんだね。誰か止められなかったの？

エレナはびっくりしたのか、すぐには何も答えなかった。が、サラを抱きしめるとやさしくその頭を撫でて、こう言った。

——そうね。もしかすると、誰かを止めようとして、そうなってしまったのかもしれないわ。

母の言葉は雨だれのようにぽつりとサラの中に落ちてきて、やがて消えてしまった。その不思議なひと言を長いあいだサラは忘れていた。その後、はっきりと思い出すまでに五十年近い年月が経過することになる。

またあるとき、こんなことがあった。やはり十歳前後の頃の出来事だ。

いつものように、エレナとサラはルーヴル美術館へ出かけていった。ゴッホの絵の前で模写を始めたサラをエレナは見守っていたが、しばらくして声をかけてきた。

——ねえサラ。ポール・ゴーギャンの絵をどう思う？

サラは鉛筆を持つ手を止めて振り返った。心細げな微笑を浮かべて母が佇んでいる。その肩越しに、向かいの壁に掛かっている絵、〈タヒチの女たち〉が見えた。タヒチ時代のゴーギャンの代表作のひとつである。ピンク色のワンピースを着た少女と、白いノースリーブのブラウスに赤い腰巻の少女。浜辺でくつろぐふたりのタヒチの少女が画面いっぱいにどっしりと座っている。つややかな黒髪、ぽってりとした唇、褐色の肌。

あれ？　とサラは気がついた。あの子たち、なんだかお母さんに似てる——。

そう口には出さずに、サラは、ふうん、と首を傾げて見せた。——あんまり興味ないし、好きじゃない。

——どうして？　ファン・ゴッホは大好きなのに？

——そうだよ。でも、ファン・ゴッホとゴーギャンは別の画家でしょ。ファン・ゴッホが好きだからってゴーギャンも好きかっていうと、それは違うと思う。

そう答えてから、スケッチブックに向き直って模写の続きを始めた。すると、後ろからふわりと抱きしめられた。母はサラの頬にキスすると、耳もとでささやいた。

――そう、その通りよ。ほんとうにその通り。ファン・ゴッホ、ゴーギャンはゴーギャン。ふたりは同じ時代に生きていたし、一緒に暮らしながら絵を描いていたこともある。でもふたりはお互いの真似はしなかったし、ほかの誰にも似ていなかった。生きているあいだはどちらも世の中に認められることはなかった。でもね、彼らは、それぞれにすばらしい画家だったのよ。

彼らは、それをわかっていたんじゃないかな。――お互いに。

サラ、あなたもきっと、すばらしいアーティストになるわ。ファン・ゴッホにもゴーギャンにも似ていない、あなただけの絵を描いてね。


それから何日か経ったある日のこと。

自宅の絵画教室へと入っていったサラは、壁に一枚の絵が掛けられているのをみつけた。見覚えのある女性の肖像画だった。

白い花冠をつけたつややかな黒髪、ぽってりとした唇、褐色の肌。白い布を巻き付けたようなドレスを身にまとい、やわらかな苔（こけ）が生（お）い茂る地面に寝そべって憩う年若い女性。色とりどりの果実が彼女の膝下に散らばり、ゆっくりと朽ちていく甘い香りが漂ってくるかのようだ。森の湿った青い空気、けたたましい鳥の声がときおり響き渡る。手にした羽の団扇(うちわ)が優雅に揺れている。団扇をひと振りするたびに、熱を帯びた風がふわり、ふわりとこちらに向かって送られてくる——。

サラは、あっと声を上げた。

——ゴーギャン。ポール・ゴーギャンだ。……ぜったい、そうだ。

そして、あの女の人は……。

ドアの向こうで、エレナと到着した生徒たちがあいさつを交わす声がした。サラは何食わぬ顔を作ってビュロー・デコリエのひとつに腰かけた。子供たちがにぎやかに教室へ入ってきた。サラはみんなとあいさつを交わした。子供たちは壁に掛けられている絵にすぐに気がつき、近くへ集まって口々に言い合った。なにこれ、きれい、おもしろいね、すてき、へんなの、じょうずだね……。突然、ひとりが大声で言った。

——この女の人、先生に似てる。

サラはどきりとした。ほんとだ、似てる、と子供たちははしゃぎ始めた。そこへエレナがやって来た。子供たちははやし立てるようにエレナに向かって叫んだ。先生、この絵の中の人、先生に似てる。ねえ先生、この絵は先生が描いたの？　この絵の人は先生なの？

子供たちに囲まれて、エレナは少し困ったような、くすぐったいような、くしゃくしゃとした笑顔になった。サラは教室の片隅の椅子に座ったままで、その様子を見守っていた。

――みんな、静かに。さあ、席について。この絵のこと、教えてあげるから。

子供たちは大急ぎでそれぞれのビュロー・デコリエに座った。好奇心に輝くいくつもの顔を見回してから、エレナは弾んだ声でこう言った。

――この絵を描いた画家の名前は、ポール・ゴーギャン。そして、この絵の中の女の人は、私のおばあちゃんよ。

どよめきが起こった。すごぉい、あたし知ってる、有名な画家だよ、ぼく美術館で見たことがある……子供たちが大騒ぎするのを、エレナはやさしい笑顔でみつめていた。サラと目が合うと、こくんと小さくうなずいて見せた。サラは真っ赤になった。そして、なぜだかわからないけれど、泣き出しそうになってしまった。

その絵はそれからずっと教室の壁に掛けられていた。エレナはその後、絵についてサラに話すことは一度もなかった。それでも、母が教室で語った短い説明の中にサラが知るべきすべてがあった。

エレナの祖母――サラの曽祖母はタヒチ人だったということ。つまり、自分はタヒチの血を受け継いでいるのだということ。自分につながっている人物が、ゴーギャンの絵のモデルを務めたということ。それでじゅうぶんだった。

それから十五年後。

サラはボザールを卒業し、自分の創作を続けながら、パリ市内の私立美術学校の教師になった。エレナは六十歳を過ぎたころ、四十年近く続けてきた絵画教室を閉めると決めて、生徒と保護者に告知をした。誰もがマダム・ジラールの引退を惜しんだ。けれど長年腰痛に苦しんでいたことも知られていたので、ゆっくり休んでくださいと、皆が労って（ねぎらって）くれた。

その直後に事件が起こった。

いつものように夕食の買い物をしてから、サラが職場から帰ってくると、アパルトマンの前にパトカーが停まっていた。何事かと思いながら自宅のある三階まで行くと、玄関口でエレナが警官らしき男たち複数人に囲まれて事情聴取を受けていた。

娘の顔を見たとたん、ああ、サラ！　と悲痛な声で叫んでエレナがしがみついてきた。声を絞り出すようにして、彼女は言った。――〈あの絵〉が……ゴーギャンの絵が……盗まれてしまったの……。

〈あの絵〉に関する写真はおろか、もともとなんの資料も持ち合わせていない。〈あの絵〉が盗まれたことも、教室内に飾ってあったことすら証明できず、エレナは困り果てていた。

警官たちも困惑の様子を隠せないようだった。ここにあったポール・ゴーギャンのタヒチ時代の絵が盗まれたと言われても、まったく雲をつかむような話だからである。

サラはひとりの警官に別室へ呼ばれると、ときにあなたのお母さんは大丈夫ですか？　と藪から棒に訊かれた。

——そんなにお年でもないようですが、認知症のようなことはありませんか？　あるいは精神の病気を患っておられて妄言を口にするとか、または事故か何かで記憶がおかしくなる後遺症があるとか……。

サラは警官の質問を口を真一文字に結んで受け止めた。それからくるりと背を向け、荒々しい足取りで部屋を出ていった。自室へ直行すると、本棚の脇にうずたかく積み上げていたスケッチブックの山を両手で思い切り突き崩した。子供の頃から描き溜めてきたスケッチが床いっぱいに乱れ散った。それをかき分けかき分け、何枚ものクロッキーと水彩画を拾い上げた。

白い花冠、つややかな黒髪、ぽってりとした唇、褐色の肌、白いパレオ。森の中で憩うタヒチの若い女性の肖像。しっとりとした大きな黒い目がじっとこちらをみつめている。その目に自分が映っているのではないかと、いくたびのぞき込んだことだろう。サラは、こっそり〈あの絵〉の模写を続けていたのだ。十歳のとき……十五歳のとき……二十歳のとき……つい先月も。すべての絵に制作年と日付とサインを入れていた。

紙の束を抱えて、サラは警官のもとへ戻った。そしてそれを突き出して見せた。

——さあ、見て！　これが証拠よ！　私が十歳のときから昨日まで、その絵はここにあったのよ！

〈あの絵〉は……「彼女」は、ずっと一緒にいたのよ！　この場所に、私たちと！

警官は鼻で息をつくと、ぶるぶる震えるサラの手からスケッチの束を受け取った。

――参考資料としてお預かりします、と感情のない口調で警官は言った。

――ほかにも、もし、お母さんの特殊な症状を証明する医師の診断書などがあれば……助かるのですがね、マドモワゼル？


それっきり、〈あの絵〉は消えてしまった。

母が生きているあいだ、そして母が死んでしまっても、サラのもとには戻らなかった。


ポール・ゴーギャンが描いた、タヒチの女性の肖像。

絵画教室の生徒だった少女のサラは、授業のあるとき以外は教室には入らなかった。だから、ゴーギャンの絵が現れてからというもの、週に二回の授業の日が待ち遠しくてたまらなくなった。

早目に教室に入って、スケッチブックを広げ、丹念に絵を描き写す。そして授業が始まる少しまえに閉じて、自分の部屋へ持ち帰った。母には模写を見せたくなかったし、〈あの絵〉に魅了されていることを誰にも知られたくなかった。母の前ではあくまでも、あたしファン・ゴッホが好きなの、と主張した。〈あの絵〉のモデルが自分につながっていることに、なんとなく気恥ずかしさがあった。それは誇らしさの裏返しなのだと気づけるほどサラは大人ではなかった。

その頃からサラはひとりでルーヴル美術館へ出かけるようになり、ゴッホとゴーギャン、それぞれの絵にひたすら見入った。教室にある絵は——題名すらも知らない絵だが、注意深く見ていると、どうやらゴーギャンの晩年に近い頃の作品であることが次第にわかってきた。色の使い方、モティーフ、何よりも筆触（トウシエ）。ゴーギャンは生涯に二度、タヒチ・ポリネシアへ出向いている。タヒチ＝ゴーギャンの決定打〈タヒチの女たち〉は最初のタヒチ滞在、一八九一年の制作であり、何を見ても珍しい、何を見ても面白いと夢中になって描いているのがよくわかる。彼の好奇心が全開になっているのがサラにも痛いくらいに伝わってきた。が、〈あの絵〉はもっと落ち着いていて、おおらかで、なんとなく余裕が感じられる。つまり、二回目にして最後の滞在の時期に描かれた作品群により近いのだ。

サラはルーヴルに通い続けるうちに、ゴッホとゴーギャン、それぞれが、時代が推移するうちに変わっていくのを明らかに感じられるようになった。二人の絵が近づいたり離れたりするのも。そして、互いに共鳴し合うのすらも感じられるようになっていった。そして、高校（リセ）に通い始めた頃には、とうとう気がついてしまった。ゴッホが死に向かって駆け抜けていったのに対して、ゴーギャンはその後を必死になって追いかけているようだったことに。

ゴッホとゴーギャンが、ゴッホの弟のテオの支援を受けて、アルルで共同生活を送ったのは一八八八年十月から十二月にかけての二ヶ月間。その時期に制作された作品で、当時ルーヴルで見られたものは、ゴッホ作が三点〈アルルの女〉〈アルルの寝室〉〈アルルのダンスホール〉。ゴーギャン作は一点のみ〈レ・ザリスカン、アルル〉。せっかく共同生活を始めたのに、彼らの絵には甘ったるいコラボレーションなどは微塵もなく、互いを牽制するかのような強烈な個性と、好きなものを好きなように描く自由奔放さに溢れている。ふたりは絵の中で激論を交わし、しまいには取っ組み合いのけんかをしているかのようにサラの目には映った。それでいて、ひたと寄り添うような、ぐいっと引き寄せられていくような気配があった。ゴッホのほうへ、ゴーギャンが。

ボザールに進学したサラは、ゴッホとゴーギャン、それぞれの専門書にも目を通すようになっていた。どの本にも、ゴーギャンとの共同生活を熱望していたのはゴッホのほうだったと書いてある。ゴーギャンはゴッホよりも年上だし、自分のほうが絵も売れているから自信満々で先輩気取りだったと。ゴーギャンが出ていくのを止めようとして、ゴッホは絶望のあまり自らの耳を切る行為に及んだと。そこだけ読めば、ゴーギャンはあくまでもゴッホより優位に立ち、ゴッホのほうがゴーギャンを追いかけていたかのような印象を受ける。——しかし。

そうだろうか？　とサラは思った。子供の頃からふたりの絵をみつめ続けてきたサラの考えは違った。ゴッホは磁石で、ゴーギャンはそれに引き寄せられる砂鉄だ。強烈な磁力に自らの回路を狂わされてしまうと感じたゴーギャンは、できるだけゴッホの影響力から遠ざからなければと、ゴッホのもとを離れたんじゃないだろうか？　ひょっとすると、死んでしまってからもゴッホの磁力はゴーギャンを悩ませ続けるほど強烈だったんじゃないか？　もっと遠くへ行かなければ逃れられない。そう思ったからこそ、ゴーギャンはとてつもない「彼方」へ――タヒチへ行こうと思い込んでしまったのでは？

タヒチ。それは、サラには想像もできないほどの彼方だった。ゴッホが「擬似日本」を求めてアルルへ行ったのとはスケールが違う。フランス領ではあるけれど、どうやって行くのか、たどり着くまでどのくらい時間がかかるのか、見当もつかない。そんな僻地へ、ゴーギャンはなぜ行かねばならなかったのか？　もっと言うと、なぜそんな僻地へ行ってまで、絵を描き続けなければならなかったのか？

二十代で株式仲買人となって富を得、株と同じ感覚で絵画取引に手を出した。それがゴーギャンとアートの出会いだった。絵に興味があったわけではなく、金の匂いにつられたのだ。それなのに、まるで売れない絵描きになってしまった。

最初のうちは、絵描きになれば金儲けできると思ったのかもしれない。だったらアカデミー風の「売れる絵」を描けばいい。けれど彼が実際に描いたのは、いかにも売れなそうな奇妙な絵。逸脱した絵だった。

ゴーギャンばかりではない。ポール・セザンヌも、ジョルジュ・スーラも、アンリ・ド・トゥールーズ＝ロートレックも、そしてフィンセント・ファン・ゴッホも、皆、望んで逸脱していった。画家を目指す者たちを待ち受けているのは、宴か餓死か、そのどちらかだ。そうわかっていたはずなのに、激流に彼らの身を投じさせたのは、いったいなんだったのだろうか。

彼らのとてつもない挑戦に思いを馳せながら、サラは画家になる道を模索し始めた。けれど、母がそうだったように、絵筆一本で生計を立てていくことの難しさを知っていたので、ボザール卒業後は美術学校の教師になる選択をした。宴も餓死も、自分は最初から望まなかった。だからこそいっそう、ゴッホの絵画への熱狂がうらやましく、ゴーギャンの逸脱がまぶしく感じられた。長い時間を経ても変わらぬ磁力を発し続ける彼らの絵の秘密に少しでも迫りたいと、切実に願った。

そして、サラが美術教師になって一年目、二十五歳のときにあの事件が起こった。母・エレナの絵画教室の壁に飾られていたゴーギャンの絵が、ある日忽然と消えた。教室には生徒、その両親、子供たちを送迎する人々、大勢の出入りがあった。一瞬の隙をついて盗まれたに違いなかった。警察は届け出を受理したものの、捜査に消極的だった。盗まれた絵がポール・ゴーギャンのタヒチ時代の作品、晩年の傑作であることは、サラにとってはもはや動かし難い事実だったが、それを証明する写真も書類も来歴も、何も残されていなかったからだ。ましてや本当にそこにあったのかどうかさえも証拠がない。サラは必死になって生徒とその両親の証言を集めた。ええ、確かに教室の壁には絵が掛かっていましたね……褐色の肌の女性が描かれていました……しかし、ゴーギャンのものだったとは聞いたことがありません……本当に盗まれたのですか？

絶望的だった。エレナは落胆のあまりベッドに伏せって起き上がれなくなってしまった。サラは弁護士に相談し、生徒たちの両親の証言を集めて警察に提出したが、空回りするばかりだった。あきらめたほうがいいでしょう、と弁護士に諭された。――盗まれたという証拠がないのですから、訴えようもありませんし……ときにはあきらめることも大事ですよ。お母様にはお気の毒ですが、代わりにあなたがすばらしい絵を描いて励まして差し上げては？

翌年十二月、セーヌ川左岸にオルセー美術館がオープンした。旧駅舎を再利用した巨大な建物に、それまで主にルーヴル美術館に収蔵されていた十九世紀美術のコレクションが移管され、印象派・後期印象派のコレクションもすべて新美術館で展示されることになって、世界中の美術関係者・愛好者の耳目を集めた。

昨年来、気落ちしてしまった母を元気づけようと、サラはエレナを新美術館へ誘ってみた。が、エレナは腰を上げない。――いまは見たくないのよ、ファン・ゴッホもゴーギャンも。

サラは仕方なくひとりで出かけていった。

子供の頃からルーヴルでみつめ続けてきたゴッホとゴーギャン、ふたりの絵が、後期印象派展示室の一室を完全に占拠して、右と左、前と後ろ、対面する壁にそれぞれ展示されて向き合っていた。混雑する展示室の真ん中に佇んで、サラは頭（こうべ）を巡らせてみた。

何度も、何年もみつめ続け、追いかけ続けてきたふたりの絵。それなのに、まるで初めて見る絵のようだった。新しい環境に置かれたふたりの絵は、かつての諍い（いさか）と反発を経て、この上なく清澄なハーモニーを奏でているように感じられた。

それぞれの晩年の作品の前で、サラは長いこと立ち止まった。ゴーギャン作〈黄金色の女たちの肉体〉。制作された一九〇一年はゴーギャンの死の二年まえで、その展示室の中では晩年の作というべきものだった。もはやゴーギャンのアイコンとなっている褐色の肌の若い女性がふたり、ほぼ全裸で、ラベンダー色の敷物の上に座っている。黒い瞳には誘うような微笑が浮かび、健康的なエロスの匂いが漂っている。豊かな黒髪も、つややかな肌も、膨らみかけた乳房も、去年まで教室にあった〈あの絵〉の中の女性——母の言葉を信じるのならば、サラの曽祖母——とよく似ていた。

この女たちはゴーギャンと深い関係にあったのかもしれない。いまさらながらにふとそう気がついて、サラはひとりで耳たぶを熱くした。ゴーギャンが性的に奔放だったこと、モデルの女性としばしば肉体関係を持っていたこと、タヒチ人の少女を愛人にしていたことも、サラはもはや知っていた。とすれば——私のひいおばあちゃんも？　まさかね、そんなこと……考えてもしょうがないじゃないの。

後期印象派の画家、ポール・ゴーギャンという「歴史上の人物」が、突然、生身の人間になって立ち現れた気がした。サラはどきりとして、あわてて絵の前を離れた。まるで意中の人と出会いがしらに目を合わせてしまったかのように。

〈黄金色の女たちの肉体〉に背を向けて、真向かいの壁に展示してあるゴッホ最晩年の傑作〈オーヴェール＝シュル＝オワーズの教会〉の前に佇んだ。コバルト色の空を背景にすっくり立つ教会が、気品溢れる貴婦人のようにも、痛手を負ってうずくまる巨大な獣のようにも見える。聖俗が混在し、清濁を併せ持つ。それがゴッホの絵の特徴だった。補色を意識した色遣いと呼吸が込められた筆運び、その斬新さ、躍動感にあらためて向き合って、サラは口の中で、ブラヴォー！と称賛した。

この絵が描かれた一八九〇年、世の中はフィンセント・ファン・ゴッホを決して認めようとはしなかった。ゴッホを精神的にも経済的にも支え続けた弟のテオでさえ、これほどまでにとんでもない絵を平然と撃ち込んでくる兄の途方のなさに恐れをなしたことだろう。

そう、ゴッホはまったく別次元の画家だった。それにくらべると、ゴッホが生きていた頃のゴーギャンのなんとおとなしくて常識的なことか！

アルルでの訣別のあと、ゴッホとゴーギャンは二度と会うことはなかった。それがいま、新美術館の同じ展示室で、あっちの壁とこっちの壁にそれぞれの作品が掛けられて、真っ向対峙している。――どう思うだろうか。もしここに、ゴッホとゴーギャンが居合わせたら。お互いの絵が向かい合わせに展示され、それを見るために世界中の人々がひっきりなしにここへやって来る。いまのこの現実を、彼らが目にしたら？

そういえば、自分はこの教会がある場所――ゴッホ終焉の地、オーヴェール＝シュル＝オワーズに一度も行ったことがない。この教会はいまもあるのだろう。自殺したゴッホの葬儀を拒否した教会だ。近くの墓地にはゴッホ兄弟が眠っているということだ。一度行ってみよう、とサラは心に決めて、オルセー美術館を後にした。パリからそんなに遠くじゃない。もっと早く行くべきだったのに、なんで思いつかなかったのかな？　そこに行けばゴッホに会えるような気がして、心が弾んだ。少女の頃のそのままに。

――ねえお母さん、今度の週末にオーヴェール＝シュル＝オワーズへ一緒に行ってみない？　ファン・ゴッホが住んでいた下宿屋のビストロがいまも開いていて、おいしい昼食（デジュネ）があるみたいよ。

サラに誘われて、エレナは一瞬、昔話でも聞いたかのようになつかしげな表情を浮かべた。が、母は弱々しい声でこう言った。

――いってらっしゃい、美しいところよ。私もあなたの年頃に、ファン・ゴッホが描いた風景を追いかけて、何度も通ったわ。……あなたが生まれるまえに。

オーヴェール＝シュル＝オワーズ駅にひとりで降り立ったサラは、短い坂道をたどって、ゴッホが描いたあの教会へと向かった。実際に見てみると、想像していたよりも小さく、色褪せて古ぼけた建物だった。フランスの田舎町ならどこにでもあるタイプの教会だ。こんなちっぽけでなんてことのない教会を、まるで人格があるかのように堂々と描いてしまう画家の度量に、サラはあらためて舌を巻いた。麦畑、シャルル＝フランソワ・ドービニーの家、医師ガシェの家。ゴッホゆかりの場所を訪ね歩き、最後に共同墓地へ出向いて、仲良く並んだゴッホ兄弟の墓の前に佇んだ。兄弟の墓はキヅタにすっぽりと覆われ、冬場でも青々と繁る葉が北風に震えていた。

パリへ戻るまえに、ゴッホが下宿をしていたという食堂「ラヴー亭」に立ち寄った。ランチタイム終了まえぎりぎりでテーブルに着くと、突き出た腹に薄汚れたタブリエを巻いた中年の給仕係(ギャルソン)が注文を取りにきた。豚肉のリエットとチコリのサラダ、それに赤ワインを頼んだ。男の肩越しにカウンターの後ろの壁が見え、そこに錆びて赤茶けた鉄の塊のようなものが掲げてあるのがふと目に入った。

サラは奇妙な形のオブジェをじっとみつめた。どうやらピストルのようだが、手入れの行き届いた趣味用のアンティーク銃とは異なり、汚れた血のような錆が全体に付着して、かろうじてピストルだとわかるような状態(コンディション)だ。——誰かのアート作品なのかな。

料理の皿を運んできたギャルソンに、サラは訊いてみた。——ちょっと質問なんですが、あのピストルのようなものはなんですか？

ああ、あれね、と男は、さもつまらなそうな声で返した。――あれはファン・ゴッホが自殺に使ったっていうリボルバーだよ。

え？　とサラはとっさに訊き返した。――なんですって？　ファン・ゴッホが……？

男は皿をテーブルに置くと、両手を腰に当てて言った。

――よく知らんけどな。あれはこの店の先々々代くらいまえの主人の持ち物で、何十年だか何百年だかまえに、この上の部屋に下宿してたファン・ゴッホって絵描きが……あんた知ってるかいマドモワゼル、その絵描きを？　ああ知ってる、そう、あのファン・ゴッホが借りたか盗んだかして、あっちのほうの麦畑で、こう、パン！　ってね。胸を撃っておっ死んだそうだよ。それで、ピストルは長らくどっかへいっちまってたんだけど、二、三十年まえに近所の農家の親父が自分のとこの畑を掘り返したら出てきて、それで騒ぎになってだな……気味が悪いし、元の持ち主に返そうってんで、以前の主人の家族に返されたんだが、いまじゃ有名な絵描きのファン・ゴッホが自殺に使ったっていうんなら、本人の下宿先だった食堂に飾っときゃ面白いだろう、ってわけで、そこにあるんだよ。ま、よく知らんけどな。そんなとこでいいかい、マドモワゼル？　さあ、食べとくれ。

サラはぽかんとしたままで一方的に話を聞かされてしまった。まるでお伽話のようなのどかさだった。

食事もそこそこに、カウンターへ歩み寄って壁に掛けてある赤茶けたリボルバーを凝視した。こんな錆の塊がゴッホの自殺に使われた凶器だったとは、にわかには信じ難かった。

帰宅後、サラはエレナにオーヴェールの印象をあれこれ語ったが、ラヴー亭で見たリボルバーの話は出さなかった。ギャルソンの話は信憑性が低かったし、何より不吉な感じがして、口にするのがはばかられた。

教会や麦畑やゴッホ兄弟の墓について娘が語るのを、エレナは静かな微笑を浮かべながら聞いていた。そして、そう、行ってよかったわね、とひと言だけ口にすると、それきり何も言わなかった。


オーヴェールへの訪問がきっかけになって、サラは定期的にゴッホの足跡をたどる旅に出かけるようになった。

アルル、サン＝レミ・ド・プロヴァンス、そしてオーヴェール。フランス国内に限ってはいたが、南仏へは年に一度、オーヴェールへは三、四ヶ月に一度、自分のスケッチ旅行も兼ねて足を運んだ。サラのゴッホ巡礼は二十六歳で始まり、五十八歳の現在に至るまで、三十年以上も続けられた。

本音を言えば、ゴーギャンの足跡もたどってみたかったのだが、こちらはポン＝タヴァンを一度訪ねたきりで、肝心のタヒチ・ポリネシア行きは、望んだところでかなわなかった。時間的にも経済的にも、また気持ちの上でも、実行するには迷いばかりがあって余裕がなかった。だからこそ、約百年まえにゴーギャンがタヒチへ単身で渡ったという史実を思うとき、画家が抱えていた切実さが胸に迫ってくるのだった。――何かに呼ばれるようにして行ったというよりも、何かに追われるようにして行ったというほうが実情に近いのではないだろうか。あるときそう気がついたサラは、なんともうらさびしい気持ちになったものだ。

ゴッホは違った。新鮮な色とモティーフを探し、「擬似日本」を求めていたのは事実だっただろうけれど、彼がアルルへ赴いたのは必然としか言いようがない。そのあとサン＝レミへ移ったのも、オーヴェールへ行ったのも、心身の療養という目的があってのことだが、行ってしまえばそこはもう完全にゴッホの世界だった。それほどまでにゴッホは、その土地の風土やそこに暮らす人々、特徴的な風景、土地に根ざしたモティーフ、そのすべてを自分のものにした。

それぞれの土地にはゴッホが描き残したモティーフがいまなお姿を変えずにそこにある。サラにはそれが不思議でもあり、またありがたいようでもあった。アルルの夏をひまわりの黄色がまばゆく彩り、サン＝レミの初夏をアイリスの青が凛々と縁どっていた。オリーブの枝葉は幾千の銀色の蝶となって風の中で乱舞し、夜半の糸杉は黒い塔に姿を変えて月を貫いていた。オーヴェールの野ばらは宵闇をすくい取ったようにひんやりと青白くほころび、風が麦畑のさなかに黄金色の道を切り開いていた。

サラはゴッホの作品の中で、なんといっても〈ひまわり〉が好きだった。アルルで過ごした最初で最後の夏に、ゴッホはひまわりの絵を四点制作した。その後それらを下敷きにしてさらに三点、描き足した。アルル作品展を開催しようと企画し、展示のために複数点描いたと言われているが、まもなくアルルへやって来るゴーギャンを迎えるにあたり、室内を明るく飾るために描いたというのも定説になっている。しかし残念なことに、アルルで合計七点描かれた〈ひまわり〉は、一点も同地に残されていない。それればかりか、ゴッホによってアルルで制作されたおびただしい数の作品はただのひとつも同地にはなかった。アルルのみならず、サン＝レミにも、オーヴェールにも、一点たりとも残されていない。考えてみればおかしな話だが、長い歳月の中でゴッホが伝説化され、その革新性が認められ、価値が上がり、世界中の美術館やコレクターのもとへと散らばった結果、そうなってしまったのだ。

七点の〈ひまわり〉の中でもっとも有名な一点は、ロンドン・ナショナル・ギャラリーにあった。アルルへやって来たゴーギャンがそれを見て、これこそは花だ、と手放しで絶賛したという。一度でいいから見てみたい。サラはひとりで出かけていった。二十八歳のときのことである。

ナショナル・ギャラリーの広大な展示室の一隅で〈ひまわり〉は咲き誇っていた。遠くからでもすぐにそれとわかった。輝きを放っていたから。近づくにつれ、目を細めずにはいられなかったほどだ。

十五本のひまわりたちは、好き勝手にほうぼうへ黄色い顔を向けていた。花のひとつひととつに個性があった。息を止めてサラは見入った。そして、これは花じゃない、と思った。

――人だ。

十五人の個性的な人々。笑い、歌い、喜び、くつろぎ、あくびし、黙考し、恋をして、生きている。全部、違う。全員、すてきだ。――ひまわりのような人間たちだ。

涙が溢れた。止まらなくなった。絵を見て泣いたのは生まれて初めてのことだった。周りに大勢の人がいる。恥ずかしかったが、どうすることもできなかった。

ふと、肩先にそっと触れる手があった。となりに佇んでいた誰かが、慰めるように、励ますように、やわらかくサラの肩を叩いてくれたのだ。

見ると、母と同年代の女性が、潤んだまなざしをこちらに向けて微笑んでいた。彼女のささやき声が聞こえてきた。――わかるわよ。

まるで母にそう言われた気がして、サラはいっそう泣いてしまった。

アイ・ノウ……イエス、アイ・ノウ。

ささやき声は、ひまわりたちの声だったのかもしれない。


ゴッホゆかりの土地を旅して描き溜めたスケッチをもとに、サラは自らの作品を制作し続けた。

三十歳のとき、九十年近い歴史をもつ「秋季展」に出品を決め、定期的に個展を開くようになった。必ず買い入れてくれる愛好者たちもいる。著名なギャラリーと契約をしたり、美術館に収蔵されたりするようなアーティストではないし、母とふたりの生活を支えるためには美術学校の職を離れられなかったが、画家と名乗れる満足感はあった。

あの事件が起こってから、エレナはしばらくのあいだ気落ちしていたものの、少しずつ元気を取り戻して、娘の仕事を支えるようになった。サラの作品の整理をし、個展の準備を手伝い、会場に来てもくれた。けれど一緒に旅をすることも、美術館へ行くこともなくなった。ゴッホやゴーギャンの画集を開くこともなかった。あの事件が母からアートへの関心を奪ってしまったのだとしたら、〈あの絵〉が奪われてしまったことよりも、それはもっと悲しいことだった。

パリから電車で小一時間で行けるオーヴェールは、サラにとっては第二の故郷のように感じられる場所となっていた。行けば必ずラヴー亭に立ち寄った。あの錆の塊のようなリボルバーは相変わらずカウンター越しの壁に掛けられていたが、店の客は誰ひとりとして関心を払っていなかった。サラはそれを目にするたびに、見てはいけないものを見せられているような、奇妙な心地悪さを感じていた。

オーヴェールに通い始めた翌年、オーナーが替わって改装するということで、ラヴー亭は突然閉められてしまった。数ヶ月後に行くと、きれいになった店の壁にはあのリボルバーはなかった。新しい主人だという恰幅のいい中年男性がにこやかにサラを迎えてくれた。

リボルバーはどこへ？　と訊いてみようかとも思ったが、詮ないことだった。あの中年ギャルソンの言葉を信じるならば、ゴッホが生きていた頃のオーナーの持ち物だったということなのだから、新オーナーとはなんの関係もないだろう。再びラヴー亭に立ち寄るようになったが、そのうちに錆びたピストルのことなど思い出さなくなってしまった。

またその翌年、二十八歳のときのことである。ロンドンで〈ひまわり〉を見てきたサラは、興奮と感動が冷めやらぬまま、自宅に荷物を置くなり、その足でオーヴェールへ出向いた。半年ほど行っていなかったので、いてもたってもいられない気持ちに駆られていたのだ。いつものようにラヴー亭に立ち寄ると、主人がテーブルへやって来て、意外なことを告げた。

——この店を閉めることになったよ。

サラは驚いて、改修するんですか？　と訊くと、主人は首を横に振った。

——この店も建物も土地も、全部ひっくるめて買いたいっていう人物が現れたんだ。ベルギー人なんだがね。君がしばらく来ないうちに、いやまあ、なんというか、大変なことが起こってね……。

サラがリアム・ペータースに初めて会ったのは、それから六年後のことだった。ペータースは非営利団体インスティチュート・ファン・ゴッホを立ち上げ、店と建物と土地をすっかり買い取って改修した。そして、ゴッホ終焉の部屋の一般公開に踏み切った。

サラはもちろん、その部屋の存在を知ってはいたが、実際に見るのは初めてのことだった。小さく、薄暗く、湿った部屋に足を踏み入れた瞬間、急に息苦しさとめまいを感じ、その場に座り込んでしまった。すぐさま財団の代表が駆けつけて、食堂の二階へ連れていき、介抱してくれた。それがリアム・ペータースだった。

ふたりは互いにゴッホを追いかけ続けているということで、すぐに意気投合した。ペータースの最終目的は、ゴッホの最後の夢をかなえること。最晩年にテオに送った手紙の中の一節——いつかカフェの壁に僕の絵を飾って個展がしたい——を、彼が息を引き取ったこの場所で実現することだった。

いまでは世界中で当たり前のようにゴッホ展が開催され、何十万人もの動員を可能にする「ブロックバスター・アーティスト」となったゴッホだが、生前には頼りにしていた弟すら個展を開いてはくれなかった。

どんなに悔しかったことだろう。フィンセントの遺志を継いで、たった一点でもいい、オーヴェールで制作された絵を、彼の部屋で展示することはできないだろうか。

サラはペータースの深い思いと情熱に心を打たれ、感銘を受けた。そして、自分も財団を手伝いたいと申し入れ、寄付金集めのために協力を惜しまなかった。財団の活動は次第に世界中で知られるようになり、ひっきりなしに観光客が訪れるようになった。サラは自分にできる限りのことを、財団のために、ゴッホのためにしたいと考えていた。自分には母以外に家族もいないので、母から受け継いだクリニャンクールのアパルトマンを生前贈与することも考えていた。やり過ぎだとはちっとも思わなかった。

そこまでするのは、ペータースに恋愛感情があったからではない。ふたりの関係はむしろ同志に近かった。

あきらめたくはなかった。オーヴェールで描かれたゴッホの作品が一点もこの地にないのはおかしい。オルセー美術館にある〈オーヴェールの教会〉は、ほんとうならばこの場所で公開されるべきだ。それが無理なら、世界中に散らばっているオーヴェール時代の作品のうち個人蔵になっているものを買い取ってでも、ここで展示するべきではないか。

月日が流れ、サラは五十八歳になった。ペータースに協力するようになって四半世紀が経過していた。けれど、「ゴッホの最後の夢」はまだ実現していなかった。それどころか、ますます遠ざかっていた。

いま、個人蔵のゴッホ晩年の作品がマーケットに売りに出されたら――それはとてつもない価格になることは間違いなかった。いつか必ず、とペータースは言い続けているし、自分も決してあきらめたくはなかった。でも――どうしたらいいのだろう？

冬の終わりが近づいていた。

街路樹のつぼみはまだ固かったが、オルセー美術館へ出かけた際にセーヌ川の流れが速くなっているのを見て、春が近いとサラにはわかった。セーヌの水源近くの雪解け水がこうしてパリまで運ばれてくるのだ。

九十四歳を数えるエレナは、すっかり足腰が弱くなったものの、大きな病気ひとつせずに元気でいてくれた。サラにとってはそれが何よりだった。けれどその冬、風邪をこじらせ、床(とこ)に伏せってとうとう起きられなくなってしまった。

サラはかたときもそばを離れず、母を介護した。好物のスフレを焼いたり、カシミアの毛糸で靴下を編んで履かせたり、どんなことでも楽しそうにしてみせた。エレナは、ありがとうサラ、あなたはほんとうにやさしい子ね、と微笑みを口もとに灯して言ってくれた。

しばらくオーヴェール行きもお預けだった。すると、思いがけずお見舞いの花束が届けられた。八重咲きのひまわりで、十五本あった。送り主はペータースだった。季節外れのひまわりを、どうやって調達したのだろう。まったくもう、やってくれるわね、と独りごちた瞬間、涙がこぼれた。

以前アルルを旅したとき、ゴッホの花瓶に似ているからと買い求めた黄色い壺があった。それにかたちよくひまわりを生けると、ゴッホの絵から抜け出してきたようだった。

ほうぼうを向く黄色い花々を胸に抱いて、サラはエレナの寝室に入っていった。母は静かに目を閉じていた。ピクリとも動かない。どきっとして、お母さん？　と呼びかけた。エレナはうっすらとまぶたを上げた。サラは、ほっと息を放って、見て、お母さん、ほら、ひまわりよ――と、ベッド脇の小卓に壷を置いた。

エレナは花のほうを見ずに、宙に視線を放ったまま、ええ（ウイ）、わかるわ（ジュヴォワ）、とつぶやいた。

はっとした。

――ひまわりの言葉？

エレナは、再び目を閉じた。そして、消え入りそうな声でこう言った。

――遠くへ逝ってしまうまえに……私は、あなたに話しておかなければならないことがある。

聞いてちょうだい、サラ。そして、私がいまから話すことを、誰にも言わないで。たったひとりだけ、私がこうしてあなたに伝えるように、あなたが選んだ誰かに、話して伝える以外は。

私は、このことを、私の母さんに聞かされた。彼女を残して、私が実家を出ていく直前に。母さんはこう言っていたわ。――私はこのことを、私の母さんに聞かされたの。エレナ、あなたのおばあちゃんに。〈あの絵〉の中の、白い花冠の……あのタヒチの女の人に。

――サラ。私のおばあちゃんは……あなたのひいおばあちゃんは……。

――……ポール・ゴーギャンの愛人だった。

そうして、エレナはサラに話し始めた。
エレナが母に聞かされて以来、胸に秘め続けた真実の物語を。

Ⅲ　エレナの告白

9

サラ。――いとしい子、たったひとりの私の娘。

知っていたわ。教室の壁に掛けていた〈あの絵〉を、あなたがずっと模写し続けていたこと。

あなたにそうさせていたのは、あなたの中にタヒチ人の血と画家の血が――ポール・ゴーギャンの血が流れていたからかもしれない。

私も少女だった頃から、絵を描くのが好きだったわ。理由なんてわからない。ただ、紙と絵筆があるだけで幸せだった。私の中にゴーギャンの血が流れているなんて、想像もしなかったし、そんな絵描きの存在すら知らなかったんですもの。

私はタヒチで生まれて、十七歳で父と一緒にフランスへ渡るまで、タヒチで一番大きな街・パペーテで、両親とともに暮らしていたの。

私の父さん――あなたのおじいちゃん、ギュスターヴ・ジラールはフランス人入植者で、貿易商をしていた。私の母さん――あなたのおばあちゃんは、フランス人の父と、生粋のタヒチ人の母を持つ混血児（メティス）だった。名前は、タウッアヌイ。フランス名はレア。ミッション・スクールに通い、とてもきれいなフランス語を話した。学校を出てからジラール商会で働いていた彼女は、二十歳のときにギュスターヴの子供を宿したのをきっかけに、彼と結婚した。そうして生まれたのが、私だったの。

私はフランス語で育てられ、フランス人入植者の子供たちが通う学校に行ったので、ほとんどタヒチの言葉を覚えようとはしなかった。いつもひとりぼっちだったわ。だからかしら、私が絵筆を手にするようになったのは。絵を描いていれば、さびしくなかったもの。

十代になってからは、画家になりたいと強く願うようになった。そのためにフランスへ行きたい。ちゃんとした美術学校へ行きたい。だから、ジラール商会が倒産して、父がフランスへ帰国すると決めたとき、私も一緒に連れていってと言い張ったのよ。父はなかなか「ウイ」と言ってくれなかった。私と母を残して帰るつもりだったのね。フランスで一からやり直すつもりだったのかもしれない。だけど、十七歳の私には、なんとしてもフランスへ行かなければならない理由があった。絵を描くこと。画家になること。これが、最初で最後のチャンス。必死だったわ。

とうとう父は「ウイ」と言ってくれた。私は大喜びで、さあ母さん、出発の準備をしましょうよと母を促した。すると母は、歪んだ微笑を浮かべてこう言ったの。

――エレナ、お聞き。母さんはね、ギュスターヴにお願いしたのよ。私はここに残るからエレナを連れていってほしいって。彼は、ようやく聞き入れてくれたわ。だから、行きなさい。父さんとふたりで。

私はびっくりして、声も出せなかった。当然、母も一緒に行くと思っていたから。そんなのいや、と私は言った。だって、母をひとりで残していったら……もう二度と会えないとわかっていたから。

けれど母は静かな声で私をこう諭したのよ。

――エレナ、フランスへ行くのはお前のたったひとつの望みだったんでしょう？　美術学校へ行って、画家になるんでしょう？　それともあきらめるの？　島の外へ一歩も出ずに、一生ここで暮らしていくの？

私の中に、大きな岩がずっしりとうずくまっていて、そこに一羽の鳥が留まっていた。画家を夢見て飛び立とうとする鳥と、母を置き去りにするものかと梃子（てこ）でも動かない岩。そのあいだで私は引き裂かれそうだった。出発の日はどんどん近づく。私は悩み抜いて、答えを出せず、とうとう熱を出してベッドに伏せってしまったの。

仕方がないな、と、どこからか父のつぶやきが聞こえてきた。病気の娘を連れてはいけないよ。……ああもうだめだ、終わった、私の夢はかなわなかった……熱に浮かされながら、私はあきらめようとしていたわ。

ふと気がつくと、枕元にひっそりと母が座っていた。白い布（パレオ）を身にまとって、不思議なくらい若々しく、妖しい姿で。しばらくして、母の声が聞こえてきたの。

――エレナ。この絵をごらん。

母の右手に丸められたカンヴァスが握られていて、それをするすると広げて見せたの。そこには、黒髪に白い花冠を被り、白いパレオを褐色の肌にまとった若い女性が描かれていた。潤んだ黒い瞳、ふくよかな唇。母によく似た面影をたたえて。生い茂る森の木々のあいだにゆったりと横たわる彼女が、団扇をふわり、ふわりと動かすたびに、いい匂いのする風がそよそよと送られてくるような……夢うつつをさまよう私を誘い込む、まぼろしのように美しい絵。

私はゆっくり起き上がると、その絵を黙ってみつめたわ。すると、母がこう言ったの。

――これはね、エレナ。私の父さんが――お前のおじいちゃんが描いた絵。そして、この女の人は、私の母さん――お前のおばあちゃんよ。

――私の……おじいちゃんが描いたの？

――そう。彼の名は、ポール・ゴーギャン。フランスから来て、この島で暮らした画家よ。母さんの名前はヴァエホ。十四歳で父と出会い、妻になった。そして、私をお腹に宿しながら、父と別れた。母は実家に戻り、私を産んだ。父は、その翌年にひとりぼっちで死んでしまった。

私は、母と祖父母に育てられ、父の顔を知らずに育った。その母も、私がギュスターヴと結婚するまえに、病気になって天に召されてしまった。

　この絵はね、エレナ。私の母が天国へ逝ってしまう少しまえに見せられたものなの。〈レア、お前に渡したいものがある、お前だけに話しておかなければならないことがある〉って。そのとき初めて、私は父さんの名前を聞かされたのよ。

　エレナ、いいこと？　お前の中にはこの画家、ポール・ゴーギャンの血が流れているのよ。だからフランスへ行きなさい。行って、画家になりなさい。それがお前の運命なのだから。

　お前が決心したら、そのときに教えましょう。私が母・ヴァエホから伝えられた「真実の物語」を。そして渡しましょう。この絵〈ヴァエホの肖像〉と、母から手渡された「お守り」を——。

　ポール・ゴーギャン？　知るはずもなかった。それでも私は、その絵の中に秘められた啓示を受け止めたの。回復した私の心はすっかり定まったわ。祖父と父、ふたりの祖国へ行って画家になろうと。

　出発の前日、最後の夜。私は部屋で母を待っていた。出発のまえにあの絵を、そして「真実の物語」と「お守り」を授けられるとわかっていたから。

　虫の声が鳴り響いていた。机の上のろうそくの灯火だけが揺らめいて、漆黒の闇をかすかに照らしていた。静かな夜だったわ。

　母が私の部屋へ音もなく入ってきた。私は顔を上げて彼女のほうを見たわ。白いパレオに身を包んだ母が、少し離れたところに立っていた。黒い瞳でじっと私をみつめると、後ろ手に持っていた何かを私に向かって突きつけた。——鈍い銀色の光を放つリボルバーの銃口を。

私は息を止めたわ。だけど怖くはなかった。母が私に伝えなければならない「真実の物語」、その口火を切るためにそれが必要なんだと直感したから。

母と私は、突き出されたリボルバーを挟んで、しばらくのあいだ互いにみつめ合った。ろうそくのほのかな光が彼女の輪郭をぼうっとあぶり出し、薄黒い影が部屋の壁に張り付いて動かなかった。

やがて、母はゆっくりとリボルバーを握る手を下ろした。そして、私をみつめたままで、唇が動き始めた、別の生き物のように。

母の口からこぼれ出た言葉。最初は静かに、次第に熱を帯びて、次々に解き放たれ、蝶のように部屋の中をゆらゆらと舞い乱れた——。

10

——私——私の名前は——ヴァエホ。

私には、男がいる。

男の名前は、ポール・ゴーギャン。フランス人で、画家だ。「コケ」と呼ばれていた。ゴーギャンという名前が発音しにくかったのと、タヒチの言葉で「絵を描く人」という意味があったから。

私は、最初、彼が怖かった。絵に描かれた者は魂を抜かれてしまうという。だから、彼にみつめられるのがいやだった。

彼は、私をみつめていた。全身を目にして。私は、白いレース飾りのついた水色のドレスを着て、修道院の先生に連れられて、寄宿舎から学校へ通っていた。彼は通り道に佇んでいた。私が通りかかれば遠慮もなくじろじろと、私の目、唇、胸、腕、足、歩き方、スカートの裾、その全部をみつめていた。彼のがっしりした樹木のような姿。日に灼けた肌、帽子のつばの下の血走った目。じっとりと粘っこい視線。

ある休息日、突然、彼は私の家へやって来た。そして両親に言った。

〈私はフランスでは名の知れた画家なんです。あなたがたの娘を私にください。娘を寄宿舎に預けて学校に通わせるなんて意味がない。あなたがたの娘には、もっと大事なやるべきことがある。それは私の妻となり、私に新しい絵を描かせることだ〉

私は怖くて、自分の部屋に隠れてしまった。けれど両親は私に言った。〈ヴァエホや、あの人のところへ行きなさい。あの人は金持ちだ。たくさん贈り物を持ってきたよ。お前はあの人と一緒になれば、きっといい思いをするだろう。そう、私たちも〉

私は、ひと晩じゅう泣いた。それでも、心を決めた。きっとあの人は神さまが両親と私に授けてくれた男なのだろう。ならば、そうするほかはない。

彼は私を、果物かごでもかかえるかのように両腕に抱き上げて、馬の背にのせた。ふたりで馬に揺られて着いたところは、風通しのよさそうな草葺（くさぶき）屋根の家。裸の女の姿が刻まれた木彫りの板で戸口が飾られて、「愉しみの家（メゾン・デュ・ジュイール）」という文字がくっきりと浮かび上がっていた。

〈さあここがお前の家だよ。今日からここでお前は私の妻になるんだ〉彼が言った。召使の男も、料理をする女もいた。私は何もしなくてよかった。彼の夜伽をする以外には。

やっぱり最初は怖かった。だけど、次第にそれは私にとっても愉しみに変わっていった。夜伽のとき、彼はやさしかった。私の髪を撫でながら、夜が更けるまま、とりとめもない話をしてくれた。絵のこと、彫刻のこと、仕事のこと、遠い都、パリの画商のこと。よくわからなかったけど、絵の話をしているときの彼はほんとうに楽しそうだった。家族の話もした。家族はフランスではない北国にいて、もう終わったんだと。愛する娘がいたけれど、若くして死んだと。娘の話をするときは涙声になった。〈心から誰かを愛したのは娘だけだ〉と彼は言った。妻のことなどもう愛してはいないのだと。いまはお前だけを愛している、とは一度も言わなかった。

彼が「アトリエ」と呼んでいた部屋には、木枠に布張りした「カンヴァス」がいっぱいに並んでいた。彼はその部屋で私にいろんなポーズを取らせ、絵を描いた。私は、最初は恐るおそる、それからだんだん大胆になっていった。彼に求められれば平気で裸になったし、どんなポーズでも取った。〈お前はきれいだね〉彼が絵筆を動かしながら言う。〈どんなにお前がきれいだったか、皆に教えたいんだ。お前がいなくなってからも、私が死んでしまってからも〉

彼が描いた、私の姿。はっとするくらいきれいで、謎めいていた。彼は私の髪を白い花で作った冠で飾り、白いパレオ一枚をまとわせ、羽団扇を持たせて、ふわり、ふわり。〈そう。動かして。もっとゆっくり。花の香りを私に届けるつもりで〉。絵の中の私は、森の女王。誇り高い微笑が頬を輝かせ、黒い瞳には南十字星の光が浮かんでいた。私はこの世界の女王。彼はその忠実なしもべ。私を崇める思いがその絵には溢れていた。

私以外の少女を描いた絵もあった。薄い胸をあらわにした浅黒い肌の少女たち。濡れた瞳、くちづけを待ちわびる唇。いくつもの私じゃない顔。裸で横たわったり、立て膝をしたりして、誘っている。誰なんだろう。絵の中の少女たちをみつめていると、胸がむかむかしてきて、壊してやりたい気持ちになる。我慢できなくなって、私は彼に言った。〈ねえお願い。もっと私を描いて。私の知らない女の子を描かないで〉。彼は私の髪を撫でてこう答えた。〈私にはいま、ほかに描きたいものがある。もうすぐフランスからくるはずだから、それを待っているんだ〉

なんだろう。何がやって来るんだろう。私は彼とともにその日を待った。パリで仕立てたきれいなドレスがくるかもしれない、それを私に着せて描くんだと、内心はしゃいでいた。だけどなかなかこなかった。そのうちに期待が萎んでいった。もしかすると、私にとって来てほしくないものが来るのかもしれない。彼の家族とか、彼の妻とか。

彼の妻が来る。彼女が私をこの家から追い出す。悪い予感が私を怯（おび）えさせた。〈こないでほしい〉私は彼に言った。〈あなたが待っているものは、あなたの中から私を追い出すつもりでしょう〉

彼は静かに微笑んでいた。〈お前を追い出したりはしないよ。なぜって、それはもうずっとまえから私の中にあるものだから。あとから来て私の心に住み着いたのは、お前のほうだ〉

ある日の午後、郵便配達人がやって来て、小さな封筒を届けた。〈きたぞ〉と彼は言った。

〈待っていたものが〉

それは植物の種だった。縦縞模様が入った平たい種。私は全身から力が抜けてしまった。そんなものに怯えていたなんて。おかしくなって、私は笑い出した。怯えなくたっていいんだ。私たちを邪魔する者は来ないのだから。

彼は「愉しみの家」の南側の地面を掘って、種を蒔いた。〈毎日水をやってくれ〉そう頼まれて、私は井戸で汲み上げた水を壺に入れ、盛り上がった土に注いだ。近くの泉まで水汲みに行くのがどうしてもおっくうだった。食欲もなかった。新しい命の宿りに気づいたのは、土を割ってさえざえと緑色の双葉が伸び始めた日のことだった。

緑の葉が四枚に分かれ、また分かれ、すっと茎が伸び、いく枚もの葉が日に日に大きくなっていくのに呼吸を合わせるように、私のお腹もだんだん、だんだん膨らんでいった。私は彼に孕ったことを言わなかった。彼のほうから言ってくれるのを待っていたのだ。彼はとっくに私の体の変化に気づいていたはずだ。それなのに、目を背けていた。彼の視線が追いかけていたのは、どんどん育っていく見知らぬ植物だった。それは天に向かって挑みかかるようにまっすぐ伸びていった。どこまでもまっすぐに。

どのくらい日数が過ぎただろう。ある朝、いつものように水やりに行った私を迎えたのは、金色に輝く大きな花だった。黄色い縮れ毛をなびかせて、まん丸で平べったい黒い顔がじっと私を見下ろしている。私は花と向き合い、ぴたりと目を合わせた。それは花ではなかった。

人だった。

私は彼を呼びにいった。彼は裸足で表へ駆け出し、花の前に立った。半開きになった彼の口から言葉にならない呻(うめ)き声が漏れた。

〈咲いた〉彼はつぶやいた。〈ひまわりが(セ・トウルヌソル)〉

私が初めて目にしたその花の名前、「太陽の追っかけ(トウルヌソル)」。その日いっせいに開いた花は、名前の通り、常に太陽のほうに顔を向けて、太陽が動く通りに顔を動かした。彼は日が沈むまでひまわりの隊列を眺めていた。まるで「花の追っかけ(トウルヌフルール)」になってしまったかのように。

それから何日かして、彼は私に言った。

〈花を切ってアトリエに持ってきてくれ。咲いているのと、これから咲こうとしているのと、散り始めているのとを合わせて、十五本〉

もう半年近くも絵筆を手にしていなかった彼は、アトリエに入っていくと、窓を全開にし、風を呼び込んだ。

私は木彫りのナイフを手にしてひまわりのもとへ歩み寄った。いまを盛りに開いている花の首もとにナイフを押し当て、ざくりとひと思いに切った。勢いをなくしてうつむいているのを切ると、黄色い花びらが涙みたいにはらはらと落ちた。全部で十五本、かごに入れて、アトリエへ運んだ。

イーゼルには真新しいカンヴァスが横向きに置かれていた。その少し向こうの椅子の上に、かごとひまわりを置いた。〈よし〉彼は両手をぱんと叩くと私のほうを向いた。そして、当たり前のように言った。〈出ていってくれ〉

〈いやだ〉私は言い返した。〈私を描いて〉

彼の顔が急に険しくなった。〈聞こえなかったのか。出ていけと言っただろう〉〈いやだ。出ていかない。私を描いて〉〈私が描きたいのはお前じゃない。この花だ〉〈いやだ。私を描いてほしい。私を見てほしい。どうして私から目を逸らすの。私の中にあなたの子供がいるのに〉

彼は私を見た。ひやりと震え上がるほど冷たい目で。いきなり私の腕をつかむと、無理やり部屋から追い出した。

私は庭へ出た。頭をなくしたひまわりのかたわらにしゃがみ込んで泣いた。涙がぽたぽたと乾いた土の上に落ちて、黒い染みをいくつも作った。気が遠くなるまで泣き続けた。

太陽が西に傾き、ひまわりの影と私の影がひとつになって、地面に長々と横たわっていた。私は泣き疲れて、膝を抱えてぼんやりと地面に視線を落とした。

ひまわりの根元の土がネズミくらいの大きさにこんもりと盛り上がっていた。また何か別の種を蒔いたんだろうか。そしてまた花が咲いたら、今度はその花を描くつもりなんだろうか。私じゃなくて花の絵を。

苦い気持ちが込み上げてきて、とっさに盛り土を思い切り拳で叩いた。そのとたん鋭い痛みが走った。私は小さく叫んでその場にうずくまった。

何か硬いものが埋められている。痛みが治まるのを待ってから、私は両手で土を搔き、その何かを掘り出した。

土の下から出てきたのは、拳銃だった。

死んだ小鳥を両手ですくい上げるようにして手に取ると、ずっしり重い。私は息を詰めてみつめた。土まみれの銃。銃把（グリップ）に絵の具がかすかについている。

アトリエの窓は開け放たれていた。筆先がカンヴァスを滑る音がかすかに聞こえてくる気がした。私は銃を両腕に隠し、足音を忍ばせて家の中へ戻った。土がついたままの銃をパレオで包み、ベッドの下に押し込んだ。

それから何日かのあいだ、彼はひまわりの絵を描いた。ただただ、描いた。食べることも、眠ることも、私がいることも忘れて、ひたすら描き続けた。血走った目はひまわりだけをみつめていた。どんなにみつめたってそこには花があるだけだ。けれど彼は花の向こうに何か特別なものがあるように、誰かがそこに立っているみたいに、そのまぼろしと目と目を合わせているかのように、ひまわりをみつめていた。

そんなふうに熱中して描いているのを初めて見た。私はこっそり彼の後ろに立って、花の向こうに何があるんだろうと目を凝らしてみた。やっぱり花があるだけだ。

魔物に取り憑かれたのかもしれない。私はふいに怖くなった。花の絵を描き終わったら、彼は土の下に隠した拳銃を掘り返して、私を殺し、自分の胸を撃ち抜く。そうして全部終わりにしようとしているのかもしれない。

いやだ。私のほうが先に死んでしまうのは。……だったら。

彼を殺して、私も死ぬ。

そうしよう。あの絵を描き終えるまえに。

夜になった。彼が眠ったのを確かめてから、私はろうそくを手にアトリエへ忍んでいった。ろうそくの灯をイーゼルへかざしてみる。カンヴァスの真ん中でほうぼうを向くひまわりたちの顔。あるものは喜びに満ちて黄金色に輝き、あるものは絶望してうなだれている。いちばん大きな花は、かごの中ではなく背景にぽつんとひとつだけ、焼け焦げた黒い顔をこちらに向けながら浮かび上がっている。黄泉（よみ）の国からこの世を見透かすひとつ目の魔物のようだ。窓の外にはタヒチの女の顔が見えている。部屋の中のひまわりとは何の関係もない、取ってつけたような女の顔。どこを見ているんだろう、口もとに薄笑いが浮かんでいる。ふてぶてしい、生意気な顔。これは、私だろうか。私はこんな顔をしているんだろうか。

私は、眠りこける彼の枕元に立った。土のついたあの拳銃を握りしめて。銃口を彼に向ける。手がぶるぶる震えて、狙いが定まらない。

……さあ、ひと思いに。あの花の首をかき切ったように。ひまわりを、殺したように。

〈殺すのか。私を〉

彼の声がした。窓から差し込む月明かりの中で、彼は目を見開いた。私は銃口を彼の顔に向かって突きつけた。

〈殺す。そして、私も死ぬ〉私は言った、震える声で。

〈この拳銃で私を殺すつもりだったんでしょう。私、先に逝くのはいやだ。あなたを殺して、追いかける。だから……〉

〈いいとも。さあ、引き金を引いてみろ〉彼のささやき声。

〈私を殺せ。けれど、お前は死んではだめだ。お前の中には赤ん坊がいる〉

涙が溢れた。息をするのが苦しくて、あえいだ。陸（おか）に上げられた憐れな魚のように。

彼は体を起こすと、ぶるぶる震える私の手からゆっくりと拳銃を抜き取った。そして、そっと私の体を抱きしめた。

私は震えながら声を放って泣いた。まるっきり赤ん坊になって。彼はいつまでも私の体を抱いていた。髪を、背中をやさしく撫で、涙がいってしまうまで、そうしていてくれた。

やがて私たちは月明かりの中、並んでベッドに横たわった。彼の右手には拳銃が握られていた。銃口がいましも青い火を噴くのが見える気がした、私の胸に向けて。

そうなってもいい。いっそ、そうなればいい。

〈このリボルバーには、もう一発も弾は入っていない〉

虫の音に紛れて、彼のささやき声が聞こえてきた。

〈弾は、最初から一発しか入っていなかった。そのたった一発で、私は撃ち抜いてしまったんだ。あの男を〉

〈ヴァエホ。お前は知るはずもないだろう。どうして私がこんな彼方へやって来なければならなかったか〉

〈私は、彼に追いつきたかった。できることなら、追い抜きたかった。彼にだけは負けたくなかった。どうしても〉

〈彼は私の好敵手（ライヴァル）だった。たったひとりの友だった。孤高の画家だった。人生の最後のひと息まで〉

〈覚えておいてくれ。私がいまから話すことを。そして、生まれてきた子供に伝えてくれ。歴史には残されない真実を。——このリボルバーとともに〉

Ⅳ　ゴーギャンの独白

11

フィンセント・ファン・ゴッホ。その画家の名前だ。

赤い髭をたくわえ、晴れ渡った冬空のような青い目をしていた。私と同様、絵を描き始めたのは若いとはもう言えない歳で、だからだろうか、急ぎ飢(かつ)えて絵筆を走らせていた。先行する気鋭の画家たちに遅れを取るまいとして。もっと早く、もっと遠くへ行き着こうとして。

初めて彼に会ったのは、パナマ経由マルティニク島へ半年ほど航海してからパリへ帰ってきたときのことだ。その旅は散々だった。旅行中に私は破産し、おまけに赤痢にかかってしまったんだ。生きて帰れないかもしれないと本気で思った。だから故国の陸へ降り立ったとき、残りの人生の全部を画家として生きることに使おうと誓った。妻は愛想を尽かして子供を連れて故郷(くに)へ帰ってしまったし、財布の中には十フランもなかった。それでも、私の目はしっかり開いていたし、頭も冴えていた。手始めに何を描いてやろうか、誰も真似できない絵を描いてやろうじゃないか。一度死にかけて生き返ったんだ、私は並外れた幸運の持ち主なんだ、描けば必ず成功すると、自信に満ち溢れていた。

そんなとき、知り合いに紹介された画材屋「タンギーの店」の店先に置いてあった奇妙な絵に目が留まったんだ。

何というか、変わった絵だった。変わった絵を描くと皆から言われていた私がそう思ったくらいだ、よほどおかしな絵だったはずだ。が、どんな絵だったかと問われると思い出せない。おかしな絵だということしか覚えていないんだ。好奇心にかられた私はすぐさま、その絵と自分の絵を交換したいと店の主人のタンギー爺さんに申し入れた。タンギーは喜んで紹介してくれた。おかしな絵を描く画家本人ではなく、その弟だという人物に。

弟の名前はテオドルス・ファン・ゴッホ。オランダ人で、グーピル商会の支配人だという。驚いたよ。グーピル商会といえば、当時パリいちばんの画廊と言ってもいいくらいの正統派で、そこの支配人の身内にあんなおかしな絵を描く画家がいるなんてね。テオは櫛目の通った髪、仕立てのいい服、よく磨いた靴を身につけた品のいい紳士だった。ところが会うなり私の両手を取って、ありがとうございます、と潤んだ声で礼を言うんだ。〈兄の絵をみつけてくださって感謝します〉と。兄は特別な才能を持っていると自分は信じているが、彼の絵は個性が強過ぎて人に薦められない。彼がオランダからパリへ出てきて一年半になるが、絵の交換を申し入れてくれたのはあなたが最初だ、という調子で、すっかりのぼせ上がっていた。〈あなたの絵を見せてください、とても興味があります〉と、見せるまえから前のめりだった。

私はマルティニク島で描いたいくつかの小品をテオに見せた。彼はまるで――そう、まるで聖画でも扱うような手つきでそれを手に取り、声をなくして見入っていた。彼の指先が小刻みに震えているのを私は見逃さなかった。そして、兄貴の作品と交換するのではなく、すぐさま購入してくれたんだ。これには驚いたよ。そして内心、こいつはとんでもない上玉をみつけたぞと、ほくそ笑んだ。日照りの畑に恵みの雨だ。この男には取り入っておいたほうがいいと私は直感した。何かと役に立ってくれそうだ。

まもなく私はテオの兄貴、フィンセント・ファン・ゴッホとまみえることになった。待ち合わせのカフェで、兄弟は私の姿を見ると、椅子を倒さんばかりに勢いよく立ち上がって迎えてくれた。フィンセントは青い瞳を潤ませて、〈ああ、あなたがポール・ゴーギャン！　お会いしたかったです！〉といきなり感極まった様子だった。テオによれば、フィンセントは私の絵をためつすがめつ眺めて、これこそが我々が待っていた新時代の絵画(タブロー)だ、この画家はただものじゃない、天才だと称賛して、早く会わせてくれ、私たちは同志になるのだからとせっつかれたのだということだった。

〈そりゃあどうも〉と私は軽く礼を述べた。

〈でも私と君は同志というよりも、私は君の先輩といったほうが正しいだろう。テオに聞いたが、私は君より五歳年上だし、パリでの画業も君より長い。同志ではないね〉

あんまりフィンセントが感激しているので、私はなんとなくばつが悪くてそんなふうに言ったんだ。けれどフィンセントはおかまいなしだった。私に席を勧め、値段の張るワインや肉料理を次々に注文した。フィンセントが興奮気味にしゃべりまくっているあいだに、テオがさりげなく勘定を済ませているのを私は横目で見ていた。会ったその日に、私はこの兄弟がそれぞれに自分が果たすべき役割に徹しているのだと知った。

テオは兄貴を差し置いて、すでに私の絵をグーピルの顧客に薦めてくれていた。彼はフィンセントのいないところで、あなたの絵のほうが実際兄の絵よりもずっと薦めやすいんです、と正直に打ち明けた。それから、こんなふうにも言った。

〈兄の絵には驚くべき新しさがある。でも早過ぎるんだ。次に描くべきものが何なのかわかっていて、どんどん先へ行ってしまう。待っていられないんです、時代が彼に追いつくのを〉

その言葉は私の耳朶を打ち、いつまでも余韻を残した。ただものじゃないとか、天才とか、そんなありきたりの美辞麗句よりも、よほど率直な兄貴への称賛だと私は受け止めた。

その年の冬のあいだ、私はファン・ゴッホ兄弟と頻繁に会うようになった。別に意気投合したわけじゃない。会えば無料酒が飲めたからだ、テオのツケで。

フィンセントは生粋のオランダ人で、見てくれはテオと対極のボヘミアンそのものだったが、ごく普通にフランス語を話し、比喩暗喩が飛び交う込み入った芸術論議にもまったく臆せずに参戦した。そして会えばいつでも私をとことん持ち上げた。〈君の絵を初めて見たとき、まるで心臓を撃ち抜かれたような衝撃だった。なんて新しいんだ！　日本の浮世絵を見たときと同じ驚きだったよ〉そして私の絵を微に入り細に入り解説してみせる。最初は悪い気はしなかったが、次第に癪に障るようになった。どうしてそんなに私を絶賛するんだ？　見返りに自分の絵も褒めてほしいということなのか？　私は彼の絵を面白いと言いはしたが、あからさまに褒めそやすことなどなかった。なるほど彼の絵には「新しさがある」し、「先へ行って」いるかもしれない。けれど何がどう新しくて、どれほど先んじているのか、正直私にはわからなかった。彼の意図が読めず、付き合っていられないという気分が高まった。

年があらたまってすぐ、私は兄弟に会いにいった。そして告げた。〈以前暮らしていたブルターニュのポン＝タヴァンへ引っ越そうと思う。あっちは物価が安いし、若い画家連中も集まって、これからちょっと面白いことになりそうなんだ。パリにはもううんざりだし、ここじゃないところで私も新しい絵を探してみるとするよ、君のようにね〉

私がパリからいなくなることは、フィンセントをかなり落胆させたようだった。なんだかんだ言って私を思い留まらせようともした。けれど誰も私を止められなかった。私には大胆な計画があったからだ。ポン＝タヴァンで絵を描き溜めてテオに買い取ってもらい、金を貯めてさらなる「彼方」へ行く。とてつもない「彼方」だ。そこで私は誰にも邪魔されず、誰も思いつかないような、まったく新しい絵の様式と表現をみつけて自分のスタイルを確立する。そうして、大画家になってパリへ凱旋する。アカデミーのお偉方も印象派の面々も、誰も私に追いつくことはできない。それくらいの高みまで昇り詰めるんだ。

私だけの「彼方」。文明の匂いがしない未開の地。それはタヒチだ。マルティニク島へ渡って命からがら帰ってきた私だったが、またもや野蛮の血が騒ぎ始めていた。マルティニク島なんて中途半端な土地ではだめだ。もっとはるかな「彼方」が私には必要だった。

ポン＝タヴァンへ出発する前日、私はテオとふたりきりで会った。

〈テオ、君たち兄弟が私を称賛してくれるのが本心ならば、私がポン＝タヴァンで描く絵を買い取ってくれないか。きっと君が気に入るような、新しい様式を見出してみせるよ〉

テオの表情は暗かった。兄貴に当たり散らされているんだろう。フィンセントは酒癖が悪く、酔っ払うとまるで人が変わってしまう。自分の絵が売れないのは弟が怠け者だからだ、あいつは芸術のことなどからきし理解しちゃいない木偶（でく）の坊だ、ブルジョワを気取りやがってと、私のまえでも散々悪態をついていた。おまけに、クリスマスまえに行方不明になってしばらく帰ってこないという事件まで起こした。そのときのテオは夜半に私のアパルトマンへやって来て、兄さんがいなくなった、どこにいるか知りませんかと、幽霊のような顔つきをしていた。

結局テオは私の要望を受け入れた。その上、いずれ実現のときがくればタヒチへの渡航費も工面するとまで約束した。

〈あなたの絵の革新性を僕は信じています。だから、あなたの可能性に僕は投資しましょう〉

テオは最後にそう言ってくれた。

〈疑いようもなく、あなたは特別な画家だ。――兄がそうであるように〉

ポン＝タヴァンへ移り住んでまもなく、驚くべきことが起こった。フィンセントが単身でアルルへ移住したというのだ。テオからの手紙で知らされたのだが、これには失笑した。

実のところ、フィンセントは私を追ってポン＝タヴァンへ移住するつもりだったのかもしれない、という気がした。しかしポン＝タヴァンには見知らぬ若い画家がたくさんいる。有象無象の中のひとりにはなりたくない。そう思って、私を追いかけるつもりでアルルへ行ったんじゃないのか。ごく自然にそんな考えが浮かんだ。まったく、カモの子供じゃあるまいし。ひとりじゃ新しい仕事に挑戦できないっていうのか。情けないやつだ。

しばらくして、私の想像を裏づけるような依頼が舞い込んだ。テオからの手紙だ。

《兄がアルルであなたとの共同生活を望んでいます。いずれほかの画家仲間も呼び寄せて、芸術家の共同体を作りたいと夢描いているようです。あなたには最初に来てほしいと熱望しています。彼の夢を実現するために、私は支援を惜しみません》

百フランが同封されていた。そらきた、と私はすぐに返事を書いた。《以前相談した通り、私はいずれタヒチに行く計画を立てています。私の夢を実現するためにも支援してくれます

か？》三日と置かずに返事がきた。《あなたと兄、両方の夢を実現するためにこそ私は在るのです》

同じ頃、フィンセントからも手紙が届いた。《弟が僕ら二人に月二五〇フランを仕送りするということなら、こちらに来る気はあるだろうか。……君を助けるために今思い当たる一番現実的な方法はこの共同生活しかないということだ。君が気に入ればの話だが。この件について僕らはよく考えた。君の健康に必要なのは何よりも穏やかな生活だと僕は思っている》

精一杯強がっている文面。生意気なようでもあり、憐れなようでもあった。おかしな兄弟だ。どうしてそんなに私が必要なのだろう？

兄と弟、両方に手紙を送った。秋がくる頃にアルルへ行く、と。フィンセントからは熱狂的な歓迎の返事がきた。それは私を苦笑させた。一方、テオからは思いがけない贈り物が届けられた。

絵の具箱ほどの大きさの木箱で、開けるとぎっしり藁が詰められていた。藁を取り除くと、その下から現れたのは一丁のリボルバーだった。

鈍い光を放つ銃身、磨き込まれた飴色のグリップ。わけがわからないまま、私は銃を手に取った。株式仲買人をしていた時代、護身用に一丁持っていたことがあったが、画材を買うために売り払ってしまった。使ったことはもちろんない。――なぜこんなものを？

同梱されていたテオからの手紙を開いた。

《アルル行きを承諾してくださり、感謝しています。一方で、不安が募るのをどうしても抑えることができません。あなたがたの共同生活が円滑に進むことだけを祈っていますが、そう簡単にはいかないだろうと、兄とともに生活した経験を持つ私には容易に想像できます。

ご存じの通り、兄はかっとなると何をしでかすかわからない危うさがあります。具体的には書けませんが、彼と暮らしていたあいだ、私が身の危険を感じたことは一度や二度ではありませんでした。私は彼を心底信じていますが、同時に将来を嘱望される画家であるあなたを護るのも自分の義務だと思っています。同梱のリボルバーは護身用に私が常備していたものです。ご心配なく、弾は装塡されていません。しかし銃口を向ければ、それだけでじゅうぶん抑止力になるでしょう。考えたくはないですが、万が一のときは、これであなた自身を護ってください》

手紙を読んで、どれほどテオが兄貴を大切にし、支え抜き、また苦しめられたかを知った。そして、フィンセント・ファン・ゴッホとポール・ゴーギャンという「未知数の画家」に対して忠誠を尽くしたいと思っているかも。

テオはフィンセントの夢をかなえてやるつもりだ。同時に、私との約束も守りたいと思っている。彼は私をいったんアルルへ送り込みはするけれど、責任を持って私を護り、最終的にはタヒチへ旅立たせようと考えているのだ。

私は腹をくってアルルへ発(た)った。内心、戦場へ向かう心持ちだった。汽車に揺られながら、いや違う、この汽車はアルル行きじゃない、アルル経由タヒチ行きだと自分に言い聞かせた。

　フィンセントは一日千秋の思いで私を待ち続けていたにちがいない。ポールが到着する日に冷たい雨が降らなければいい、アルル名物の季節風(ミストラル)が吹かなければいい、どうか汽車が遅れませんように、道に迷いませんように——と。新しい生活のために借りた「黄色い家」の戸口で、彼は喜びを爆発させて私を出迎えた。私の手からトランクとイーゼルを奪い取り、〈さあ中へ、君の部屋の用意はすっかり整っているんだ〉と、私を急(せ)かして二階へと上げた。

　部屋に足を踏み入れた瞬間、棒立ちになった。そこで私を待っていたのは、カンヴァスを黄金色に染めて輝くひまわりの花々だった。

　四枚のタブローが壁に掛けられて、そのすべてにひまわりが描かれていた。素焼きの壺に生けられた、三本、五本、十二本、十五本のひまわり。いまを盛りに絢爛(けんらん)と開いている花、勢いをなくしてうなだれる花、枯れかけて花弁を落としつつある花。

　私は思わず目を細めた。なんというまばゆさ、なんという光だ。私は息をするのも忘れて、花々とみつめ合った。

〈もっと近寄って見てくれないか〉私の背中にフィンセントが語りかけてきた。

〈君を迎えるために、夏のあいだに描いたんだ。まず君に見てもらってからテオに送るつも

りだったから、君が構わなければ明日にでも外して梱包するよ。そうしてもいいかな?〉

フィンセントの提案に、〈ああ、そうしてくれ〉と私は答えた。すぐにでも外してくれ、と言いかけたが、やめておいた。歓迎の気持ちはありがたかったが、彼の絵に囲まれて眠るのは夢見が悪そうな気がした。

しばらく見ないうちに、フィンセントの画力は驚異的に進化していた。もはや「おかしな絵」のひと言では片付けられない。言葉ではなんとも表現できないのは相変わらずだった。私もポン＝タヴァンで、大きな色面を組み合わせた平面的な構成(コンポジシオン)という、独自の表現と技法を編み出して、「新しい」「見たことがない」と若い画家たちの称賛を得ていたが、それをはるかに凌駕する奇抜さだった。

濃紺の背景の中でほとんど死にかけているかのようなひまわり、アクアブルーの背景と翡(ひ)翠(すい)色の壺によく映えて咲き誇るひまわり、ペールブルーの背景と黄色のテーブルに置かれた同色の壺の中で乱れ咲くひまわり。もっとも目を引いたのはすべてが黄色過ぎるほど黄色のタブローだった。濃い黄色、強い黄色、やわらかな黄色、淡い黄色、背景もテーブルも壺も、てんで勝手にほうぼうを向く花々も、複雑な色調の黄色で描き分けられている。にもかかわらず、ちっとも騒がしくなく、むしろ静謐(せいひつ)で、完璧な調和をたたえていた。

私は固唾(かたず)をのんで立ち尽くした。背中がじっとり汗で濡れてくる。これこそが花だ、と思いながら、不思議なことに絵の中のひまわりが花に見えなかった。それぞれの花は強烈な個性をもち、まるで人格があるかのように感じられたのだ。

　これだったのか、テオが言っていたのは。

　──兄の絵には驚くべき新しさがある。でも早過ぎるんだ。次に描くべきものが何なのかわかっていて、どんどん先へ行ってしまう……。

　その夜、私はなかなか寝つけなかった。目を凝らすと、闇の中にひまわりがぼうっと浮かび上がって見える。それはだんだん大きくなって、黄色い頭をゆらゆらと揺らし、ひとつ目の怪物のように私の上にのしかかってくる。

　明け方、うなされて目が覚めた。窓の外で鳥のさえずりが聞こえ、部屋の中がうっすらと青く浮かび上がって見えてきた。私は起き上がって、しばらく壁の絵をみつめていた。やがて朝日が窓から差し込み、部屋の中が隅々まで明るくなると、ひまわりはすっかり表情を変えて、私に向かってあたたかく笑いかけているじゃないか。

　とてつもない画家だ、と私はそのとき悟った。──これほどまでにとてつもない画家と、私はこれから一緒になって絵を描くっていうのか？

　フィンセントはすでに起きて、台所でコーヒーを淹(い)れているところだった。

〈やあ、おはよう。よく眠れたかい？〉

　朗らかに笑いかけてきた。私はあいさつを返さず、自分でも思いがけないことを口にした。

〈あのひまわりの絵。今日テオへ送ると言っていたけど、できたら一、二点、あのままにし

ておいてくれないか〉
フィンセントはちょっと驚いたようだったが、〈ああ、いいとも〉と答えた。
〈気に入ってくれたのかい？　あの絵を〉
私は質問に答えなかった。その代わり、こう言った。
〈あれこそは花だ〉

フィンセントは私と同じ高みを目指していた。つまり、誰も表現し得なかった「新しい」絵を生み出すこと。それは私たちにとっての到達点であり、最大の関心事だった。が、保守的なアカデミーのお偉方にとっては馬鹿げた行為であり、従来の絵画のあり方を転覆させかねない脅威だった。

それでも私たちにとっては、画家としての将来が約束されるサロンの仲間入りを果たすことよりも、既成の価値観を破壊することのほうがよっぽどやってみたいことだった。

印象派が先陣を切って道を切り拓きつつある。認められずに「戦死」した画家はごまんといる。私たちはその死屍累々の道をもっと遠くまで進まなければならない。道のりは遠いが、とにかく我ら前衛部隊は進軍を開始した。

秋が深まる並木道にふたりでイーゼルを並べ、夜のカフェで画帖を広げた。深酒をしては朝まで議論を交わした。意見が揃わないのは毎度のことだった。

〈君は色の使い方が乱暴過ぎる〉とあるとき私は指摘した。〈補色を多用するのはいいが、ピリッときていない。不完全で単調だ〉彼はむっつりと黙って聞いていたが、その翌日から見違えるほど色も構図も冴え渡った。

彼のカンヴァスは陽の光に溢れ、太陽また太陽の作品の数々が次々に生まれた。私の率直な意見は少なからず彼の創作に寄与したはずだ。

だからなのか、次第に彼は私にずぶずぶと倚りかかってくるようになった。

〈教えてくれ、ポール。こんなふうに描いてみたが、面白いだろうか？〉〈なあポール、この色の合わせ方は引き立て合うと思わないか？〉〈そうだ、今度モンペリエの美術館へ行ってみないか？　ドラクロワもクールべもあるらしい。一緒に模写をしないか〉

彼にせがまれて、私は彼の肖像画を描いてやった。ひまわりの絵を描いているフィンセント。ひまわりの季節はとっくに終わっていたが、遊び心で描いたものだ。

フィンセントはそれを見て、くっくっと喉を鳴らして笑った。そしてこう言った。

〈確かにこれは僕だ。ただし、気がふれた僕だ〉

暦が十二月に変わった頃、私はもはや我慢の限界に達していた。

フィンセントがうっとうしくてたまらなくなった。私にはアルルで描くべきものが何もなかった。それに対してフィンセントは、私と制作をともにした二ヶ月ほどのあいだに格段に進歩した。彼はどこまでも成長するひまわりで、私は彼に無条件で光を与える太陽に過ぎなかった。

このままだとどんどん彼に先を越されてしまう。ぐずぐずしている場合じゃない。私の最終目的地はタヒチなんだ。

クリスマスイブの前夜、何がきっかけだったか、私たちは激しく口論をした。理性を忘れ、汚い言葉をぶつけ合った。フィンセントが罵った。

〈テオは結婚相手をみつけたと言うし、君は僕とやっていけないと言う。誰もかれも僕を邪魔者扱いしやがって。おいポール、わかってるのか。ここは僕の家だぜ。気に入らないなら出てきゃいいだろ、え？　文無しの居候めが！〉

ひどく酔っ払っていた彼は、酒の入ったグラスを壁に投げつけた。派手な音を立ててガラスの破片が飛び散った。私は肩を怒らせて言い返した。

〈わかった。出ていこう。いますぐに〉

自室へ行くと、トランクに服と画材をめちゃくちゃに詰め込んだ。マントを羽織って、ベッドの下に隠しておいたあのリボルバーを取り出すと、内ポケットに突っ込んだ。ほんの一瞬、壁の〈ひまわり〉と目を合わせた。

荒々しく階段を下り、ドアを思い切り閉めて外へ出た。振り向くな、絶対に振り向いちゃだめだと自分に言い聞かせて、とにかく駅へと急いだ。

いくつめかの角を曲がったところで、後ろにぴたりとついてくる足音に気がついた。私は足を止めた。そこでようやく振り向いた。

フィンセントが立っていた。右手に何か持っている。私は息をのんだ。闇を照らす街灯の光を弾いて白く光ったそれは、ナイフだった。

私はとっさにマントの内ポケットに手を入れた。指先が硬く冷たいグリップを握った。リボルバーを抜いた私は、銃口をフィンセントに向けた。

フィンセントは、はっとして目を見開いた。私は彼から目を逸らさずに言った。

〈私を止めるな。――止めたら撃つ。本気だ〉

声は震えてはいなかった。不思議なくらい私は落ち着いていた。「黄色い家」を出る直前に、こうなることを予想して、リボルバーをポケットに入れたのかもしれなかった。

――銃口を向ければ、それだけでじゅうぶん抑止力になるでしょう。……万が一のときは、これであなた自身を護ってください。

テオの手紙の一文が彼の声になって耳もとで聞こえた。フィンセントは呼吸をするのを忘れたかのようにぴくりとも動かない。私の肩先に悪魔が座っているのをみつけたのだろう。

私は引き金に指先をかけて、言い放った。

〈教えてやろう。このリボルバーが何なのか。……これは、君の弟の持ち物だ。私のアルル行きが決まってから、テオが私にこれを送ってきたんだ。兄はかっとなったら何をしでかすかわからない、万が一のときはこれで自分を護ってくれ。そう手紙に書いてあったんだ。君の弟は……君の最愛の弟は……私に、これで……君を……〉

言いかけて、私は口をつぐんだ。フィンセントの瞳にすがるような悲しみの色が浮かぶのが見えたのだ。

その瞬間、胸の中に疾風が吹き上がった。私は耐えきれず、踵を返して駆け出した。

見るな。見るな、見るな見るな見るな、振り向くな振り向くな、絶対に振り向くな。

口の中で何百回も繰り返しながら私は走った。走って、走って、走って、走って――駅前の馴染みのカフェにたどり着くと、床の上に倒れ込んだ。びっくりした主人の声、どうした、おい、ポール、どうしたんだ――そのあとのことはよく覚えていない。

気がつくと朝になっていた。そのカフェの二階は簡易宿になっていて、気絶した私はそこで休まされたようだった。教会の鐘ががんがん鳴り響いていて、朦朧とした頭にこたえた。

階下のカフェへ行くと、どうしたことか主人が複数の警官に囲まれている。私の顔を見ると、〈ああポール、大変なことになったぞ！〉と顔色をなくして叫んだ。どうしたんだと尋ねる間もなく、今度は私が警官たちに囲まれてしまった。リボルバーのことが頭をかすめてひやりとしたが、マントの内ポケットに入れて二階に置いてある。そのまま私は「黄色い家」へと連行された。そこで初めて、昨夜、私がフィンセントのもとを走り去ってから何が起こったのかを知らされた。

フィンセントは、自分で自分の耳を切り落としたのだ。

なぜそんなことを？　わからない。けれど彼がしでかしたのは自傷行為ばかりじゃなかった。あろうことか彼は、切り落とした耳を馴染みの娼館へ届けたというのだ。客からの贈り物の包みを広げた女は、叫び声を上げて気を失ったらしい。警官がすぐさま「黄色い家」へ捜索に乗り出したところ、ベッドの中で気絶しているフィンセントを発見した——ということだった。

「黄色い家」の周りには人だかりができ、よからぬ憶測や噂をする声が重苦しく広がっていた。どす黒い血で汚れた布巾が家の中のそこここに落ちていた。どうやら彼は自傷行為のあと止血を試みたようだった。

血の染みのついたシーツを頭からすっぽり被って、自室のベッドにフィンセントは横たわっていた。私の胸は激しく鼓動を打った。シーツの上から肩のあたりにそっと手を触れると、温かかった。それでようやくほっと息を放った。私は警官に言った。

〈じゅうぶん気をつけて、どうかできるだけそっと彼を起こしてやってください。そして彼がもし私の名を呼んだら……ゴーギャンはパリへ向けて出発したと伝えてください。彼はきっと……私の姿を見たら、苦しむでしょうから〉

〈なぜこんなことに？〉警官が訊いた。

〈画家だからです〉私は答えた。

〈あなたがたが思いも寄らない苦悩が、私たちにはあるのです〉

駅で私はテオに向けて電報を打った。

《フィンセントが自分の耳を切った。命に別状はない。アルル市立病院に搬送された。私はいまからパリへ戻る。P・ゴーギャン》

パリ行きの汽車に乗り込んだ。座席に落ち着くと、どっと疲れが押し寄せた。晩鐘の時間でもないのに教会の鐘が鳴り渡るのを耳にして、ようやくその日がクリスマスイブだったことを思い出した。

——私はいまからどこへ行くのだ？

パリへ？　それとも、パリ経由、タヒチへ？

マントの上から左胸に触れてみる。リボルバーの硬い感触を確かめてから、私は一気に眠りに落ちた。

それっきりフィンセントと会うことがないまま、半年が過ぎた。

パリに戻った私は、アルルでの禍々（まがまが）しい出来事のいっさいを忘れるために、すぐさま新しい芸術のムーヴメントに合流した。グループ展に出品し、エッフェル塔の完成で盛り上がるパリ万博の会場内で開かれた前衛画家たちの展覧会にも参加した。私を擁護する評論家が現れ、私を慕う若い画家たちに持ち上げられた。絵はよく売れたとは言い難かったが、まったく売れないわけでもなかった。

もうこのままどこにも行かずに、パリでどうにかやっていくべきなのだろうか。

そう思いかけたが、万博のフランス領ポリネシア館を見学して、やはり私が行くべきはタヒチだ、という思いが再び頭をもたげた。ポン＝タヴァンで完成しかけた新しいスタイルは、パリにあっては瞬く間に旧式なものになる。恐ろしいほどの速度で芸術のありようは変わりつつあった。このままでいいはずがない。何か極端な、思い切った飛躍が必要だ。

フィンセントはその後アルルの病院を退院して、サン＝レミ・ド・プロヴァンスの修道院付属の療養院に入り、制約のある中で創作を続けているようだった。退院直後から、再び熱心な手紙が送られてきた。最初のうちはアルルの一件を詫びる文言が連なっていたが、そのうちにいま描いている絵について詳しく述べる内容に変わった。「耳切り事件」はすでに彼の中ではなかったことになっているようだった。つまりは、私に銃口を突きつけられたこともまぼろしとなったのだろう。まあ、それでいい。もはや私にとっても過去の出来事なのだから。

フィンセントへの返信の中で一度だけ、君が描いた絵が欲しいと申し入れたことがあった。何もかもが黄色の〈ひまわり〉を。アルルでのふた月あまりをともに過ごしたあのタブロー。ときおり、なんの脈絡もなく脳裡に浮かぶことがあった。

あの絵にはフィンセントの創作の秘密が隠されている気がした。自分の手もとに置いてじっくり分析してみたい気持ちにかられて、私にはあの絵をもらう権利がある、と申し入れてみた。だって彼は〈君を迎えるために描いた〉と、私が到着した日にはっきり言っていたのだから。

当然「ウイ」と言われるつもりでいたのに、答えは「ノン」だった。その代わりに《この絵を選んだあなたの知性に敬意を表し、全く同じものを二点描いてみることにします》ということだった。一点を私に、そのほかはすべてテオに送るということらしかった。同じ手紙の中で、こんなふうにも書いていた。

《僕の弟はあなたのことをよく理解しています。僕同様あなたも不幸な星のもとに生まれてきた人間だと彼が言う時、彼はまちがいなく僕たちを理解してくれています》

結局、〈ひまわり〉の絵は私のもとには届かなかった。

その年の夏、私はひさしぶりにテオに会いに彼の勤め先を訪ねた。

春に結婚したばかりだからか、テオは思った以上に生き生きと仕事に励んでいた。

〈あなたの絵も折々に顧客に薦めていますよ〉と彼は言った。生活費と引き換えにアルルから送っていた絵のことだった。いくつかは売れたらしい。

〈そうか、それは何よりだ。ちなみに、フィンセントの絵も売れたのかい？〉

私は悪びれずに訊いてみた。テオは苦笑いを浮かべて、首を横に振ってみせた。〈鷹めら
れませんよ、とても〉
やはり早過ぎて誰にも理解できないだろう、とテオは言った。半分あきらめたように、半
分誇らしげに。
〈サン＝レミからも絵が送られてくるのか？〉その質問にはうなずいた。〈ほとんど毎日手
紙がきて、二週間に一度、大きな箱にぎっしり詰めて新作を送ってきます〉
その答えには内心驚いた。療養院にいるのだし、そう簡単に描けないんじゃないかと想像
していたから。実際には私なんかよりよっぽど精を出していたようだ。鉄格子付きの病室に
暮らしながら、月に二度も新作をどっさり送ってくるなんて……尋常じゃない。
〈ご覧に入れましょうか？　ちょうど昨日届いたのが一点だけあります。ここで荷受けした
あと、ほとんど自宅に持ち帰っているので……〉
テオの提案に、私は努めておだやかに答えた。〈そりゃあいい。ぜひ見せてほしいね〉
テオは勤め先の老舗画廊の倉庫に忍ばせていたその一点を、こっそりと彼の執務室へと運
んだ。私を中へ通してから、静かにドアを閉めて鍵をかけた。保守的な画廊の支配人として
彼がどれほど会社に気を遣っているか、よくわかった。最先端の前衛画家を身内に持つこと
は反逆罪に匹敵するようなものなのだろう。
テオは裏向きに持っていたカンヴァスをくるりとひるがえして、イーゼルの上に置いた。

それは――なんというかそれは、実に――まったく不思議な風景画だった。

瑠璃紺の静寂が支配する画面、月と星が煌々と輝く夜半の風景。左手にすっくと背筋を伸ばした糸杉が佇み、青い山影を従えて村は静かに寝入っている。さざなみの軌跡を残して天空を巡りゆく星々は、無情の闇に沈めまいと救いの光で村を包み込む。三日月は勝利の旗のごとく季節風を受けて夜空にはためき、やがて夜明けとともに祝福された新しい日が生まれ出る。

私は完全に言葉を失った。アルルで〈ひまわり〉の部屋に通された、あのときと同じように。

これは……なんなんだ？　風景画なのか？　いや、そんなありふれたものじゃない。

神を戴く聖画か。希望の真の姿か。夢にかたちを与えたものか。天空の劇場の一幕か。一瞬の永遠か。

ああ、これは――そうだ、この筆触、この色合い、この気配、この呼吸――。

フィンセント。彼そのものじゃないか。

頭がくらくらしてきた。何をしているんだ私は。パリで若い連中にちやほやされていい気になっているあいだに、フィンセントはこんなにも「彼方」へ行ってしまったじゃないか。

フィンセント。もはや……君はもはや、未踏の領域に踏み込んでしまったのか。

もう追いつけなくなる――。

私は絵について感想を述べなかった。いや、何も言えなかった。その代わり、テオに向かっていきなり決意を表明した。

〈テオ。私はもう一度ブルターニュへ行ってやり直そうと思う。生活費を貯めて、一、二年のうちにタヒチへ渡航したい。そのとき、渡航費を都合してくれないか。――私は本気だ〉

〈もちろんです〉藪から棒の要望にテオは驚きもせず、真摯に答えてくれた。

〈僕は決して忘れていませんよ、ポール。あなたとの約束を〉


それから瞬く間に一年近くが過ぎた。

私はポン＝タヴァン近郊のひなびた漁村、ル・プルデュに暮らしていた。そこで生活の糧を得るためにときおり漁師の手伝いをしながら、創作を続けていた。

画期的だと自分でも思える作品をいくつか完成させていた。その中のひとつ、〈黄色いキリスト〉は会心の出来だった。ブルターニュの丘陵をゴルゴタの丘に見立て、磔刑(たっけい)のキリストを囲む女たちはブルターニュ風の衣服を身につけている。大きな色面で極限まで単純化した構成は、当時画期的と言われてもてはやされていたジョルジュ・スーラの点描技法とは対極のものだ。この絵には高らかに鳴り響くラッパの音色がある。私は手応えを感じてどんどん描いていった。そして、テオに買い取ってもらおうと連絡をした。しかし、彼は次第に私の提案に対して反応が鈍くなっていた。

理由はいくつか考えられた。ひとつには、一八九〇年が明けてまもなく、初めての子供を授かり、守るべき家族が増えたこと。男の子で、兄貴と同じフィンセントという名前をつけたそうだ。そんなことからも、彼が相変わらず兄思いの弟であることがわかる。というよりも、フィンセントが南仏で療養中に自分のほうは結婚して家庭を持ち幸せに暮らしている、それに対する後ろめたさがあったんじゃないだろうか。せめて兄貴と同じ名前の子供を育て、兄さんは僕ら家族の一員なんだよと、ひとりぼっちの兄貴に伝えたかったのかもしれない。

また別の理由としては、フィンセントが五月にサン＝レミの療養院を出て、オーヴェール＝シュル＝オワーズに移住したこと。サン＝レミからの移動の途中、パリにほんの二、三日立ち寄って弟夫婦に会い、甥っ子の顔を見たあと、すぐさまオーヴェールへ行ってしまったらしい。オーヴェールには前衛芸術家たちを支援している精神科の医師、ポール・ガシェが住んでいる。彼がフィンセントの身元引受人になると約束したので、テオはフィンセントにオーヴェールへの移住を勧めたそうだ。パリから汽車で二時間ほどだから、アルルやサン＝レミとは違って、会いたければすぐに会いにいけるからと。意地の悪い見方かもしれないが、実際にはフィンセントに自分たち家族と同居したいと言わせないために、テオは先回りしてオーヴェール移住の手筈（てはず）を整えたんじゃないだろうか。

そして最大の理由としては、テオの勤め先のグーピル商会の経営者が替わり、店の名前も

「ブッソ・エ・ヴァラドン」と変更されていたのだが、新経営陣とそりが合わないということ。テオはもっと幅広い画家の作品を扱うべきだと主張して——その中にはもちろん私やフィンセントも含まれていたはずだ——真っ向から対立してしまったらしかった。

私は何点もの作品を彼に預けていたが、その年になってから売れたという知らせをほとんど聞かなくなった。私のほうはますますじり貧で、集中して絵を描くことすら難しくなってきた。

タヒチに行くなんてとても無理だ。けれどこのままうらさびしい寒村でくすぶり続けるんじゃたまらない。

とにかく南の・野性的な生活が残る・楽園のような島へ行く手立てはないのか。

タヒチが無理なら別の植民地だっていい。たとえば……そうだ、たとえばマダガスカルとか。

私は急に思い立って、テオではなくフィンセントに手紙を書いた。

《タヒチではなく、マダガスカルへ行こうと思う。タヒチは遠過ぎるし渡航費も半端ではない。それにくらべればマダガスカル行きはたやすいだろう。私はこの決心を賢明だと思っている》

この案にフィンセントが共感してくれて、ポールを助けてやってほしいとテオに助言してくれれば——というのが私の魂胆だった。ところがフィンセントからはいっこうに返事がなかった。私はいよいよ切羽詰まった。

ある夏の夕方、地引き網漁を手伝った帰りに、漁師のかみさんが白かびのチーズ（カレ・ド・ブルターニュ）をひと切れ分けてくれた。そのときの私にはチーズは贅沢品だった。気をよくした私は彼女に、自分の絵一枚とワイン一杯を交換しないかと提案してみた。彼女は眉間にしわを寄せて苦笑すると、あんたがたの描くものにそんな価値はないでしょう、と言った。私は、おっしゃる通りで、とこちらも苦笑して、家路についた。

空腹で足に力が入らない。喉が渇くのを承知で私はチーズをかじった。とろけるような乳の味と塩気がはらわたに染み渡った。

七月の終わり、夕方とはいえ太陽はまだまだ力強く西の空に居座っていた。近道をしようと小径に分け入ったとき、目の前が急に開けて、ひまわり畑に出くわした。

私はしばらくその場に立ち尽くして、いちめんの黄色を呼吸した。ひまわり畑のさなかに、あの〈ひまわり〉のタブローが見えるようだった。

フィンセントは、この膨大な花の中からどうやってかたちも色調も微妙に異なるあの十五本を選び取ったのだろう？　いったいどういう目を、どういう感性を持っているんだ？　実際、この花々を描くために、彼はアルルへ赴いたんじゃないだろうか？　どんなに傷つこうとも、どんな場所へ流れ着こうとも、この世界に満ち溢れる生命（いのち）を描き続けるために、彼は生き延びたんじゃないか？

私はといえば、こんな田舎でくすぶってばかりで、花一輪にすら挑めない。私ができたのは、せいぜいキリストを黄色く塗ることぐらいだ。そんな程度でいい気になっていたんだ。ワイン一杯の価値もないような絵を描いているくせに、自分こそがいちばん新しい、誰よりも「彼方」まで行ける画家なのだと、のぼせ上がって。

私は、ぬっと伸びている一本のひまわりに歩み寄ると、花の首根っこをひっつかんでぐいと引っ張った。ひまわりは両足を踏ん張っているかのように言うことをきかない。私はかっとなって、両手で茎をへし折った。

ひまわりははらはらと黄色い花びらを散らし、私の足もとにひれ伏した。私はその黒ずんだ顔を思い切り蹴り上げた。それから黙々と家路を急いだ。

下宿に帰ると、その日の夕食は代わり映えのしない魚のスープとパンひと切れだった。私は口の中でいつまでもチーズの味を反芻した。このままじゃどこにも行かずに餓死する運命だ。とにかく金を作らなければ。

そのとき、私の手もとにあった唯一の金目のもの。それは、あのリボルバーだった。

麻袋に入れて紐で口をしっかり締め、ベッドの下に隠してあった。テオに返してくれと言われないのをいいことに、いつかこんなこともあろうかと、私はそれを隠し持っていたのだ。

とにかくパリへ行かなければ。こんな田舎じゃこいつの価値はわかるまい。パリで売り払えば、当面の生活費と多少の画材も買えるくらいにはなるだろう。都会ではまもなくヴァカンスが始まる時期だった。夏休みが始まるとパリは空っぽになる。そうなるまえに行かなければ。帰ってきたらすぐに返すからと、画家仲間に頼み込んでパリまでの汽車賃を工面してもらった。

七月最後の週末のことだった。旅支度をしていた私のもとへ手紙が届けられた。フィンセントからの、ひさしぶりの手紙だった。

《親愛なる我が師、あなたを知り、あなたに迷惑をかけてからというもの、悪い状態でなく、良い精神状態のときに死にたいと思うようになりました》

私は目を疑った。その手紙は、自殺願望をちらつかせて攻撃してくるナルシシスティックな脅迫状のようにしか読めなかったからだ。

私に対して「師」などと呼びかけている。そんなことはそれまで一度もなかった。あからさまな当てつけじゃないか。へりくだってみせながら自分のほうが上だと言いたいだけだ。

――フィンセント。それとも君は、本気で「死」によって、もっと「彼方」へ行こうとしているのか。私がどう足掻(あが)いたって到達できないほどの高みへ――。

私は低くうなって奥歯を噛んだ。やり場のない怒りが込み上げてきた。

――そうはさせるか。

止めてやる。――絶対に。

すぐさま私は駅へ向かった。汽車の待ち時間に電報を打った。
《七月二十七日夕方、君に会いにいく。P・ゴーギャン》
パリ行きの汽車に乗り込んで、座席に落ち着くと、上着（ヴェスト）の上から左胸に手を当てた。リボルバーの硬い感触を確かめて、私は息を放った。
会いにいくつもりだった。パリ経由、オーヴェール＝シュル＝オワーズまで。友にでもなく、弟子にでもなく——とてつもない「彼方」までたどり着こうとしている画家、フィンセント・ファン・ゴッホに。

七月二十七日午後六時、私を乗せた汽車がオーヴェール＝シュル＝オワーズ駅に到着した。駅のホームでフィンセントが私の到着を待っていた。私の姿をみつけると、大きく手を振って駆け寄った。一年半ぶりに私たちは握手を交わした。

〈ポール、よく来てくれたね。また会えて嬉しいよ〉感極まった声で彼は言った。

〈ああ、ほんとうにひさしぶりだな。あれから……〉言いかけて、私は口をつぐんだ。フィンセントはくたびれた麦わら帽子を被っていた。つばの下には右耳だけが見え、左耳が消えていた。

〈……昨日、パリに用事があったんでね。君がどうしているかと思って、来てみたんだ〉

私は目を逸らして言い繕った。フィンセントは〈また会えて嬉しいよ〉と、もう一度言った。

私を夕食に招待したかったが日曜日であいにく食堂はどこも閉まっていると、彼は残念そうだった。食堂が閉まっているのは嘘じゃないだろうが、どのみち客人を夕食に招待できるほどの金を持ち合わせてはいまい。だからその日が日曜日だったのは幸いだった。彼にとっても、私にとっても。

〈今夜は泊まっていくのかい？〉

アルルに到着した日、私を迎えてくれたフィンセントはすっかり舞い上がっていた。あのときとはずいぶん様子が違っていた。彼の口調は、どうか泊まったりしないでくれ、と哀願しているように聞こえた。

〈いや。八時の最終でパリに戻るよ。宿に荷物を置いてきた〉

宿に荷物というのは口からの出まかせだったが、わずか二時間の滞在のためにわざわざ来たのはほんとうのことだった。フィンセントは目を瞬いて、そうか、とひと言だけで深追いはしなかった。

オーヴェールはル・プルデュと似たり寄ったりの田舎のようで、これといった特徴があるわけじゃない。それでも自然が豊かな美しい村だった。シャルル＝フランソワ・ドービニーが邸を構え、ポール・セザンヌが制作のために長逗留したんだ、彼らのような偉大な画家も魅了された、ここはとてもいいところなんだとフィンセントは力説した。まるで自分に言い聞かせるように。

　お気に入りの風景を見せようと言って、フィンセントは私の少し前を歩き始めた。短い坂道を上っていくと教会の前に出た。フランスのどんな村にも必ずある、何の変哲もない教会。

〈ちょっとまえにこれを描いたんだ〉鐘楼を見上げて、フィンセントがつぶやいた。

〈そうか。それは見てみたいな〉私が言うと、〈テオのところへ行けばいいよ〉と応えた。覇気のない声で。

〈もう送ったのか。相変わらず仕事が早いな〉

　フィンセントは口の端を片方だけ吊り上げて笑った。

〈ほかにすることがないからね。絵を描くことしか、僕にはできないから〉

　ツタカズラがうっそうと生い茂る小径をたどっていき、しばらくすると、ぱっと目の前が明るくなった。

　あたり一帯に穂のない麦畑が広がっていた。前も後ろも、右も左も、刈り入れ後の殺伐とした広野だった。私たちは風に吹かれるままに、並んで四つ辻に立ち尽くしていた。そして、ただ黙ってがらんと空っぽの風景を茫洋と眺めていた。

〈これも描いたんだ〉フィンセントの声が風に乗って聞こえてきた。

〈この風景を？　らしくないな〉思わず本心が口をついて出た。だってそうじゃないか。フアン・ゴッホはあの〈ひまわり〉を、〈星月夜〉を描いた画家なんだ。こんな荒涼とした風景が彼の興味を引くはずがない。

〈刈り取りまえにね。嵐が近づく空に、烏の群れが舞い飛ぶ風景だ。見たままを描いたわけじゃない。あの絵は……〉風にかき消されそうな声で、ぽつりと言った。〈……僕の心の風景だから〉

　どのくらいの時間を空っぽの麦畑に向き合って過ごしただろうか。光の剣を突きつけていたアポロンは、日輪の馬車を西へと向かわせ始めていた。少しまえの私たちならば、安酒を飲み交わして芸術論のひとつでもぶっていたところだろう。しかしそのときのフィンセントにはアルル時代の姿は見る影もなく、ただ力なく体を西日に預けるばかりだった。

〈この村には川があるんだろう。そこへ行ってみたいな〉私は誘ってみた。だだっ広(ぴろ)い麦畑の真ん中でぼんやり過ごすために来たわけじゃない。フィンセントは、〈いいとも。行こう〉と踵を返して、あぜ道を歩き始めた。私の先を行く彼の肩越しに村の共同墓地が見えた。そこが村はずれということなのだろう。

　教会の前の下り坂を戻り、線路を横断して進んでいくと、オワーズ川が見えてきた。橋の手前を左に折れれば、そこから並木道が始まっていた。熱を帯びた強い西風が吹き、並木の枝葉をいっせいにざわめかせている。ふと、アルルの季節風(ミストラル)を思い出した。

　フィンセントが先に、私が後に、会話を交わすでもなく歩いていった。しばらくすると、並木道の出口に差しかかった。そこで、ふいにフィンセントが立ち止まった。振り向いた彼の目を見て、私はぎくりとした。ほの暗い炎が瞳の中で揺らめいていたのだ。

〈ほんとうのことを言ってくれ。ポール〉フィンセントはくぐもった声でそう言った。

〈テオに頼まれて、ここへ来たのか？　僕がいま何をしているのか……おかしくなったりはしていないか、突然パリへ帰ると言ったりしないか、様子を見てきてくれと言われたんじゃないのか〉

私は黙っていた。もちろん、テオに頼まれて来たはずもない。しかしフィンセントがそう想像するのは無理もないことだった。

〈テオから聞いただろう？　今月の初め、僕はひさしぶりにパリへ行ってテオの家族に会った。何日か彼の家で過ごすつもりだった。でも、そうはいかなかった。僕は彼らにとって招かれざる客だとわかったから……〉

短いパリ訪問の一日に何があったのかフィンセントは語らなかったが、テオはもう自分だけのテオではないのだとはっきりわかったらしい。テオが守るべきものは妻と赤ん坊であって、心の壊れた売れない絵描きの兄ではないと、フィンセントは悟ったのだ。

〈テオは金策に行き詰まってしまったようで……この先昇給がないならいまの勤め先を辞めたいと言っていたよ。そして新進気鋭の画家たちの作品を扱う自分の画廊を立ち上げたいと……。僕は反対した。君には安定した収入が必要だと、偉そうなことを言って。……けれど僕はそのとき、君には守るべき家族がいるんだから、とは言わなかった。君の収入がなくなったら僕の生活はどうなるんだ？　心の中でそう思っていたんだよ。僕は……不安そうな義妹と病気がちの赤ん坊を目の前にしながら、自分自身がどうなるのかと、そのことしか頭になかったんだ〉

自由に、好きなように絵を描いて生きる。売れようが売れまいが関係ない。自分が描いたすべてを受け入れてくれるテオがいるんだから。

だから自分はテオを頼って、頼って、頼って生きてきた。恋愛も、結婚もせず、子供も、家庭も持たずに。人並みの幸せなんてくそくらえだ、自分には絵筆とカンヴァスがある。ただそれだけで世界の覇者になれるんだ。そう信じて生き長らえてきた。

とんだ思い上がりだ。テオがいなければ何もできないくせに。自分は彼に負担をかけてひどい重荷になっている。やっと、それがわかった。

〈怖いんだよ、ポール。僕は怖くてたまらないんだ……こんなになってまで、僕が心配しているのはテオたち夫婦のことじゃない。小さな甥っ子の行く末でもない。カンヴァスを送ってくれなくなったら困る、絵の具が買えなくなったらどうしよう、そう心配しているんだよ。そんな自分が恐ろしいんだ〉

フィンセントの語りは独白じみていた。麦わら帽子の下の顔は青ざめて、幾筋もの汗がこめかみを伝っていた。彼はシャツの左胸を引きちぎらんばかりにつかんで叫んだ。

〈タブロー！　この胸の中にはタブローしかないんだ！　テオだろうが君だろうがここには住んじゃいない！　この胸は、ただただタブローの住処（すみか）なんだ！〉

　天を仰ぐと、フィンセントは笑い出した。全身を揺すって笑っている。泣いているような笑い方だった。

　私は瞬きもせずに彼をみつめていた。そして悟った。

「彼方」にいる。もはやこの男は、私にはとうてい届かないほどの高みに到達している――。

　私はそろりと右手を上着（ヴェスト）の内ポケットに差し入れた。滑らかなグリップの感触を確かめると、息を殺してリボルバーを抜き取った。

〈ならばひとりで行けばいい。もう誰にも頼らずに。……だが私は、君よりも先に、もっと遠くへ行ってやる。いまはまだ君が到達できないところへ〉

　ポプラ並木のあいだを縫って風が吹き抜けた。私のつぶやきが聞こえたのだろうか、フィンセントはゆっくりと私のほうへ顔を向けた。その顔に驚きがさざなみのように広がった。

　私はリボルバーの銃口を自分の左胸に突き当てていた。フィンセントは声をなくして固まっている。私は言った。

〈私の胸にだってタブローは住んでいる。私はそいつを連れていこう、天国まで〉

　ほんとうにそうできたらどんなにいいだろう。けれどリボルバーに弾は入っていない。じりじりとフィンセントが私との距離を縮めるのを、私は慎重に待っていた。きっと彼は私に思い留まらせようとする。全力で止めにかかるだろう、私が先に逝ってしまうのを。

そして、私が「命がけ」で放つ言葉を、彼は絶対に受け止めるはずだ。

これきりもう二度とこの男に会うまい。だから、最後の最後に、いちばん言いたかったことを言ってやろう。

〈私は君の前から消えていなくなる。テオもやがて君のもとを去るだろう。それでも君は、君の胸にただただただ住んでいるタブローと生きてゆけ。――フィンセント。君は、最後まで孤高の画家だ〉

言ってしまってから、私は目をつぶり、思い切って引き金を引く仕草をした。

〈やめろ！〉フィンセントが声の限りに叫んだ。

〈――その銃には弾が入っているんだ！〉

彼の言葉が私の耳に届くのが先だったのか、それとも彼が私に飛びかかってリボルバーを奪おうとしたのが先だったのか。

フィンセントと私は取っ組み合ってポプラの木の根元に倒れた。パン、と乾いた破裂音がした。その瞬間、強い西風がざあっと吹き渡った。

地面に転がった私は、土まみれになって上半身を起こした。目の前でフィンセントが突っ伏している。折り曲げられた彼の膝を、乾いた地面を、真っ赤な血が染めているのが見えた。

心臓が止まりそうになった。リボルバーは私の手に握られている。私は立ち上がろうとしたが、どうしても足に力が入らない。喉を引きつらせながら、フィンセント、フィンセントと呼びかけようとしても、どうしても声にならない。震える腕でどうにか彼の体を抱き起こそうとすると、

〈触るなっ！〉

フィンセントが全身で拒絶した。彼は突っ伏したまま、両腕で腹を押さえ、地面にこすりつけた顔を私のほうへ向けると、言った。

〈いいんだ、これで……僕は、最初から、こうなると……わかっていたんだよ……〉

苦しそうに息をつなぎながら、途切れ途切れに言葉を続けた。

〈君がアルルへ来ることに……なったとき、僕は……テオに頼んだんだ。どうか……テオ、君のリボルバーを……ゴーギャンに、送ってほしいと……〉

彼が来てくれるのがどんなに嬉しいか。けれど、僕にはわかっている。彼にとって、アルルでの僕との生活は通過点に過ぎない。彼の最終目的地はタヒチなのだから。

僕には僕の、彼には彼の「彼方の楽園」がある。それでいいと思っている。けれど、僕は――いざ彼が僕のもとを去るというそのときに、きっと絶望する。わかっていても絶望するんだ。

そうなったら、僕は彼に何をするか自分でもわからない。

僕は、それが怖いんだ。

だから、テオ。君のリボルバーに、一発だけ弾を装塡して、ゴーギャンに送ってほしい。

ただし、「弾は入っていない」と伝えておくれ。実弾が入っている銃を持ち歩くほど、彼は冷徹でも勇敢でもないから。ましてや、友を本気で撃ち抜こうなんて思うような人間じゃないから。

それでも、ほんとうに彼が僕に銃口を向けるときがきたら——。

僕は、先にいくよ。

君も、彼も、誰も届かないほどの、彼方の楽園へ。


一八九〇年七月二十七日、日曜日、午後八時。出発まぎわのパリ行きの汽車に飛び乗った男を、オーヴェール＝シュル＝オワーズ駅で見かけた者は誰ひとりいなかった。

汽笛を鳴らして、最終列車がオワーズ川沿いを走り始めた。開け放たれた車窓に鉛の身体を預け、汗だくの額を風にさらして、私はまぶたを閉じた。

土埃で汚れた上着（ヴェスト）の胸に手を当てる。リボルバーの硬い感触を確かめて、奈落の底に吸い込まれるように、私は深い眠りに落ちていった。

V オルセーの再会

12

スマートフォンのボイスメモの録音をすべて聴き終わったとき、すでに深夜〇時を回っていた。

大きく息をついて、冴はイヤフォンを外した。立ち上がって、洗面所へティッシュを取りにいく。二、三回、洟をかんで、指先で頬を拭った。途中から涙がとめどなく溢れて、止まらなくなってしまったのだ。鏡を見ると、アイメイクがすっかり剝げ落ちて、目の周りが黒ずんでいる。

「うわ、ひどい顔」

自分に向かってつぶやいてから、もうひとつため息をついた。

ボイスメモは、サラ・ジラールからメールで送られてきたものだ。録音されていたのは、今年の春先に他界したというサラの母、エレナの語りだった。

午後八時に聴き始めて、午前〇時過ぎまで、四時間、全神経を集中させて冴は聴き入った。

エレナは命の灯火が消え入る直前に、最後の力のすべてを注いで、自分のほかには誰も知らない「真実」を、ようやく娘に語り終えたのだった。

昨日、冴はサラとクリニャンクールのカフェでふたりきりで会った。あの錆びついたリボルバーの真相は、持ち主のサラ本人に直接尋ねる以外に知ることはできない。そう結論して、すべてを聞かせてもらうつもりで臨んだ。

あのリボルバーはいったい何なのか。美術史の研究者として可能な限り調査し、推測した。が、突き詰めていけばいくほど謎は深まるばかりだった。挙句の果てに、「ゴッホはゴーギャンにあのリボルバーで殺された」とギローがでっち上げる始末である。オークション会社の社長にそんな結論を下されて、依頼主が納得するはずがない。そこで、あえてサラに言ってみた。――やっとのことでたどり着いたとんでもない結論は、ファン・ゴッホはゴーギャンに殺されたということだ、と。すると、意外な答えが返ってきた。――その通りよ、と。

そうして、サラはついに重い口を開き、リボルバーにまつわる「歴史とは異なる真実」につながる自らの追想を語り始めたのだ。

聞きながら、冴は、ちょっと待ってください、と何度も流れを止めてしまいそうになった。美術史的観点からすると、事実関係を確認できないことがあまりにも多い気がした。つまり、すべてが作り話である可能性が否めない。愛着をもっていた作品が盗難された証拠を示せず、警官に信用してもらえなかったというくだりはまったく気の毒としか言いようがなかったが、写真や来歴はおろか、そこに「あった」ことさえも証明できない作品の盗難を立証するのはほぼ不可能だ。

——これは話を全部聞いてみないと、何がどうなっているのかわからないな。

冴はそう判断して、とにかく最後までサラの話に付き合うことにした。「真実」とサラは言っているが、すべてが「虚偽」の可能性のほうが高い。それでも聞く価値はある。

そしていよいよサラの母・エレナがすべての真実を打ち明ける、という段になって、「私がいま話せるのはここまでよ」と、突然話を切り上げた。その代わりに、スマートフォンを取り出して、思いがけないことを言った。

「母の告白がボイスメモに録音されているわ。それをあなたに聴いてほしいの」

病床の母はサラにこう告げた。——遠くへ逝ってしまうまえに……私は、あなたに話しておかなければならないことがある。サラは、一言一句聞き逃すまいと、彼女の口もとに耳を寄せた。同時に、これは記録しなければならないと直感し、ボイスメモのアプリを起動させたのだ。

午後八時。冴が帰宅すると、メールの着信音が鳴った。サラからのボイスメモ。すぐにダウンロードして、聴き始めた。九十四歳のエレナ・ジラールの独白を。

——サラ。——いとしい子、たったひとりの私の娘。

ゆっくりと、静かにそれは始まった。波打ち際に寄せては返すさざなみのように心地よい声。情感溢れる言葉の数々。ときに熱っぽく、ときに声を震わせて、最後の力を振り絞って語り尽くした――ゴッホとゴーギャンの物語。

　気がつくと、幾筋もの涙が冴の頬を伝って落ちていた。

　エレナの母、レア。レアの母、ヴァエホ。ヴァエホの情人、ゴーギャン。ゴーギャンの友、ゴッホ。その弟、テオ。

　画集や研究書の中でその人物像を追いかけてきたゴッホとゴーギャンが、生身の人間として冴のまえに現れた。彼らは一途で、人間くさく、狂おしいほどタブローを愛し、追い求め、互いにつながろうとしてつながれず、孤独だった。

　――タブローー！　この胸の中にはタブローしかないんだ！

　フィンセントの声がゴーギャンの声に重なり、ヴァエホに、レアに、そしてエレナの声に連なって、冴の鼓膜を振動させた。オワーズ川沿いに遠ざかっていく細く長い汽笛の音がいつまでもこだましている。冴の胸は、たったいま大切な友人たちを――フィンセントを、ポールを失ったさびしさとせつなさで疼いた。

　冴は黒くなってしまった目の周りをティッシュで拭き取ると、デスクへと戻った。スマートフォンのアドレス帳でサラの番号を検索する。こんな夜中にかけてもいいかどうか迷ったが、とにかく聴き終わったとだけ報告しよう。冴は再びイヤフォンをつけて、発信のキーをタップした。

　たった一度の呼び出し音で『アロウ、サエ？』とサラが出た。

「夜分にすみません、サラ。少しお話しできますか？」

冴の問いかけに、『ええ、もちろん。話ならいくらでもできるわ、知ってるでしょう？』と笑いながら返してきた。

「さっき、聴き終わりました。……マダム・エレナの告白」

『そう。どう思った？』

とてもシンプルな質問なのに、冴は答えに窮してしまった。

もしこの話が真実だとしたら、それは確かに歴史を覆すことになるだろう。いかなる研究者であれ、歴史家であれ、ゴッホを撃ち抜いたのはゴーギャンだったという仮説を立てた者は世界中どこにも存在しない。

話の中では、殺意を持ってゴーギャンがゴッホを撃ち抜いたわけではなかった。むしろゴーギャンはゴッホを精神的に救おうと、自ら狂言自殺を図ってみせた。リボルバーに銃弾が入っていないと思い込んでいたからこそ、思い切った芝居を打てたのだろう。しかしゴッホは身を挺してそれを止めた。実は弾が込められていると知っていたから。彼自身がテオにそうしてくれと裏で指示していた弾が、一発だけ。

ゴッホを救おうとしたゴーギャンを、逆にゴッホが救おうとした瞬間、ゴーギャンの手に握られていたリボルバーが暴発した。つまり、ゴッホが銃撃によって致命傷を負った原因は、自殺でも殺害でもなく、事故だった――ということになる。

研究者としては、この結末をすんなりと認めるわけにはいかない。これらの出来事を裏づける史料が何もないのだ。ただひとつ残されたあの錆びついたリボルバーですら、いかなる証拠にもなり得ない。

真実か、それとも作り話かと問われれば、研究者としての答えは当然後者である。けれど冴は、エレナが命を削って語り尽くした物語を、サラが自分を信用して打ち明けてくれた「秘密」を、頭ごなしに否定することがどうしてもできなかった。

「出来過ぎですね」冴は正直にそう言った。「ずるいくらいに」

ふふ、とサラが低く笑った。

『そうよね、出来過ぎ。私もあとから録音を聴き直して、そう思ったわ。いくらなんでもそんなはずはないな、って。でもね、最初に母から聞かされたときは、完全に話の中に連れていかれてしまって……気がついたら、もう、涙が止まらなくなっていたの……』

語り終えたエレナは、ほっとしたのか、おだやかな微笑を浮かべ、安らぎに包まれていた。

そして、最後にサラに伝えたのは、リボルバーのありかだった。

――オーヴェールへ行って、オワーズ川のポプラ並木の出口の、最後の木の根元を掘り返してごらん。リボルバーが、土の中に眠っているから。

私はね、サラ。あなたがお腹にいるとわかったとき、新しい命を産むべきか、それともあきらめるべきか、迷いに迷って、答えを求めてオーヴェールへ行ったの。タヒチを出発するときに母から渡されたリボルバーを、ハンドバッグに忍ばせて。

ポプラの木の下に佇んだ私は、リボルバーを取り出して……ゴーギャンがしたというそのままに、自分の左胸に突き当ててみた。弾はもう入っていないとわかっていたけど……指が震えて、固まってしまって、どうしても、どうしても引き金を引くことができなかった。

そのとき――聞こえてきたのよ、ゴーギャンのささやき声が。

〈お前は死んではだめだ。お前の中には赤ん坊がいる〉

涙が込み上げてきて、私はその場に頽れた。そして、泣きじゃくりながら、木の根元を掘って、リボルバーを埋めた。そして、誓った。

この子を産んで、ひとりで育てよう。可能な限りの愛情を込めて。

そしてもし、やりきれないこと、辛いことがあったら、ここにリボルバーが埋められていることを思い出そう。

私につながるゴーギャンと、彼が闘い、守ろうとした友人、ファン・ゴッホ。ふたりの真実の物語の、たったひとつの証拠であるこのリボルバーは、私とこの子がこの世に生を享け、生き抜いてゆく証しなのだから。

サラ、いとしい子。私が遠くへいってしまったら、あのリボルバーをあなたの手に取り戻しなさい。

それからそれを、どうしようとかまわない。あなたの人生のために役立てなさい。

それが私の最後の願いよ。

「すみません、前言撤回します」

エレナの最後のメッセージを教えられた冴は、そう言った。思わず涙声になってしまった。

「出来過ぎの話かもしれないけど、私、信じたいです。だって、マダム・エレナを通じて、聞こえてきたから。レアの声、ヴァエホの声。テオの声。フィンセントの声も。ポールの声も……」

まるで、さっきまで一緒にいたかのように。

決して届かないと知っていても、彼らを見守り、励ましたい。過去を変えられないとわかっていても、フィンセントも、ポールも、決して不幸のうちに人生を終えたのではなかったと信じたい。それは長年、冴の胸の中に灯り続けた願いだった。

少女の頃、実家の部屋に飾られていた二枚の絵。ゴッホとゴーギャン、ふたりの画家に惹かれてから、いままでずっと変わることなく冴の中にある思い。研究者となって、ふたりの画家の詳細を突き詰めれば突き詰めるほど、ふたりが不遇だったこと、世間に認められずに人生を終えたということが決定的になり、苦しくなった。もちろん、歴史を変えることはできないし、研究に感傷は不要である。残された作品こそが研究対象である限り、彼らが生きているあいだに幸せだったか不幸だったかは、実は関係ないことだ。史実に忠実に、感情を排除してどこまでもドライに。それが研究者のあるべき姿なのだ。

だから、エレナを通してヴァエホの声が、ゴーギャンの声が、ゴッホの声が聞こえてきたとき、冴は驚きを隠せなかった。それはもちろん九十四歳の老婆の声だった。それでいて、ずっと会いたかった遠方の友と電話でつながったようななつかしさでいっぱいになり、いつしか涙が頬を伝った。

日本に憧れ、美の理想郷（ユートピア）を求めてアルルへ旅立ったゴッホ。

世間をあっと言わせようと、新しい様式の確立に執念を燃やし、誰よりも遠くへ到達しようと足掻いたゴーギャン。

未知数のふたりの画家を信じて支え、いつか必ず彼らの時代がくると予知したテオ。

彼らにとっての未来を生きている自分たちは、彼らの悲劇的な結末を知っている。

テオの支援を受けてアルルで始まったゴッホとゴーギャンの共同生活は、ゴッホの「耳切り事件」で幕を閉じた。

ゴッホはサン＝レミからオーヴェールへと転地療養し、何が起こったのか真相ははっきりしないが、銃創が致命傷となって三十七歳で他界した。

兄の死後、テオは心身を病み、後を追うように半年後に逝去。

そしてゴーギャンは、ゴッホが死んだ翌年、ついにタヒチへ旅立つ。その後いったん帰国するが、再びポリネシアへと赴き、病気とけがの後遺症に悩まされながら、孤独のうちに五十四歳で命の灯火を消した。

残された史料を分析すれば、彼らが不遇のうちに生涯を閉じたというのが自然と導き出される結末だ。経済面でも健康面でも恵まれていたとは言い難い。けれど、ほんとうに彼らは不幸だったのだろうか？

好きなように生き、誰にも指図されず、自由に描き、タブローの新しい地平を拓いた。それは間違いない。とすれば、彼らは——幸せだったと言えないだろうか？

彼らが幸福だった証拠、その片鱗が、エレナの物語のそこここにあった。

太陽また太陽のタブローを描き続けたゴッホ。身を焦がすほどゴッホに嫉妬しつつ、ついに「彼方の楽園」へ到達したゴーギャン。

ふたりはぶつかり合い、傷つけ合い、苦しみ抜き、のたうち回りながらも、「新しい絵」を描くというただひとすじの道を歩み、誰も届かない高みへと美の階段を上り詰めていった。

彼らはタブローの自由を勝ち取るために闘った。その事実は、彼らに画家としての幸福をもたらしたとは言えないだろうか？

冴はこぼれ落ちる涙を拭って、「ありがとう、サラ」とあたたかな声で言った。

「大切な物語を聴かせてくれて」

電話の向こうに微笑の気配があった。『こちらこそありがとう、サエ』とサラは応えた。

潤んだ声で。

『私と、私の母の大切な物語を聴いてくれて』

それにしても、リボルバーをどうするべきか。

錆びついた一丁の拳銃に隠された秘密は、いまや冴にすべて伝えられた。が、冴以外の誰にも公にはできないのがサラとエレナとの約束である。つまりは、あのリボルバーがどういうものなのか、結局誰にも、何も説明できないのだ。

オークショニアとして、冴は決断しなければならなかった。

「あのリボルバーが、あなたにとってどれほど特別なものか、よくわかりました」

お互いの涙が通り過ぎるのを待って、冴は切り出した。

「どんなものであれ、オークションに出品するには、ある程度の来歴や説明が必要です。ましてや高額の落札を期待するのならなおのことです。あのリボルバーに秘められた物語は、私にはじゅうぶん過ぎるほど伝わりました。けれど、それを公にできない限り……オークションに出品することはできません」

それでいい、と冴は思った。あのリボルバーは、オークションテーブルに載せるべきものではない。サラの大切な「お守り」なのだから。

電話の向こうでサラは沈黙していた。ややあって、『わかったわ』と返ってきた。前向きな声色で。

『あのリボルバーを出品しない……それはつまり、あなたがあれを、かけがえのないものだと認めてくれた――そういうことね』

冴は微笑んでうなずいた。

「そう。その通りです」

リボルバーはCDC（セーデーセー）の収蔵庫で厳重に保管されていた。コンディションを再度チェックし、きれいにクリーニングして返却すると冴は説明した。

「あ、でも、ものによってはクリーニングをせずに現状のまま保管したほうがいい場合もあります。あのリボルバーについては、そのほうがいいかもしれませんね」

『いいの。せっかくだから、きれいさっぱり、クリーニングしてもらったほうがいいわ』

せいせいした口調でサラが応えた。そう言いはしなかったが、新しくやり直すんだという決意のように、冴には聞こえた。


臙脂（えんじ）色のベルベットを内側に貼った革のトレイ。その上に、錆びついたリボルバーが載せられている。

トレイを囲んだ三人の顔。眉間にしわを寄せた沈痛な面持ちのギロー。あきらめの表情を浮かべているジャン＝フィリップ。困惑顔の冴。さっきからほとんど会話もなく、まるで法廷で裁判長の到着を待っているかのごとくである。

「違うのか」ようやくギローが口を開いた。

「このリボルバーはやっぱり違うのか。ファン・ゴッホが自殺に使ったものじゃないのか。そうなんだな？」

「そうです」と冴は答えてから「いえ、違います」と言い直した。

「どっちなんだ。そうなのかそうじゃないのか」イライラしてギローが言った。

「やっぱり違う、というのは、そうです。ファン・ゴッホが自殺に使ったものか、というのは、そうではありません」

小学校の国語の授業みたいだと思いながら、冴はていねいに回答した。

「そうか、やっぱり」ギローは肩を落とした。

「そうですよ、やっぱりね」ジャン＝フィリップは鼻から勢いよく息を噴いた。

「だから言ったでしょう。こんな錆びた鉄の塊はスクラップにもならないって。この一ヶ月、僕ら三人、けっこうな時間と労力をかけて調査したんですからね。日給で換算したら相当なもんですよ」

「ファン・ゴッホにはかなわんだろうがな」苦し紛れにギローが返した。ジャン＝フィリップがオーヴェールでのゴッホの日給は五千万ユーロと言ったことに引っ掛けて。ジャン＝フィリップはしれっとした顔で続けた。

「まあ、とにかく。潔く引き下がるしかありませんよ。依頼主本人が取り下げると言ってるなら仕方ないじゃないですか。そりゃあ社長は残念でしょうけど。最高落札価格更新、世界中のニュースサイトで話題騒然、CDCは一夜にしてトップオークションハウスの仲間入りとなるはずだった、その元ネタとなるファン・ゴッホを撃ち抜いたリボルバーがただの鉄の塊と化したわけですから……」

「ちょっと黙っててくれないかね、ジャン＝フィリップ。君に言われれば言われるほど残念さが増長してくるから」

イラつくギローをなだめるのは冴の役目である。「それでも、私にとってはいい体験になりました」と、ふたりの会話に割って入った。

「あらためてファン・ゴッホとゴーギャンの関係を調べ直すことができたし、ゴーギャンのファミリー・ツリーも確認できたし……インスティチュート・ファン・ゴッホのリアム・ペータースと知り合いになれたのも、今後研究を進めていく上でプラスになりました。このリボルバーを持ち込んでくださったマダム・サラにはほんとうに感謝しています」

「そうか。君の研究の役に立ったんだな？」ギローが念を押した。

「はい。それはもう、とても。すばらしく、最高に、この上なく」冴は精一杯言葉を並べ立てた。ギローは満足そうにうなずいて、

「我が社が誇る十九世紀美術の研究者のためになったのなら、大いによしとしようじゃない

か。では、本件はこれにて終了。マダム・サラには丁重にそのお宝をお返ししてくれ」

「承知しました」ジャン＝フィリップが応えた。

「僕らには鉄屑という結論でも、彼女には永遠のお宝ですからね」

コンディション・チェックとクリーニングはジャン＝フィリップの役目となった。ギローは会議室を出ていき、冴とジャン＝フィリップは資料の片付けを始めた。リボルバーを目の高さまで持ち上げてつくづく検分しながら、「しかしまあ、なんでだろうね」とジャン＝フィリップがつぶやいた。

「どうしてサラはこいつをうちに持ち込んだのかね」

「それは、私がいたからじゃないの？」片付けの手を止めずに冴が応じた。

「ファン・ゴッホとゴーギャンの研究者であるスタッフがいると知ってたから……じゃない？」

「いや、違うだろ」ジャン＝フィリップが腑に落ちない様子でまたつぶやいた。

「覚えてないのかい、サエ？　彼女、初めてここへ来たとき、君に訊いてたじゃないか。

『あなたは、タブローの専門家なんですか？』って」

冴は手を止めた。サラが初めてリボルバーをここへ持ち込んだときのやり取り……覚えている。

確かにそうだった。サラは自分を画家と名乗って、自作の写真を見せてくれた。冴が感想を口にするのを聞いて、彼女はそう言ったのだ。――あなたは、タブローの専門家なんですか？

そのあとすぐに、ギローがフォローした。――ええ、そうです。サエは我が社が誇るタブローの専門家、十九世紀フランス絵画が専門です。

そうだ。自分もギローも「ゴッホとゴーギャンの研究者」だとは、ひと言も口にしていない。サラは、自分がゴッホとゴーギャンに精通しているとは知らなかったはずだ。あれが初対面だったわけなのだから。

そして二度目に会ったのは、クリニャンクールのカフェで。そのときに秘密を打ち明けられ、その後、ボイスメモが送られてきたのだ。

考えてみればずいぶん性急だ。オークション関連の物事はなんであれ足が早いから、展開の速さにそれほど気を取られなかったが……。にしても、彼女にとってあれほど重要な話を、なぜあっさりと自分に伝える気になったのだろうか？

冴は二度目の面談となったクリニャンクールのカフェでの会話を注意深く呼び覚ました。

会ってすぐに、サラはせっついてきた。あのリボルバー、いったいいくらくらいで落札されそうなの？　貴重な史料よ。オークションに登場すれば……できるだけ高く売って……そのために私、思い切ってあれを……。

……ファン・ゴッホとゴーギャン、両方の専門家だというあなたのところへ持ち込んだんだから。

はっとした。

そうだ。サラは、確かにはっきりとそう言った。ということは、つまり……。

――知っていた？

手に取ったリボルバーをあらゆる方向から隅々まで眺めていたジャン＝フィリップが、ふと手を止めた。デスクの上から拡大鏡を取り上げ、近づけて凝視している。

「サエ。――ちょっと、これ。見てくれないか」

冴は顔を上げた。ジャン＝フィリップが錆びて形状が崩れかけているグリップの部分を冴のほうへ向けた。

「ここ。グリップの先に……何か付着してない？」

冴は拡大鏡を受け取った。グリップに近づけて見ると――。

――あ……。

かすかに、肉眼では気づけないくらいうっすらと塗料が付着している。

これは……絵の具？

「さて、どうしますか？　ウォーショースキー。フランス博物館科学研究所（LRMF）に分析依頼、出してみるとか？」

そう言って、ジャン＝フィリップがにやりと笑った。

七月の第二日曜日。

パリ中心部は観光客でにぎわい、一年中で最も活気のある季節を迎えた。

パリっ子たちの頭の中は、ヴァカンスシーズンのことでいっぱいである。なんとなく街中がそわそわして落ち着かない。パリ中の大人たちが夏休みまえの子供になってしまう、このわくわくとせわしない時期が、冴はことさら好きだった。

予想はしていたものの、週末のオルセー美術館は信じ難い人出である。チケット売り場のまえの長蛇の列を尻目に、研究者通行証（プロフェッショナル・パス）を持っている冴は、別の入場口から涼しい顔で入ることができる。こういうときには、美術史の研究者でよかったと、ちょっと思う。

オルセー美術館は二十世紀初頭に建設されたオルセー駅の駅舎を再利用して一九八六年に開館した。十九世紀美術専門の国立美術館であり、二月革命のあった一八四八年から第一次世界大戦が勃発した一九一四年までの作品を収蔵、展示している。この間はフランスが世界的に台頭するのに歩調を合わせ、美術史においても数々の芸術家たちが活躍した。当然、ゴッホもゴーギャンもこの時期に現れた巨星だ。もっとも、巨星と言われるようになるのはもっとずっとあとのことで、当時その輝きを目にした者は数えるほどしかいなかった。だから、真夜中にほんの一瞬強烈に光を放ち、燃え尽きてしまった流星だったと言うべきかもしれない。

　駅舎時代の名残で、中央ホールは見上げるばかりの高々としたかまぼこ形の大屋根に覆われていて壮観である。吹き抜けの中央ホールをぐるりと囲んで、二階、三階、四階、五階があり、後期印象派の作品が展示されているのは二階である。冴は階段を急ぎ足で上っていった。約束の時間より五分早かったが、クリニャンクールで待ち合わせしたときのように、サラがひと足先に到着している気がした。

　オルセーの中でもっとも人気のある展示室、それがゴッホのギャラリーである。中へ入ると、パリ、アルル、サン＝レミ、オーヴェール、それぞれの時代別に代表作の数々が展示されていて、どの作品のまえも黒山の人だかりである。それでも日本で「ゴッホ展」と銘打って展覧会が開かれたときの立錐の余地もない混雑ぶりにくらべれば、作品に近寄って見ることができるぶん、はるかにましだ。

　オルセーが所蔵するゴッホ作品の中でもまさしく白眉の一作、〈オーヴェール＝シュル＝オワーズの教会〉は人の流れを止める。誰であれ、この絵をひと目見てしまったら引き寄せられてしまうのだ。描かれているのは教会であって教会ではない。隅々まで力がみなぎり、自分はここにいるんだと叫んでいるそれは、まるで画家の化身だ。

　これを描き上げた数週間後にゴッホはこの世を去るわけだが、冴にはそれが不思議でならなかった。何度見ても、まもなく自殺を遂げる人物が描いたものとはとうてい思えない。この絵はゴッホの遺書ではない。どんなに辛く苦しくても描き続けるという意志を突きつける、自分自身の人生への挑戦状のように冴には見えるのだった。

人々はゴッホの教会としばらくみつめ合ってから立ち去ってゆく。その中でいつまでも動かない後ろ姿を冴はみつけた。声をかけようと近づいたが、しばらくみつめていたい気持ちにかられて、少し離れたところに佇んだ。

白いものが交じる黒髪を結い上げ、木綿の白いシャツを着たサラの背中に、見たことがないゴーギャンの〈ヴァエホの肖像〉を重ねてみる。それが現実に存在していた作品であれば、きっとゴーギャン晩年の最高傑作のひとつに数えられるものだったに違いない。

視線を感じたのだろうか、サラがこちらを振り向いた。冴と目が合うと、花がほころびるように笑みをこぼした。ふたりは互いに歩み寄ると両頬を合わせて挨拶(ビズ)をした。

「いつからそこにいたの?」

サラの問いに、冴は微笑して答えた。

「ちょっとまえからです。ファン・ゴッホの教会に見入っている後ろ姿があんまりすてきだったので、見惚(みと)れていました」

「まあ、嬉しいことを言ってくれるのね。ここを待ち合わせ場所にした甲斐があったわ」

そう言って笑った。

再会はファン・ゴッホのタブロー〈オーヴェールの教会〉のまえで。待ち合わせ場所を指定してきたのはサラだった。

預かっているリボルバーの付着物に関する科学鑑定の結果が出た、会ってそれを伝えたい。一週間まえ、冴はサラにそう申し入れた。当然、リボルバーを引き取りがてらCDCに来てもらうつもりでいたのだが、「私たちの再会にいちばんふさわしい場所で会いましょう」と返事をしてきたのだ。

それは冴にとってちょっとしたサプライズのようだった。サラとの再会の場所がオルセー美術館で、しかも〈オーヴェールの教会〉のまえだなんて、そうでなくても心が躍っていたのに、あまりにも嬉しくて前日の夢にまで出てくるほどだった。夢の中で冴は、サラと彼女の母、エレナと一緒に、オルセー美術館の展示室を巡り歩き、心ゆくまで友だち（アート）と会話を交わしていた。なんとも幸福な夢だった。

ふたりは展示室を後にして、中央ホールの吹き抜けを見渡すテラスになっている回廊へ出た。冴はそこから五階にあるカフェに行くつもりだったが、サラが「ここじゃだめかしら？」と大理石のベンチに腰かけた。

「私、よくこのベンチで本を読んだりスケッチしたりして過ごすのよ。座り心地はいまひとつだけど、大好きな絵の近くは居心地がいいから」

二十代の頃からオルセーに通い詰めた人の言い分である。こちらは重要な報告があるから、あまりにもパブリックな場所はちょっと……と冴は反論しかけて、いやいや、カフェは隣席とも近いし、むしろここのほうが「安全」かも、などと、本格的にウォーショースキーになった気分で、サラの隣に腰を下ろした。

ふたりはしばらくのあいだ、お互いの近況などを語り合った。

サラは、オーヴェールへ行ってリアム・ペータースに会い、色々と話し合ってきた。残念ながらリボルバーのオークション売却はかなわなかったが、自分はむしろほっとしたと正直に伝えたところ、ほんとうによかった、とペータースも胸を撫で下ろしたという。そして、いくら悲願達成――ゴッホ臨終の部屋に展示する――のために資金が必要だったとはいえ、いわくつきのリボルバーをオークションに出品する話に前のめりになってしまったことを後悔していたのだと白状した。

結局のところ、ペータースは「エレナの物語」を聞かされていないので、あのリボルバーにどんな「いわく」があるのかはまったくわかってはいないものの、またもやゴッホの夢のお告げでもあったのだろうか、あれは触れてはならないものだった、君のところで保管するのがいちばんいい、と納得しきりだったらしい。しかし彼の悲願にはなんら変わりはなく、よほどの奇跡が起こらない限り再来年のゴッホ没後百三十周年には間に合わないが、没後百四十周年に向けて、やはり一点でもいいからオーヴェール時代に描かれた作品をどうにか購入したいと、見果てぬ夢を描き続けている。「そういうところがねえ。なんだかあの人、放っておけないのよ」とサラは微笑んだ。恋仲ではないと言っていたけれど、ゴッホに人生をかけている一途な彼を、サラは悪からず思っている。冴にはどうもそんな気がしてならなかった。

冴のほうは、相変わらずの日常が戻ってきた。オークション開催、その準備と設営と撤収、依頼主への対応、出品目録の作成、落札作品のコンディション・チェックと鑑定書の作成……膨大な業務で瞬く間に時間が経過した。

ギローはすっかり頭の切り替えをして次なるお宝探しに精を出しているかと思いきや、ときどき思い出したように「あいつがなあ。うちのテーブルに載ってくれさえすれば……」とぼやいている。

ジャン＝フィリップのほうが実はしつこく考えているようで、ランチ休憩から帰ってきてすぐ冴を捕まえると、「で、君はファン・ゴッホの銃創がどのくらい深かったか知ってるかい？」などといきなり詰め寄ってくる。なんでもゴッホ伝説の書籍を読み漁っているようで、「読めば読むほどファン・ゴッホにハマるねこれは」と、すっかり見方が変わったらしい。本ばかり読んでないでオルセーに行ったら？　と勧めてみたところ、「もちろん行ってるさ」との返答だった。意外な発見として、ゴッホとゴーギャンを実際によく見比べてみると、「僕はファン・ゴッホよりゴーギャンのタブローに惹かれるんだ。いい絵だよ、実に」などとのたまう始末。

冴とサラは、くすくす笑い合ったり、感慨深くうなずき合ったりしながら、時を忘れて会話を楽しんだ。ずっと昔からの友だち同士のように。

ひとしきり話し込んだあと、サラが会話を締めくくるように言った。

「冒険のおしまいに、私のリボルバーを迎えにいかなくちゃね。……調査結果も出たということだし」

ええ、と冴はうなずいた。

「お知らせしていた通り、付着物に関してＬＲＭＦから結果報告書が届きました。あなたに直接会ってお伝えしたくて、今日、お時間をいただいたんです」

フランス博物館科学研究所は、一九三一年に開設されて以来、フランスの国立美術館・博物館所蔵の文化財と史料の調査研究を行っている機関である。一般の調査依頼は通常受けつけていないが、冴の博士論文の指導教授が以前この研究所の顧問をしていたこともあって、今回の依頼を引き受けてくれたのだ。そして、冴のもとに届けられた調査結果は驚くべき内容だった。

それを一刻も早くサラに伝えたい。――でも、ちょっと待って。はやる心を抑えながら、冴は言った。

「そのまえに、訊いておきたいことがひとつだけあります」

「何かしら？」

サラが返した。冴は、なつかしい友に呼びかける声で訊いた。

「サラ、あなたは……私のことを知っていたんですか？　私が、ファン・ゴッホとゴーギャン、ふたりの画家を追いかけ続けている、ということを」

サラは冴に「秘密」のすべてを打ち明けてくれた。冴を信じて、大切な「お守り」を託してくれた。たったひとりだけに口伝してほしいと、母が命をかけて教えてくれた物語を伝える相手として、冴を選んだ。それはなぜか。

知っていたからだ。冴が、ゴッホとゴーギャンのあいだにあった濃厚な時間を、嫉妬と確執を、尊敬と友情を研究し、少女の頃から彼らを追いかけ続けていると。なぜ知っていたのか、どうやって知ったのかはわからない。それでも冴は、そう確信していた。

サラは天窓からの淡い光を映し込んだ瞳をきらめかせて、そっとうなずいた。

「ええ。……知っていたわ。ある人に、教えられて」

「……ある人に？」

冴が訊き返すと、サラはもう一度、うなずいた。それから、腕時計をちらりと見て言った。

「実はね、その人も誘ってるの。ここへ来てほしいって。……あ、来た」

意味がわからず、冴は目を瞬かせた。サラは、ふふっと笑い声を立てると、冴の肩越しに「こっちよ」と手を振った。

冴は立ち上がって振り向いた。そして、そこに立っていたのは——。

「こんにちは（ボンジュール）、冴。元気だった（サヴァ）？」

――莉子だった。

あまりにも意外な展開に、冴は文字通りぽかんとしてしまった。サラと莉子は目を合わせて、微笑を交わしている。

「……どういうこと？」

冴はようやく言葉を押し出した。サラは肩をすくめて見せた。

「色々な偶然が重なってね。実は私、あのリボルバーをサザビーズ・パリに持ち込むつもりだったの。オークション会社に出品したことなんてなかったし、どんなオークション会社があるのかもよくわからなかったから……サザビーズかクリスティーズしか思いつかなくて」

オークションといえば「サザビーズ」または「クリスティーズ」、知名度抜群の二大オークションハウスを思い浮かべるのは当然だろう。が、莉子はサザビーズ・ニューヨークの所属で、しかも十九世紀ヨーロッパ美術のスペシャリストだ。仮に錆びついたリボルバーがサザビーズ・パリに持ち込まれたとしても、通常ならば彼女がそれを知ることはない。

サザビーズのオークションに出品されるのは、アートワークばかりでなく、ヴィンテージ・ワインからエルメスのバッグまでさまざまだが、一般の持ち込みはほとんど受けつけていない。各都市のスペシャリストが独自のネットワークでコレクターや資産家に出品を持ちかけ、オークションテーブルへと誘導する。一見（いちげん）の所有者や来歴がはっきりしない品は受けつけないのが普通である。ゆえに、サザビーズ・パリに錆びついたリボルバーが持ち込まれたとしても、相手にされないのが普通だし、ましてやニューヨーク所属で専門が違う莉子がそれを知ることはないはずだ。

サラのリボルバーと莉子が結び付かず、冴は混乱した。莉子はその様子を見て、「とにかく、説明が必要よね」と流暢なフランス語で言った。

「サラと私が知り合ったきっかけは……ゴーギャンだったの」

想像もしなかった言葉に、冴はもう一度、「どういうこと？」と訊いた。思わず日本語で。

すると、その意味を解したかのように、莉子に代わってサラが答えた。

「みつかったのよ。〈ヴァエホの肖像〉が」

——えっ。

驚きのあまり、冴は再び声を失くしてしまった。サラは、記憶の糸を手繰り寄せるように、ゆっくりと話し始めた。

「あれは、三ヶ月ほどまえになるかしら……サザビーズ・ニューヨークの十九世紀ヨーロッパ美術部門のスペシャリストを名乗る人物から、私の勤務先の美術学校に電話が入ったの」

——マダム・サラ・エロディ・フランソワーズ・ジラールですか？　と、電話の主はサラのミドルネームまで正確なフランス語で発音して、こう言った。

——私はサザビーズ・ニューヨークで十九世紀ヨーロッパ美術を担当しているリコ・コサ

カと言います。当方に、とある絵画の出品の打診がきているのですが、その作品の来歴に関して調べたところ、あなたに行き着きました。

お尋ねしますが、マダム・ジラール。あなたのお母さまは、過去にポール・ゴーギャン作と言われていたタブローを所有していましたか？　また、あなたは、その作品の盗難届をパリ市警に提出しましたか？

サラは心臓が飛び出しそうになった。確かにあの作品——〈ヴァエホの肖像〉が消えてなくなったとき、サラは盗難届を提出した。警察は決して協力的とは言えない態度だったが、サラが十歳の頃から描き溜めていた作品の模写とともに盗難届を受理した。そのときは信じてもらえない悔しさばかりで、その後この案件が捜査されているかどうかを確認することもなかったが、実は、届け出は国際刑事警察機構（インターポール）の盗難美術品データベースに登録されていたのだ。当該写真が存在しないため、サラの模写の写真と「？」付きではあったが。

サザビーズ・ニューヨークにその話を持ち込んだのは、過去にも十九世紀の絵画作品の取引をした実績のあるアメリカ人のアートディーラーで、あるとき、ニューヨーク在住のとあるコレクターの家の居間に飾ってあった絵を目にしたという。ゴーギャンのような画風が気になり、まさかと思ってコレクターに訊いてみたところ、「ゴーギャン作品の模写」ということで、知り合いから無償で譲り受けたということだった。ディーラーはゴーギャンの全作品目録（カタログレゾネ）を調べてみたが、その作品は掲載されていなかった。いまはもう失われてしまった作品の模写なのか、あるいは未発見のオリジナル作品である可能性も捨てきれない。オークション会社に持ち込めば、来歴を調べて鑑定もしてくれるから、一度サザビーズに預けてみてはどうかということになり、現所有者の同意を得た上で、ディーラーはそのタブローをサザビーズに持ち込んだ。そのときの担当者が莉子だった——というわけである。

莉子は、ひと目見てこれはゴーギャンの真筆の可能性が高いと感じ取った。彼女は、真作が放つ特別なオーラに気づかないほど鈍感ではないのだ。現所有者に無償で譲った彼の知人はすでに他界していて、来歴をたどれなかった。

盗難品の疑いが拭えないと判断した莉子は、インターポールの盗難美術品データベースにアクセスした。ほどなくして酷似した絵柄のスケッチのデータに行き着いた。データの記載はこうだった。〈作者：ポール・ゴーギャン（？）　制作年：不明　サイズ：不明　盗難場所：エルメル通り五十一番地　十八区　パリ市　イル＝ド＝フランス地域圏　最上階・子供のための絵画教室内　推定盗難日時：一九八五年七月一日午後三時から四時のあいだ　盗難時の状況：不明　所有者：エレナ・ローズ・レア・ジラール　届出人：サラ・エロディ・フランソワーズ・ジラール　所有者との関係：長女　連絡先：届出人の勤務先　ラ・リベルテ美術学校〉

莉子の説明を聞いたサラは、驚きを通り越して怖いくらいだった。三十三年の時を飛び越えて、〈あの絵〉の中の神秘的な女性が再び姿を現したのである。

ちょうど莉子がパリに出張するタイミングだったので、ふたりは会って話をすることにした。莉子はサザビーズ・ニューヨーク本社内にあるスタジオで作品を撮影し、サラとの面談のときに写真を持参した。

サザビーズ・パリに出向いたサラは、その写真をひと目見るなり、大粒の涙をこぼした。

——間違いありません、と彼女はつぶやいた。母は、このタブローが還ってくるのをずっと待ち続けていました。でも、とうとう、待ちきれずに……つい先日、天国へ旅立ちました。

サラは涙を拭うと、莉子の目を見ずに、顔をうつむけたままで言った。

——実は私も、あなたに見ていただきたいものを持ってきました。わけあって、私は、これを……オークションに出品して、売却したいのです。相談に乗っていただけますか。

そして、トートバッグの中から茶色い紙袋を取り出すと、テーブルの上に置いた。

——なんでしょうか？

不審に思って莉子が尋ねると、どうぞ開けてみてください、とサラが促した。莉子は、いえ、それはできかねます、あなた自身で開けて見せてください、と逆に言った。

サラは紙袋をがさがさと探って、そろりと赤茶けた何かを取り出した。あの錆びついたリボルバーを。

——これは、ファン・ゴッホが自殺に用いた凶器です。私の母は、いまあなたが保管してくださっているゴーギャンのタブローと、このファン・ゴッホのリボルバー、その両方を所有していました。リボルバーは、一昨年、アムステルダムのファン・ゴッホ美術館の展覧会にも出品された……その……美術館のお墨付き、と言ってもいいものです。……信じてもらえないかもしれませんが。

今度は莉子が驚く番だった。が、彼女は至って落ち着いてこう返した。

――とにかく、お話を聞かせていただけますか。

ゴーギャンのタブローとゴッホが自殺に使った拳銃を持っていた――と言われたら、普通の人ならまず信じないだろう。しかし莉子は巨大オークションハウスに勤めるスペシャリストである。信じられないような出物をみつけ出し、あり得ない出来事を体験している彼女は、どんなことであれ、頭ごなしに否定してしまっては何も始まらないとわかっているのだ。

ファン・ゴッホとゴーギャンにまつわる歴史を覆すような「秘密」を、自分は母に教えられた――とサラは語り始めた。しかし、すぐに口をつぐんでしまった。なぜなら、その話は、サラが選んだたったひとりにしか話すことができないと、母に言われたからである。しかしいま話さなければ、あのタブローがゴーギャンの真筆だと信じてもらえないだろうし、このリボルバーが何なのかもわかってもらえない。サラはじっと考え込んでしまった。

その様子を黙ってみつめていた莉子は、やがてサラに向かってこう言った。

――あなたのお母さまの大切な話を聞くべき相手は、私ではありません。ほかにいます。

そして、「ゴッホとゴーギャンの専門家」高遠冴を訪ねていくように――と伝えたのだった。

　彼女はパリにあるオークションハウス「ＣＤＣ」に勤めている。ゴッホとゴーギャンの関係性について博士論文を書くつもりで、ふたりの画家に関する膨大な資料に当たっているし、世界中の美術館にある彼らの作品をあたう限り実際に見ようと努めている。彼女の目と感性は信頼に足るものであり、何より彼女はふたりの画家にただならぬ情熱を寄せている。冴は、あなたの話の内容がどんなものであっても、きっと誠心誠意聞いてくれるはずだ。なぜなら、ゴッホとゴーギャンは彼女にとって大切な友人だから。

　友にまつわる話を、彼女は喜びを持って聞くだろう。そして信じるだろう。そしてきっと、彼女はゴッホとゴーギャンのために、あなたのために、一生懸命働いてくれるだろう。

「リコが教えてくれた通りだった。――サエ、あなたは私の母の大切な話を受け止めてくれたわ。私は、あなたたちふたりに心から感謝したいの。サエ。リコ。……あなたたちに会えて、ほんとうによかった」

　潤んだ瞳で冴をみつめて、サラが言った。心の込もった声で。

　冴は、返す言葉を探して莉子を見た。莉子は軽く片目をつぶってみせた。

「……やられた」日本語でつぶやいて、冴はやわらかに苦笑した。

「ほんっと、莉子にはかなわないよ」

「何言ってんの。私のほうこそ、冴にはかなわないんだから」

莉子が言い返した。そして、日本語でささやいた。

「どんな秘密の話をサラに聞かされたか知らないけど。……彼女、すっかりその気になってるよ。あのゴーギャン、いずれオークションに出してもいいって」

「ええっ」

冴は思わず大声を出してしまった。莉子は、しぃっと人差し指を口の前に立てた。サラはにこやかにふたりを見守っている。

「そっかあ。もしそうなったら、サザビーズ史上最高落札価格（トップ・ロット）の記録を塗り替えることになるかもね……」

冴は、嬉しいような、悔しいような気持ちでそう言った。この目で見たわけではないが、サラとエレナの話から推察するに、〈ヴァエホの肖像〉は傑作であることは間違いないだろう。しかも、未発見のタヒチ時代の作品となれば、とてつもないハンマープライスを叩き出すはずだ。

こうやっていつもおいしいところを抜かりなく持っていく、それが莉子の流儀だ。そして、それが莉子の実力なのだ。自分はオークショニアとしては、まだまだ彼女に追いつけない。でもいつか追いつきたい。胸を張って、並んで歩んでいきたい。いまはまだ遠くても。

「ところで、出品を取り止めた（や）リボルバー。付着物の調査結果が出たんでしょう？」

フランス語に戻して、莉子が訊いた。どうやらすでにサラから情報がいっているらしい。

「リコにも一緒に聞いてもらいたかったの。いいかしら？」

サラが言い添えた。

「もちろんです」と冴はうなずいた。

「信じてもらえないかもしれませんが……いや、私も、ちょっとこの結果は信じられないというか……」

「ちょっと。もったいぶらないで」莉子が突っ込んだ。サラはくすくす笑っている。冴は、呼吸を整えた。

いまから、物語の結末をふたりに告げる。それは、とても不思議な気持ちだった。誇らしいような、せつないような。忘れ難い冒険のエンディングのような。

「報告書によれば……リボルバーのグリップの先端に、微量の絵の具が付着していました。そしてそこに、植物の種子の破片が混在していた――ということです」

莉子の顔に、ゆっくりと驚きが広がった。サラの鳶色の瞳が、風に吹かれた湖面のように揺らめいた。

いったい、誰が信じるだろうか。この奇跡のような結末を。

長いながい時を超えて、リボルバーのグリップに、ほんのかすかな生命（いのち）がとどまっていた。

――ひまわりのかけらが。

Ⅵ

エピローグ　タブローの帰還

ゴッホが自殺に使用した可能性のある拳銃
オークション出品へ　予想落札価格六万ユーロ

後期印象派の巨匠、フィンセント・ファン・ゴッホ。一八九〇年七月二十七日に、パリ郊外の村、オーヴェール＝シュル＝オワーズでピストル自殺を図り、その二日後に三十七歳で死亡したとされている。

ゴッホが自殺の際に使用した可能性のある拳銃が、二〇一九年六月十九日、パリで競売にかけられることになった。フランスの競売会社オークション・アートが発表した。

出品されるのは七ミリ口径リボルバー「ルフォーショー」で、予想落札価格は六万ユーロ。オークション・アート社は「美術史上もっとも有名な武器である」と打ち出した。

同社によれば、一九六五年に、ゴッホの自殺現場とされている場所付近で、地中に埋まっていた拳銃が農家によって発見された。口径は、ゴッホを診察した医師が記録を残していた銃弾と一致する。また、リボルバーは殺傷力が弱く、ゴッホが即死しなかったことからも説得力がある。専門家は「可能性はゼロではない」としながらも、「これがゴッホの自殺に用いられたものであるという確証は何もない」と述べている。

銃は発見当時、銃の所有者だと考えられていたゴッホの下宿先の食堂の主人に返された。銃はアムステルダムにあるファン・ゴッホ美術館で「ゴッホと病」展にも出品された経緯をもつ。このたび、所有者の家族が競売にかけることを決断した。


土曜日の朝、冴のスマートフォンにポータルサイトのトップ・ニュースが届けられた。

ちょうど出かけるタイミングで、アパルトマンのドアを閉めるのと同時に「新着ニュース」の着信音が鳴った。螺旋階段を下りながら、スマートフォンの画面をスクロールする。

ちょっとまえからドゥルオー周辺で噂にはなっていたのだが、いよいよ出品が決まったようだ。階段を下り切ったところで、冴は肩をすぼめて息をついた。

街路樹の新緑がまばゆい表通りへ出ると、今度はショートメッセージの着信音がした。ジャン＝フィリップからだ。ほらきた、と冴はメッセージを開いた。

〈おはよう。ファン・ゴッホのリボルバーがついに出るようだね。サラのじゃないよね？〉

すぐに返信する。

〈おはよう。違います〉

〈だよね。で、ちょっと質問だけど、サラのリボルバーはいまどこにあるの？〉

〈さあ、どこかしら〉

〈もしサラがいま、あのリボルバーを相変わらず持っているなら、あっちが出るのと同じタイミングでこっちのオークションに出さないかな。そしたら、世界中の注目を集めるのは間違いないだろう。目玉オークションが開催されるのはニューヨークかロンドンだってことになってるけど、ファン・ゴッホを撃ち抜いたリボルバーが二丁揃って同時にドゥルオーに出たら、オークションの中心地（センター）をパリに奪還できるぞ〉

「……って、誰が言ってるの？」

思わずスマホに向かって突っかかった。そんなことを言うのはギローに決まっている。

〈リボルバーはひとつでじゅうぶんです。じゃあ、よい週末を〉

我ながらつれないメッセージを送ってから、スマートフォンをロックした。それから、足取りも軽やかに歩き始めた。

冴が週末にクリニャンクールにあるサラの自宅に通うようになって、半年近くが経つ。正確に言えば、サラが自宅に開いた「子供と、子供に付き添う大人のための絵画教室」に、美術史の講師として招かれ、通っているのだ。

サラは去年の秋に長らく勤めた美術学校を退職し、自宅のあるアパルトマンの最上階に子供のための絵画教室を開いた。子供ばかりでなく、付き添いでやって来る大人たちにも絵画と美術史を学んでもらおうと生徒を募集したところ、驚くほどたくさんの申し込みがあり、週末だけでも冴に講師を担当してもらえないかと持ちかけられたのだ。

冴は喜んで引き受けた。博士論文の準備で忙しくなってきた頃だったが、むしろこの体験を論文に活かそうと——ポール・ゴーギャンの真筆をすぐ間近に見られる幸運を活かそうと心に決めた。

昨年末、〈ヴァエホの肖像〉が還ってきた。ニューヨークから、サラのもとへ。

冴は、荷受け、搬入、開梱、設置の一部始終に立ち会った。木製の頑丈な輸送箱(クレート)が慎重に開梱され、何層にも重ねられていた布や紙が取り除かれ、ようやくその絵が現れた瞬間、サラのささやき声が聞こえてきた。——おかえりなさい、お母さん……と。

本作が盗品であることを証明し、元の所有者の相続人であるサラへ返還されるべく、冴はサラの代理人となって交渉を進めてきた。ニューヨークへ出向いて、現在の持ち主、その弁護士、代理人、アートディーラー、サザビーズ、それぞれに掛け合い、粘り強く協議を重ねた。その結果、とうとう返還が実現したのだ。

莉子も全面的に協力してくれた。彼女は冴に、必要以上にこれがゴーギャンの作品であると強調しないこと、とアドバイスをしてくれた。ゴーギャンの真筆で未発表の作品であると先に証明されてしまったら、現在の持ち主が欲を出して手放さなくなってしまう。むしろ

「？」付きのままで交渉して、無事サラのもとに戻ったら時間をかけて真筆であると証明すればいい。いっそこの作品を論文のテーマに組み込んだら一石二鳥、面白いんじゃない？　とアイデアもくれた。軽やかなひらめきが莉子にはある。友のそういうところが冴は大好きだった。

　ギローとジャン＝フィリップには、しばらくはこのことを言わずにおこうと決めていた。ゴーギャンの作品をサラが所有していた、などと知られたら、ギローは即座にサラに求婚しかねない。――むろん妻には秘密で。この一年ですっかりゴッホとゴーギャンに取り憑かれてしまったジャン＝フィリップは、頼まれもしないのに趣味のエアガンを持ち出してサラの自宅周辺の警備に勤(いそ)しんだりするだろう。まあしかし、あのふたりと一緒に仕事をする限り退屈することはないから、やはり冴はCDCの社員でい続けたいと思っている。

〈ヴァエホの肖像〉は、テーブル付き椅子(ビュロー・デコリエ)が所狭しと並んでいる教室の中にあって、絵の近くにいると、まるでそこだけこんもりした大きな森の中で守られているかのように感じさせてくれる。濃い草いきれ、地面にはびこる青い苔、湿ったあたたかな風。黒髪に映える白い花冠、若々しい褐色の肌と白いパレオのコントラスト。羽の団扇が揺れるたびに、ふわり、ふわりといい匂いが送られてくる。そして、彼女――ヴァエホの目は熱を帯びてきらめいている。冴は、ヴァエホの黒曜石のような瞳をみつめるうちに、彼女の視線の先にいるのは、いまこのタブローを見ている自分ではなく、これを描いているゴーギャンその人なんだ、ということに気がついた。

美しいヴァエホは画家に恋をしていた。そして、幸せだったのだ。ゴーギャンは、愛する少女の幸せな姿をカンヴァスに永遠に残そうと決めて、このタブローを描いたに違いない。

つい先週のことである。教室の帰り際に、ちょっと相談があるの、と冴はサラに呼び止められた。

「この作品がポール・ゴーギャンの真筆だと、あなたの論文によって証明されたら……オークションに出そうと思うの」

想像していたことだったが、冴はさびしさに耐えられない気持ちになった。もちろん協力は惜しまない。それでもやっぱり、サザビーズに持っていかれると思うと、正直悔しい。

努めて普通に振る舞おうとして、笑顔が固まってしまった。本音を言えば、ヴァエホを真似て〈いやだ〉とごねてみたくなる。そうできたらどんなにいいだろう。

「……もともとサザビーズ・ニューヨークに持ち込まれた作品だし、また戻すということですよね。承知しました」

言ってしまってから、意地悪だな、と冴は思った。サラではなく自分が。

ところが、サラは首を横に振った。花が咲きこぼれるような笑顔になって、彼女はこう言ったのだ。

「まさか。私はこの作品を、ＣＤＣに委託するつもりよ」

オークションで売却されて得たお金は、全額、リアム・ペータースの財団に寄付する。そして、夢をかなえるのだ。オーヴェール時代のゴッホ作品を一点でも、あの場所に取り戻すという夢を。

〈ヴァエホの肖像〉は、間違いなくオークション史上最高落札価格を記録するだろう。その記録を作り出すのは、サザビーズでもクリスティーズでもない。パリの名もない小さなオークション会社だ。

それを夢ではなく現実にするために、論文を完成させよう。

新緑の並木道をゆっくりと歩いて、冴はサラのアパルトマンに到着した。表通りに面した古めかしいドアを開けるのと同時に、ショートメッセージの着信音が鳴った。今度はギローからだ。タップして開く。

〈それで、あのリボルバーはいまどこにあるんだね？〉

冴の頰が思わず緩んだ。返事をせずにロックして、スマートフォンを上着（ヴエスト）の内ポケットに滑り込ませる。

サラが教えてくれた。あのリボルバーは、いま、元通りの場所にある。

オーヴェールのポプラの木の根元。土の中深く、安らかに眠っている。

ゴッホが自殺に使ったとされるリボルバーは、二〇一九年六月十九日、パリの競売会社オークション・アートによって競売にかけられ、十六万ユーロ（約二千万円）で落札された。

この作品は史実に基づくフィクションです。

本書は「小説幻冬」の連載（二〇二〇年二月号～二〇二一年二月号）に加筆・修正したものです。

〈主な参考文献〉

『ファン・ゴッホの手紙 Ⅰ・Ⅱ』 フィンセント・ファン・ゴッホ ファン・ゴッホ美術館編 圀府寺司訳 新潮社 二〇二〇年

『ゴッホ 日本の夢に懸けた芸術家』 圀府寺司 角川文庫 二〇一〇年

『ゴッホの眼』 高階秀爾 青土社 二〇一九年

『ゴッホの耳 天才画家最大の謎』 バーナデット・マーフィー 山田美明訳 早川書房 二〇一七年

『小林秀雄全作品 第20集 ゴッホの手紙』 小林秀雄 新潮社 二〇〇四年

『ゴッホの椅子』 久津輪雅 誠文堂新光社 二〇一六年

『テオ もうひとりのゴッホ』 マリー＝アンジェリーク・オザンヌ／フレデリック・ド・ジョード 伊勢英子／伊勢京子訳 平凡社 二〇〇七年

『ファン・ゴッホの生涯 上』 スティーヴン・ネイフ／グレゴリー・ホワイト・スミス 松田和也訳 国書刊行会 二〇一六年

『ファン・ゴッホの生涯 下』 スティーヴン・ネイフ／グレゴリー・ホワイト・スミス 松田和也訳 国書刊行会 二〇一六年

『炎の人ゴッホ』 アーヴィング・ストーン 新庄哲夫訳 中公文庫 一九九〇年

『ゴッホの手紙 上 ベルナール宛』 エミル・ベルナール編 硲伊之助訳 岩波文庫 一九五五年

『ゴッホの手紙 中 テオドル宛』 J・v・ゴッホ－ボンゲル編 硲伊之助訳 岩波文庫 一九六一年

『ゴッホの手紙 下 テオドル宛』 J・v・ゴッホ－ボンゲル編 硲伊之助訳 岩波文庫 一九七〇年

『フィンセント・ファン・ゴッホの思い出』 ヨー・ファン・ゴッホ＝ボンゲル マーティン・ゲイフォード

解説　林卓行監訳　吉川真理子訳　東京書籍　二〇二〇年
『タヒチのゴーギャン』　ベングト・ダニエルソン　中村三郎訳　美術公論社　一九八四年
『ゴーギャンの世界』　福永武彦　講談社文芸文庫　一九九二年
『「知の再発見」双書13 ゴーギャン　私の中の野性』　フランソワーズ・カシャン　高階秀爾監修　田辺希久子訳　創元社　一九九二年
『ノア・ノア』　ポール・ゴーガン　前川堅市訳　岩波文庫　一九三二年
『月と六ペンス』　サマセット・モーム　中野好夫訳　新潮文庫　一九五九年
『モネからセザンヌへ　印象派とその時代』　高階秀爾総合監修　三浦篤監修　中村誠企画　秋田県立近代美術館／埼玉県立近代美術館　二〇〇二年
『ゴッホが愛した浮世絵　美しきニッポンの夢』　ＮＨＫ取材班　日本放送出版協会　一九八八年
『ファン・ゴッホ美術館所蔵　名画集』　ゴッホ美術館学芸員／ルーリー・ズウィッカー／デニス・ヴィレムスタイン　二〇〇二年
『ファン・ゴッホ　巡りゆく日本の夢』　圀府寺司／ニンケ・バッカー／ルイ・ファン・ティルボルフ／コルネリア・ホンブルク／クレール・ギトン／尾本圭子／森本陽香／佐藤幸宏／松山聖央　青幻舎　二〇一七年
『「ゴッホの夢」美術館　ポスト印象派の時代と日本』　圀府寺司監修　小学館　二〇一三年
VAN GOGH & JAPAN, Van Gogh Museum, Amsterdam 23 March-24 June 2018
VAN GOGH AND THE COLORS OF THE NIGHT, Sjraar van Heugten/Joachim Pissarro/Chris Stolwijk, Van Gogh Museum, Amsterdam/The Museum of Modern Art, New York/Mercatorfonds, Brussels 2008
VINCENT VAN GOGH: THE YEARS IN FRANCE: COMPLETE PAINTINGS 1886-1890, Walter Feilchenfeldt, Nimbus, Kunst und Bücher AG 2013

VINCENT VAN GOGH À AUVERS, Wouter Van der Veen/Peter Knapp, Chêne 2009
FACE TO FACE WITH VINCENT VAN GOGH, Aukje Vergeest, Van Gogh Museum 2015
BRIEF HAPPINESS: THE CORRESPONDENCE OF THEO VAN GOGH AND JO BONGER, Leo Jansen/Jan Robert, Van Gogh Museum, Amsterdam/Uitgeverij Waanders b.v., Zwolle 1999

「ゴーギャンの手紙」、「ゴッホの手紙」、『前後録』の引用文は、以下の文献より抜粋して書かれました。
『ゴーギャンの世界』　福永武彦　講談社文芸文庫　一九九二年
『「知の再発見」双書13 ゴーギャン　私の中の野性』　フランソワーズ・カシャン　高階秀爾監修　田辺希久子訳　創元社　一九九二年
『ファン・ゴッホの手紙　Ⅰ・Ⅱ』　フィンセント・ファン・ゴッホ　ファン・ゴッホ美術館編　圀分寺司訳　新潮社　二〇二〇年

P315の「ゴッホが自殺に使用した可能性のある拳銃　オークション出品へ」は2019年6月20日のCNN配信のネットニュースを参考資料として翻訳・構成しました。
https://edition.cnn.com/style/article/van-gogh-gun-sold-auction-trnd/index.html

協力（敬称略）
毛利美咲
行定 勲
伊藤ハンス
エドゥアール・ヴァティネル
グレゴワール・ヴィエル
インスティチュート・ファン・ゴッホ
オークション・アート
オテル・ドゥルオー
オルセー美術館
ロンドン・ナショナル・ギャラリー
ファン・ゴッホ美術館
SOMPO美術館

プロデューサー
石原正康
壷井 円

Acknowledgements
Misaki Mouri, Theater Producer, Tokyo
Isao Yukisada, Director, Tokyo
Hans Ito, Creative Director, ÉCOLE DE CURIOSITÉS, Paris
Edouard Vatinel, Conservator, Paris
Grégoire Veyres, Commissaire-priseur, Auction Art, Paris
Institut Van Gogh, Auvers-sur-Oise
Auction Art, Paris
Hôtel Drouot, Paris
Musée d'Orsay, Paris
The National Gallery, London
Van Gogh Museum, Amsterdam
Sompo Museum of Art, Tokyo

Producer
Masayasu Ishihara, Executive Director, GENTOSHA Inc., Tokyo
Madoka Tsuboi, GENTOSHA Inc., Tokyo

原田マハ（はらだ まは）
一九六二年東京都生まれ。関西学院大学文学部、早稲田大学第二文学部卒業。森美術館設立準備室勤務、MoMAへの派遣を経て独立、フリーのキュレーター、カルチャーライターとして活躍する。二〇〇五年「カフーを待ちわびて」で日本ラブストーリー大賞を受賞し、デビュー。一二年『楽園のカンヴァス』（新潮社）で山本周五郎賞受賞。一七年『リーチ先生』（集英社）で新田次郎文学賞受賞。著書に『キネマの神様』『総理の夫』『暗幕のゲルニカ』『たゆたえども沈まず』『美しき愚かものたちのタブロー』『風神雷神 Juppiter, Aeolus』『〈あの絵〉のまえで』がある。

カバーフォト
フィンセント・ファン・ゴッホ〈ひまわり〉（表1）
The National Gallery, London/
distributed by AMF - DNPartcom

表紙フォト
ポール・ゴーギャン〈肘掛け椅子のひまわり〉
ALBUM/アフロ

リボルバー

2021年5月25日 第1刷発行
2021年6月5日 第2刷発行

著者――原田マハ
発行人――見城 徹
編集人――石原正康
編集者――壷井 円
発行所――株式会社 幻冬舎
〒151-0051 東京都渋谷区千駄ヶ谷4-9-7
電話 03（5411）6211（編集）
03（5411）6222（営業）
振替 00120-8-767643
印刷・製本所――中央精版印刷株式会社

検印廃止

Printed in Japan
ISBN978-4-344-03769-4 C0093
幻冬舎ホームページアドレス https://www.gentosha.co.jp/
この本に関するご意見・ご感想をメールでお寄せいただく場合は、comment@gentosha.co.jpまで。